Adelheid Herrmann-Pfandt

DER GOLDENE STUPA

Kriminalroman

Die im Text verwandte Rechtschreibung entspricht nicht in allen Fällen dem Duden. Auf Wunsch der Autorin haben wir für einige Wörter, die meist auf indischen Begriffen oder buddhistischen Ausdrucksweisen basieren, eine andere Schreibweise gewählt.

D-56291 Pfalzfeld
www.kontrast-verlag.com
1. Auflage

Umschlaggestaltung: Elvira Chevalier und Karola Maria Pfandt
unter Verwendung des Fotos fmbc 31930_04
©Bildarchiv Foto Marburg /Horst Fenchel, Paul Haag, des Objekts Oo11 (Stupa) der Religionskundlichen Sammlung der Universität Marburg
Foto Seite 6: Heinrich Harrer (© Völkerkundemuseum der Universität Zürich, Inv.-Nr. VMZ 400.08.01.266)
ISBN 978-3-941200-94-4

Für Kai Engelke

Kloster Dungkar, 8. März 1951

PROLOG

Kloster Dungkar Tashi Lhundrub, Tschumbi-Tal, Südtibet
8. März 1951

Auf der Schwelle des Klostereingangs, am oberen Teil der steilen Treppe, stand ein junger Mann, kaum mehr als sechzehn Jahre alt. Er trug die einfache, weinrote Robe des tibetischen Mönches. An der spitz zulaufenden gelben Gelehrtenmütze auf seinem Kopf, aber auch an dem zahlreichen Gefolge, das ihn umstand, konnte man gleichwohl seine hohe Stellung erkennen. Ruhig, fast versonnen blickte er einem kleinen Zug dunkelhäutiger Männer entgegen, die sich zu den Klängen eines tibetischen Mönchsorchesters langsam und feierlich den Stufen näherten.

Mit allen Zeichen der Ehrfurcht erklomm der Erste von ihnen die Treppe. Erst jetzt war zu sehen, dass der Gegenstand, den er in den Händen trug und nun mit einer Verbeugung seinem Gastgeber überreichte, eine goldene Pyramide war, – nein, keine Pyramide: ein Stupa, den die Tibeter „Tschörten" nennen, ein kostbarer Reliquienschrein mit rundem Fundament, halbkugelförmigem Körper und quadratischer Reliquienkammer, mit bunten Steinen geschmückt. Ernst und würdevoll nahm der junge Mönch das goldene Gefäß entgegen. Er erhob es einige Augenblicke, damit die versammelten Gläubigen es sehen konnten.

Ehrfürchtiges Schweigen breitete sich aus. Nur ein lautes Klicken durchbrach die Stille. Es kam von einem blonden jungen Mann mit tief gebräunter Haut, der sich mit einer Kamera bemühte, diesen historischen Augenblick festzuhalten.

Der goldene Stupa enthielt das Wertvollste, das die materielle Welt einem gläubigen Buddhisten zu bieten hatte: eine echte Reliquie des Religionsstifters Buddha Shakyamuni, zweitausendfünfhundert Jahre alt. Eine Abordnung buddhistischer Mönche aus Indien hatte sie dem tibetischen Oberhaupt in der Zeit seiner größten Bedrängnis überreicht. Denn die Chinesen waren ins Land eingedrungen und bereits dabei, die alte Ordnung Tibets zu zerstören.

Langsam drehte der junge Herrscher sich um und verschwand, gefolgt von den Würdenträgern, mit seiner kostbaren Last im Innern des Klosters.

Im selben Monat noch reiste der blonde Fotograf ab. Nach sieben Jahren verließ er mit Sorgen im Herzen das Land seines jungen Freundes. Im Gepäck trug er die letzten Fotos, die den Dalai Lama als Herrn eines freien Tibet zeigten.

Kapitel 1

Bodh Gaya, Indien
3. Februar 2007

Langsam begann der große, baumbewachsene Platz hinter dem alten Tempel, sich zu füllen. Nora Brombach, eine junge Deutsche Anfang dreißig, umrundete zögernd die Außenmauer des heiligen Hains, blieb einen Augenblick lang an der linken Seite des Platzes stehen und warf einen Blick auf die Menge. Der Thron, der im Schatten unter dem Bodhi-Baum errichtet worden war, in unmittelbarer Nähe des Platzes, wo vor fast zweieinhalb Jahrtausenden der Buddha Gautama Shakyamuni seine Erleuchtungserfahrung gemacht hatte, war eng umringt von wartenden Menschen. Auf dem Rasen zwischen den Baumstämmen, auf den Umrandungen kleiner steinerner Monumente, auf Treppenstufen und Mauern saßen Tibeter in erwartungsvoller Freude: Frauen in bodenlangen Kleidern und mit den quer gestreiften Schürzen verheirateter Tibeterinnen, die Haare in langen schwarzen Zöpfen, die herabhingen oder mit bunten Stoffbändern durchzogen um den Kopf gewickelt waren. Männer in halblangen Obergewändern, die sich über den Hüften locker um den Oberkörper bauschten. Und viele Kinder, die umherliefen oder mit großen Augen bei ihren Eltern hockten.

Weiter rechts war eine junge blonde Europäerin unter einem Baum damit beschäftigt, tibetische „Niederwerfungen“ zu vollziehen. Stehend berührte sie mit gefalteten Händen Stirn, Kehle und Brust, ging dann in die Knie und streckte sich, die Hände in Holzschonern nach vorne schiebend, auf dem Boden aus, um sich gleich darauf zu erheben und dieselbe Prozedur zu wiederholen. Diese im tibetischen Buddhismus gebräuchliche Frömmigkeitsbezeugung konnte man hier überall beobachten: Mönche und Nonnen vollzogen sie ebenso wie Laien aller Altersstufen. Sie wandten sich dabei in Richtung des Tempels und des heiligen Bodhi-Baumes an seiner Rückwand.

Vor sich sah Nora eine Gruppe von fünf jüngeren Leuten, alle wohl zwischen Ende zwanzig und Ende dreißig, die es sich auf zusammengelegten Decken und farbig bezogenen Kissen bequem gemacht hatten. In lebhafte Gespräche vertieft, lehnten sie mit dem Rücken an den Podesten einiger kleinerer Monumente. Vier waren blond oder braunhaarig, der fünfte hatte blauschwarze Haare; er war wohl ein Südeuropäer oder Inder. Hinter ihnen gab es noch Platz zum Sitzen im Schatten eines alten Baumes. Nora beschloss, sich später dort niederzulassen. Zunächst aber beendete sie ihre Besichtigungsrunde um den Tempel.

Sie folgte der Umfassungsmauer des Tempelbezirks im Uhrzeigersinn bis zum Eingang auf der anderen Seite. Als sie sich dort nach rechts wandte, um die Stufen zum Tempeleingang hinabzusteigen, wurde sie unerwartet festgehalten, und ein indischer Polizist in khakifarbener Uniform erhob abwehrend die Hand: „Stopp! Hier ist gesperrt!"

Bevor sie nach dem Grund fragen konnte, sah sie von rechts zwei Männer in weinroten Mönchsroben auf sich zukommen, von denen der jüngere einen gelben Sonnenschirm über seinen Ordensbruder hielt. – Und da war er, auf den alle Welt wartete und für den der Tempeleingang abgesperrt worden war: Schnellen Schrittes, mit einem gelben Übergewand über seiner dunklen Mönchsrobe, kam der Dalai Lama heran, lächelte freundlich zu Nora herüber und bog wenige Meter vor ihr mit seinem Schirmträger zu den mit einem roten Teppich belegten Stufen ab, die zum Tempelvorplatz hinabführten. Am Fuß der Treppenstufen verharrte er einen Augenblick, und dann konnte man sehen, dass es auch für ihn, den meistverehrten Religionsführer der Welt, einen Ort gab, an dem er sich vor einem Höheren verbeugte: Drei Niederwerfungen vollzog er vor dem Heiligtum seines Religionsstifters, bevor er das Tempelinnere betrat.

Währenddessen beeilte sich Nora, den Tempel weiter außen zu umrunden und ihren Platz in der Nähe des Bodhi-Baumes einzunehmen.

* * *

Drei Stunden später saß sie, etwas erschöpft von der Sonne und dem konzentrierten Zuhören, im Garten eines kleinen tibetischen Restaurants, nicht weit vom Tempeleingang entfernt. Es war Mittagszeit. Alte Bäume warfen kurze, aber tiefe Schatten auf die klapprigen Tische und Stühle. Ein leiser Wind brachte etwas Erfrischung. Nora war froh, in ihrem locker sitzenden Kleid aus dünner Baumwolle die Hitze gut ertragen zu können.

Vor ihrem inneren Auge zogen die Bilder des Vormittags vorbei: die Rede des Dalai Lama über Geduld und Mitgefühl, die bunte Schar der Zuhörer und Gläubigen, gelassene Freundlichkeit in faltigen tibetischen Gesichtern unter dem Bodhi-Baum, das Spiel von Sonne und Schatten auf den Tempelwänden, die manchmal recht kurz und unzureichend erscheinende Übersetzung ins Englische.

Eigenartig, wie tibetisch dieser heilige Ort mitten in Indien doch wirkte. Von ihrer ersten Indienreise Anfang der Achtzigerjahre, die sie als Achtjährige in Begleitung ihrer Eltern gemacht hatte, war ihr Bodh Gaya als ein eher verwunschener Ort in Erinnerung; nur wenige, meist indische Touristen waren ihnen am Mahabodhi-Tempel begegnet, von denen fast jeder Einzelne ihre Eltern angesprochen und in dem für die Leute hier so charakteristischen Interesse nach dem Woher und Wohin gefragt hatte. Hatten sie auch Tibeter gesehen? Sie konnte sich nicht daran erinnern. Abends waren sie im Halbdunkel in die Stadt Gaya zurückgekehrt, in einer Tonga, einem Einspänner mit einem mageren Pferdchen, dessen unbeschlagene Hufe leise auf dem Pflaster klapperten. Denn in dem kleinen Flecken Bodh Gaya gab es damals keine für westliche Touristen geeigneten Hotels.

Nun aber war das vereinsamte Heiligtum zu neuem Leben erwacht. Für die fast hunderttausend in Indien ansässigen tibetischen Flüchtlinge war Bodh Gaya zu einem spirituellen Zentrum geworden. Und nicht nur für sie: Sinnsucher aus dem Westen hatten sich unter die Tibeter gemischt, ihre Rituale und ihren Glauben angenommen und am heutigen Tag gemeinsam mit ihnen auf den Dalai Lama gewartet.

Eigens für Westler hatte es sogar eine Simultanübersetzung ins Englische gegeben, die man zur Rechten des Dalai Lama, wo auch die junge Deutsche gesessen hatte, mitverfolgen konnte: „Wenn du keinen Frieden in deinem Herzen gefunden hast“, so hatte sie gehört, „dann nützt dir auch die äußere Bemühung um Frieden nichts. Frieden entsteht immer zuerst in deinem eigenen Geist. Frieden entwickelt sich aus der liebenden Hinwendung deines Herzens zu allen Wesen, auch zu deinen Feinden.“ Die westlichen Zuhörer hatten so eifrig mitgeschrieben, als ob sie Gedanken dieser Art noch nie gehört hätten.

Wie merkwürdig es doch ist, dachte Nora, während sie die Speisekarte zurücklegte, dass die Menschen aus dem Westen einen Dalai Lama brauchen, um Wahrheiten ernst zu nehmen, die ihnen aus dem Christentum doch längst bekannt sein müssten.

Da gab es Bewegung am Eingang des Gartenlokals. Einige junge Leute kamen herein, und sie erkannte die Gruppe, die am Tempel vor ihr gesessen hatte. Als die fünf sich an Noras Nachbartisch niederließen, konnte diese nicht umhin, ihr lebhaftes, auf Englisch geführtes Gespräch mitzuhören.

„Das war die größte Herausforderung meines Lebens“, bemerkte eine der beiden Frauen, während sie sich mit dem Rücken zu Nora auf einen Stuhl fallen ließ und dabei ihre dunkelbraunen, schulterlangen Haare zurückwarf. „Ganze hunderttausend Mal, und das, obwohl ich nun wirklich nicht die Sportlerin bin …! Aber es hat sich gelohnt, es hat mich echt weitergebracht.“

Nora war sofort klar, dass sie von den hunderttausend Niederwerfungen redete, die in einigen Richtungen des tibetischen Buddhismus von Neubekehrten verlangt wurden, bevor sie mit der „richtigen“ Meditation anfangen durften.

„Und es waren wirklich genau hunderttausend? Wie zählt man das eigentlich?“, fragte der schwarzhaarige Mann, der gegenüber der Sprecherin saß, mit leichtem Akzent – indischem oder doch eher mediterranem? Nora war sich nicht sicher. Seine Kleidung ließ allerdings einen Inder vermuten. Er trug einen weit geschnittenen hellen Kurta aus Rohseide, ein langärmeliges, geknöpftes Hemd, das nach indischer Sitte lose über seine Hüften hing. Auf eine schwer zu beschreibende Weise wirkte er eleganter und reifer als der Rest der Gruppe, vielleicht aufgrund des leisen Ausdrucks von Ernst, fast Trauer, der sein bronzefarbenes Gesicht durchzog. Er war nicht eigentlich gut aussehend, strahlte aber eine innere Lebendigkeit aus, die anziehend wirkte, fand Nora.

„Es gibt dazu eine Zählvorrichtung an der Mala, der Gebetskette“, erklärte die Angesprochene. „Und wenn’s ein wenig mehr wird, macht das auch nichts, dann entsteht eben mehr Segen."

„Ich würde so was wohl kaum durchhalten", meinte der untersetzte Mann, der sich zu ihrer Linken niedergelassen hatte. Er war in Jeans und ein kariertes Hemd gekleidet und hatte ein rundes Gesicht, aus dem freundliche braune Augen blickten. „Und ich wüsste auch nicht, wozu", fuhr er fort, während er die auf dem Tisch liegende Speisekarte ergriff. „Religion mit Leistungsdruck, nee danke! Ich gehe zwar durchaus gern zu Veranstaltungen wie dieser hier, und ab und zu Meditation ist auch kein Problem, aber …"

„Ob das nicht gerade der Sinn der Sache ist: gewohnte Überzeugungen infrage zu stellen, sich auf Dinge einzulassen, die man nicht mag oder als Blödsinn empfindet?" Die leise, aber bestimmt gestellte Frage kam von dem gut aussehenden Mann mit dunkelblondem Pferdeschwanz und indischen Baumwollhosen auf der rechten Tischseite und trug ihm einen still bewundernden Blick von der schlanken blonden Frau ein, die zwischen ihm und dem Mann im Kurta saß.

Aha!, dachte Nora. Mir wäre er allerdings zu selbstsicher, um nicht zu sagen, eingebildet …

Der braunhaarigen Frau am Nachbartisch schien es ähnlich zu gehen, denn sie stieß einen gelangweilten Seufzer aus und studierte die Speisekarte. „Momos mit Hühnerfleisch. Wunderbar, das ist jetzt genau das Richtige für mich nach dem anstrengenden Vormittag. Wer hat noch Lust darauf? Günter, du?", wandte sich an den untersetzten Mann zu ihrer Linken.

Der Angesprochene nickte zustimmend: „Ja, für mich auch. Übrigens, Fernando, du solltest in diesem Restaurant unbedingt mal die Thugpa probieren, die ist hier einfach köstlich." Sein rundes, freundliches Gesicht war dem Mann im hellen Kurta zugewandt.

„Was ist Thugpa?“, erkundigte sich die blonde Frau.

„Tibetische Nudelsuppe mit Gemüse und eventuell auch Fleisch“, erklärte Günter. „Hier in diesem Restaurant machen sie sie besonders gut, finde ich.“

„Ich verstehe nicht, dass ihr als Buddhisten immer noch Fleisch essen mögt“, räsonierte der Pferdeschwanz mit seiner irritierend leisen Stimme. „Wie könnt ihr das mit eurem Gewissen vereinbaren?“

„Ach, Hugh, jetzt hör auf zu predigen!“ Der gereizte Ton in der Stimme der Braunhaarigen war unüberhörbar. „Wenn du mir jetzt auch noch erklären kannst, warum die meisten Lamas Fleisch essen und wie sie unter den extremen Bedingungen in Tibet sonst überlebt hätten ... Bitte, bitte, lass jeden selbst entscheiden und mach uns keine Vorschriften.“

„Also, zweimal Momos mit Hühnerfleisch für Claudia und mich, Thugpa für Fernando: mit oder ohne Fleisch, Fernando? Und Hugh und Sarah, was mögt ihr?“ Günter beeilte sich, den peinlichen Augenblick zu überspielen, indem er die Wünsche aller zusammenfasste und an den tibetischen Kellner weitergab, der gerade herangekommen war.

Nora hatte mit einer gewissen Genugtuung beobachtet, dass Fernando sich um die Meinung des Pferdeschwanzes nicht gekümmert und Thugpa mit Fleisch bestellt hatte. Sie selbst konnte wenig Sympathie für die Bigotterie typischer Konvertiten aufbringen, die sich als Experten ihrer neuangenommenen Religion aufspielten und dazu tendierten, andere unter moralischen Druck zu setzen. Manche von ihnen waren sich vielleicht einfach ihres neuen Glaubens noch nicht sicher genug, um die Gelassenheit der Asiaten an den Tag zu legen und jeden Menschen so zu nehmen, wie er war.

Noras Aufmerksamkeit wurde erneut von der Gruppe am Nachbartisch in Anspruch genommen. Die vier Jüngeren diskutierten lebhaft über Details der Dalai-Lama-Rede. Nur Fernando saß ruhig und scheinbar unbeteiligt dabei, und Nora hatte plötzlich den Eindruck, dass er sie, durch die Streitenden hindurch, aufmerksam musterte.

* * *

Nora durchquerte die Lobby ihres Hotels und trat an die Rezeption, um ihren Zimmerschlüssel entgegenzunehmen, den der aufmerksame Empfangschef bereits in der Hand hielt.

"Hallo", sagte jemand neben ihr. Sie wandte den Kopf und strich sich die hellbraunen Haare aus dem Gesicht. Es war Fernando. Sein ernstes Gesicht war von einem anziehenden Lächeln aufgehellt.

„Oh, hallo!", erwiderte sie.

„Ich sah Sie vorhin im Gartenrestaurant am Nachbartisch, waren Sie auch beim Dalai Lama?", wollte er wissen.

„Ja, war ich. Es war interessant, nicht wahr?" Nora steckte ihren Zimmerschlüssel ein.

„Stimmt. Wenn auch die meisten Leute, die hier herumlaufen, es enthusiastischer ausgedrückt hätten: erhebend, fantastisch, großartig …"

Sie lachte. „Sie gehören zu den Kritikern des Dalai Lama?"

„Nein, das eigentlich nicht, er selbst ist schon ganz in Ordnung. Ich glaube, mich stört eher der Personenkult um ihn. Für manche seiner westlichen Verehrer ist er ja geradezu ein Gott. Und dabei wissen sie fast nichts über ihn und noch weniger über sein Land und sein Anliegen. Viele himmeln ihn einfach nur an, weil alle anderen es auch tun, scheint mir."

„Na ja, einige nehmen ihn tatsächlich wie einen Popstar wahr, das ist richtig. Aber ich denke schon, dass es auch ernsthafte Gründe für seine Popularität gibt: sein Eintreten für den Frieden, seine Glaubwürdigkeit –, das ist doch immerhin besser, als einem Osama Bin Laden auf den Leim zu gehen, oder? Die allermeisten Länder, die so Schreckliches erlebt haben wie Tibet …"

„… besitzen jetzt Terrorgruppen und erleben jede Menge sinnlose Gewalt zusätzlich. Sie haben natürlich recht. Hören Sie ", er zögerte einen Augenblick, „würden Sie mir die Freude machen, eine Tasse Tee mit mir zu trinken? Ich habe das Bedürfnis, zur Abwechslung mal mit einem vernünftigen Menschen zu reden."

„Danke für das Kompliment", lächelte sie und unterdrückte die Frage, was er mit „vernünftig" gemeint hatte.

„Gerne, ein Tee würde mir jetzt sehr guttun."

Beide ließen sich in den bequemen Sesseln der Hotellobby nieder, nachdem er an der Rezeption eine Bestellung aufgegeben hatte.

„Sie kommen aus Deutschland?", fragte er.

„Ja, kann man das denn so deutlich hören?" Sie war überrascht.

„Nun, ich habe einige Jahre in der Tourismusbranche gearbeitet. Da bekommt man ein Gespür für verschiedene Akzente." Er überreichte ihr eine Visitenkarte. Sie las: *Dr. Fernando Soares, Amitabh Publications, New Delhi.*

„Und was genau haben Sie im Tourismus gemacht?"

„Führungen für Reisegruppen. Vor allem für Studienreisen, also diejenigen, die es ganz genau wissen wollen. Gruppen aus Deutschland, Großbritannien, Frankreich, Italien … Ich habe die Gruppen in Delhi in Empfang genommen und dann einige Wochen lang begleitet. In Indien ist es Ausländern ja verboten, Gruppen allein zu führen, daher muss ohnehin immer ein indischer Reiseführer dabei sein."

„Sie sind Inder? Mit Ihrem Namen hätten Sie auch aus Portugal oder Brasilien kommen können."

Er lachte und strich sich mit der Hand über das blauschwarze Haar. „Ich stamme aus Goa. Die portugiesischen Vorfahren kann ich Ihnen also durchaus bieten."

Sie stimmte in sein Lachen ein. „Entschuldigen Sie, es war nicht abwertend gemeint. Warum sind Sie nicht mehr als Reiseführer tätig?"

„Ein paar Jahre hat es mir Freude gemacht, Fremden mein Land zu zeigen. Aber irgendwann hatte ich keine Lust mehr, mit anspruchsvollen, manchmal auch ziemlich unhöflichen Europäern durch die Gegend zu ziehen. Jetzt arbeite ich in einem Verlag. Das ist entschieden ruhiger. Darf ich fragen, in welcher Branche Sie tätig sind?"

„Ich bin Wissenschaftlerin, Indologin. Im Moment erforsche ich den buddhistischen Reliquienkult." Nun war es an ihr, ihm eine Visitenkarte zu überreichen, die sie als wissenschaftliche Mitarbeiterin am Südasieninstitut in Heidelberg auswies.

„Reliquien? Interessant! Geht es um die des Buddha oder die von buddhistischen Heiligen?"

Sie war überrascht, dass er sich in der Materie offenbar sofort zurechtfand. „Eigentlich beides, aber vor allem die des Buddha", entgegnete sie. „Ich schreibe eine Geschichte der Reliquien und ihres Kultes. Im Moment bin ich dabei, Orte in Indien aufzusuchen, die mit den Reliquien verbunden waren oder sind."

„Gibt es denn dort heute noch welche?"

„Reliquien, meinen Sie? In vielen Fällen wissen wir das nicht so genau. Immerhin hat der Buddha vor ungefähr zweieinhalbtausend Jahren gelebt. Entsprechend alt sind seine Reliquien, und da er nach dem Tod verbrannt wurde, ist es von Anfang an auch nur eine ziemlich kleine Menge gewesen. Noch dazu hat man die Aschen- und Knochenreste auf sehr viele Stellen verteilt, so dass die Portionen winzig klein waren und entsprechend leicht verloren gegangen sein können."

„Und wenn man welche gefunden hat? Wie hat man sie eigentlich erkannt?"

„Sie waren in kleinen, beschrifteten Urnen enthalten."

„Was geschah dann mit ihnen?"

„In der Neuzeit wurden sie in Museen gebracht. Oder anderswo bestattet, wo sie vor Grabräubern sicher waren. Einige sind auch in andere buddhistische Länder verschenkt worden, zum Beispiel nach Thailand, Myanmar und Sri Lanka."

„Und nach Tibet, oder?"

„Tibet? Nein, dorthin nicht, so weit ich weiß."

„Ist dem Dalai Lama nicht mal eine Buddha-Reliquie überreicht worden? Mir ist so, als hätte ich davon gehört oder gelesen. Aber wo?" Er zog sein Gesicht in nachdenkliche Falten.

„Hat er sie in Indien bekommen? Davon habe ich noch nie gehört."

Er schüttelte den Kopf. „Nein, ich glaube in Indien nicht, sondern in Tibet. Ich habe mal Fotos davon gesehen. Es fällt mir bestimmt noch ein, und dann informiere ich Sie."

„Das wäre sehr freundlich von Ihnen. Sie haben ja meine Karte." Sie leerte ihre Teetasse und erhob sich. „Es war nett, mit Ihnen zu plaudern. Und vielen Dank für diesen interessanten Hinweis. Ich werde auf jeden Fall versuchen, ihm nachzugehen."

„Bleiben Sie noch länger in Bodh Gaya?", wollte er wissen.

„Nur noch bis zum Ende der Dalai-Lama-Belehrungen. Ich reise übermorgen weiter. Rajgir, Vaishali …"

„Ach ja, die anderen Reliquienorte. Ich wünsche Ihnen viel Erfolg!"

„Danke, auch Ihnen alles Gute.“ Sie nickte ihm freundlich zu und wandte sich zur Treppe. Er sah ihr einen Augenblick lang sinnend hinterher.

* * *

Die Sonne war untergegangen. Der Mahabodhi-Tempel mit seinem hohen, sich nach oben verjüngenden Turm wurde von Lampen angestrahlt, und durch die alten Bäume des Parks waren wie Perlenschnüre Lichterketten gezogen. Als es ganz dunkel war, begann aus dem Obergeschoss des Tempels eintöniger Gesang. Buddhistische Rezitationen erklangen, eine halbe Stunde lang auf Pali, der heiligen Sprache des südostasiatischen Theravada-Buddhismus, danach ebenso lange auf Tibetisch. In den unterschiedlich gefärbten und akzentuierten Gesängen offenbarte sich der ganze Reichtum der asiatischen Traditionen des Buddhismus.

Unablässig zogen die indischen, tibetischen und westlichen Pilger ihre Bahnen um den Tempel, Gebete murmelnd, Gebetsketten und Gebetsmühlen bewegend, sich den heiligen Ort mit den Füßen einverleibend. Man sah nicht mehr von ihnen als die Silhouetten in der Dunkelheit.

* * *

Nora fand einen Zettel, der unbemerkt unter ihrer Zimmertür hindurchgeschoben worden war. Sie las die handschriftliche Notiz:

Liebe Ms. Nora, ich weiß jetzt, wo der Vorgang, der Sie interessiert, stattgefunden hat. Ich bin zwischen acht und neun Uhr im Hotelrestaurant. Wenn Sie mögen, kommen Sie doch vorbei!

Freundlichen Gruß Ihr Fernando Soares

Sie blickte auf die Uhr. Es war Viertel nach sieben, und essen musste auch sie noch etwas. Was für ein eigenartiger Zufall, hier mehr oder weniger kurz nach ihrer Ankunft auf einen wichtigen Informanten zu stoßen, der überdies ein charmanter Gesprächspartner war! Nora freute sich auf das Abendessen. Und wenn sie ehrlich war, nicht nur wegen der erwarteten Information.

Kapitel 2

Bodh Gaya, Indien
Februar 2007

„Wie haben Sie das so schnell herausgefunden?“ Nora hatte sich zu Fernando gesetzt und dabei das freudige Aufblitzen seiner dunklen Augen nicht übersehen. Mit geübtem Blick hatte sie die Speisekarte studiert und schnell ein leichtes Abendessen bestellt.

Das Restaurant lag im Souterrain und war fensterlos, wie viele Speiseräume indischer Hotels. Es gab weiße Tischdecken und halbwegs bequeme Stühle aus dunklem Tropenholz. In der Ecke stand ein großer Ventilator, der sich langsam von einer Richtung in die andere und wieder zurück drehte und dabei den ganzen Raum mit angenehm kühlem Wind bestrich.

„Ich habe mich an etwas erinnert, das ich schon wusste“, entgegnete er, „nichts weiter. Manchmal muss man ja nur an etwas anderes denken, dann fällt es einem wieder ein. Ich weiß jetzt, wo ich die Bilder gesehen habe: Es waren Fotos von Heinrich Harrer. Er hatte sie in Tibet gemacht, kurz bevor er es verlassen musste, weil die Chinesen das Land überfallen hatten, im Frühjahr 1951. Schauen Sie mal in seinem Buch *Sieben Jahre in Tibet* nach. Oder in den

Fotobänden, die er später veröffentlicht hat. Sie zeigen den Dalai Lama, wie er von ein paar Indern oder Singhalesen – was sie waren, habe ich vergessen – ein Reliquiar erhalten hat, in dem sich eine Buddha-Reliquie befunden haben soll. Es war ein goldener Stupa."

„Ein goldener Stupa? Eigenartig! Wenn sich eine Buddha-Reliquie im Besitz des Dalai Lama befände, müsste man davon doch etwas gehört haben. Das wäre eine Riesenattraktion für Pilger! Warum weiß man davon nichts?"

Er zuckte die Schultern und häufte Reis auf seinen Teller. „Ob die Reliquie überhaupt nach Indien gelangt ist? Vielleicht konnte der Dalai Lama sie in der Eile nicht mitnehmen. Vielleicht ging sie auf der Flucht verloren. Oder die Chinesen haben sie gefunden und zerstört, ohne je zu erfahren, was ihnen da in die Hände gefallen war."

„All das wäre natürlich möglich. Trotzdem, wie kann es sein, dass diese Geschichte so unbekannt ist, obwohl der berühmte Heinrich Harrer sie erzählt hat? Ich habe sämtliche verfügbare Literatur zu den Buddha-Reliquien gesichtet und kann mich nicht erinnern, je etwas darüber gelesen zu haben."

Er blickte sie an. „Versuchen Sie doch, es herauszubekommen. Reisen Sie hin und fragen Sie die Leute."

„Wohin?"

„Na, nach Dharamsala, der Exilresidenz des Dalai Lama. Wenn überhaupt irgendwo, müsste es dort Leute geben, die diese Geschichte noch kennen."

„Das wäre eine Möglichkeit." Sie überlegte. „Wenn ich genug Zeit habe, mache ich das vielleicht." Sie nahm die Schüssel mit Gemüsecurry und bediente sich.

Er betrachtete sie neugierig. „Wie sind Sie eigentlich darauf gekommen, sich ausgerechnet mit Reliquien zu beschäftigen? Kein so sonderlich attraktives Thema für eine junge Frau, sollte man meinen."

Sie erwiderte den Blick. „Wollen Sie das wirklich wissen? Es ist ein wenig kompliziert. Nicht dass Sie nachher sagen, ich hätte Sie gelangweilt."

„Seien Sie beruhigt", lächelte er, „wenn ich es nicht wirklich wissen wollte, hätte ich nicht gefragt. Und so schnell langweile ich mich nicht."

„Ich habe indische Sprachen und Religionen studiert", begann sie, „und mich während meines Studiums jahrelang mit buddhistischer Philosophie herumgeschlagen. Es war kompliziert, aber ich habe es geliebt! Mein Text, also der, über den ich meine Doktorarbeit geschrieben habe, ist spannend und tiefgründig. Besonders interessant fand ich die tibetischen Kommentare, also die Erläuterungen tibetischer Autoren späterer Jahrhunderte zu dem Text. Ich hatte den Eindruck, dass diese tibetischen Gelehrten in ihren Himalaya-Klöstern enorm genau verstanden haben, worum es in dem alten indischen Text ging."

Sie trank einen Schluck Soda mit frischem Zitronensaft und registrierte, wie aufmerksam er ihr zuhörte. „Trotzdem", fuhr sie fort, „habe ich gespürt, dass mir die ständige Überbetonung des Immateriellen zuzusetzen begann. Zwar heißt es im Buddhismus, vor allem im tibetischen, immer wieder, dass beide Pole eines Gegensatzes notwendig sind, damit das Ganze, das Vollkommene entstehen kann, also hell und dunkel, männlich und weiblich, Geist und Materie. Aber zwischen den Zeilen gibt es eine ganz andere Bewertung der beiden Pole. Das Geistige steht nämlich ständig über dem Materiellen, das Männliche über dem Weiblichen …"

„Das Männliche über dem Weiblichen?“, unterbrach er sie. „Das verstehe ich nicht. Gibt es nicht gerade in Tibet so viele Göttinnen?“

„Trotzdem –, wenn Sie genau hinsehen, können Sie ein eindeutiges Übergewicht des Männlichen wahrnehmen. Zum Beispiel bei den vielköpfigen, vielarmigen Gottheiten, die ja so typisch für die tibetische Kunst sind. Fast immer hat der männliche Partner mehr Köpfe und Arme, ist viel größer und in jeder Hinsicht der dominierende Teil des Paares.

Tibetische Buddhisten reden zwar oft vom ‚kostbaren menschlichen Körper‘, der die Voraussetzung der buddhistischen Praxis sei. Aber dann bin ich auf Aussagen gestoßen wie die, dass eine Frau als Mann wiedergeboren werden müsse, um zur Erleuchtung fähig zu werden, weil das angeblich nur in einem männlichen Körper zu schaffen ist. Denn der ist irgendwie geistiger, reiner, weniger körperlich – und daher erleuchtungsnäher. Das heißt, der ‚kostbare menschliche Körper‘ ist eigentlich nur dann ‚kostbar‘, wenn er ein ‚kostbarer männlicher Körper‘ ist.

Oder die Idee von der sogenannten ‚Lotosgeburt‘. Besonders heiligen Menschen wird zugeschrieben, dass sie nicht von Müttern, sondern aus Lotosblumen geboren worden seien, was sie angeblich reiner und heiliger macht.“

Nora leerte ihr Glas. Dann fuhr sie fort: „Das sind alles Ideen und Symbole, die irgendwie auf Schleichwegen versuchen, das Weibliche und das Körperliche entbehrlich zu machen oder zumindest dem ach so geistigen Männlichen unterzuordnen. Man propagiert die Distanzierung von der körperlichen Welt, die ja auch die Welt von Geburt und Tod ist. Und da es nun mal Frauen sind, die gebären …“ Sie zuckte die Schultern und schwieg.

„Hm, von dieser Seite habe ich das noch nie betrachtet“, meinte er nachdenklich. „Das bedeutet ja praktisch, dass jede Form der Askese in der indischen Kultur ein antiweibliches Element enthält.“

„Ja, so kann man es sehen. Die Loslösung vom Weiblichen als Beginn jeder ernsthaften Askese.“

Fernando überlegte einen Augenblick. „Aber wie sind Sie denn von diesem Punkt aus zum Reliquienkult gekommen?“

„Nun, mir ist irgendwann aufgefallen, dass der buddhistische Umgang mit den körperlichen Überresten heiliger Personen der sonstigen Abwertung des Körperlichen völlig widerspricht. Wenn der Körper weniger wert ist – warum kommt es dann zu einem regelrechten Kult der Buddha-Reliquien? Irgendwie ist das doch ein krasser Widerspruch, oder? Und trotzdem ist es religiöse Wirklichkeit. Es zeigt, dass Realitäten, die von der religiösen Lehre ausgegrenzt werden, sich aus der Wirklichkeit letzten Endes nicht aussperren lassen. Das hat mich fasziniert.“

„Wann begann denn dieser Reliquienkult?“, fragte er. „Sicherlich doch erst eine erhebliche Zeit nach dem Tode des Buddha?“

„Kann man nicht gerade sagen. Die ersten Interessenten an den Reliquien waren nach der Schrift sogar seine direkten Zeitgenossen. Nämlich Fürstenfamilien und Einzelpersonen, an deren Höfen er verkehrt hatte oder die seine Schüler gewesen waren, acht Parteien insgesamt. Später kamen noch eine neunte und zehnte dazu. Sie alle wären übrigens bereit gewesen, einen Krieg um die Knochenreste zu führen. Die Abweichung von der Buddhalehre ging also sofort nach dem Ende des Meisters los.“

„Und wer hat die Reliquien am Ende bekommen?“

„Einer der Fürsten hatte die Verbrennung des toten Buddha organisiert. Um Gewalt zu vermeiden, blieb ihm nichts anderes übrig, als aus der Asche und den Knochenresten Häufchen zu bilden und jedem der Herrscher eines zu überlassen. Der neunte kam zu spät und erhielt nur noch Asche, der zehnte den Krug, in dem die Reliquien vorher aufbewahrt worden waren. Alle zehn bauten Grabmonumente, also Stupas, für ihre Anteile und bestatteten diese darin. Aber als es über ein Jahrhundert später noch weitere Interessenten gab, ließ der indische Kaiser Ashoka im dritten Jahrhundert vor Christus die Grabmonumente öffnen und die Reliquien weiter unterteilen, angeblich in Tausende von Einzelportionen. Die wurden dann auch wieder auf verschiedene Stupas verteilt."

„Wie viele Reliquien hat man bis heute gefunden?", fragte er.

„Nur wenige. Von den ursprünglichen zehn Stupas konnten nicht alle zweifelsfrei lokalisiert werden. Nur in zwei von ihnen wurden im neunzehnten und zwanzigsten Jahrhundert offenbar echte Buddha-Reliquien ausgegraben. Dazu kamen dann noch wenige Funde an anderen Stellen."

„Und davon hat man dann noch Teile ins buddhistische Ausland gegeben, wie Sie heute Nachmittag sagten. Also wäre es eine echte Sensation für Indien, wenn die Reliquie in dem von Harrer fotografierten Stupa tatsächlich im Lande wäre – oder?"

„Ich denke schon. Vielleicht sollte ich wirklich nach Dharamsala fahren, wenn ich hier fertig bin. Leider habe ich nicht unbegrenzt Zeit."

„Niemand hat das je", meinte er. „Bitte lassen Sie sich davon nicht abhalten. Ich wünsche Ihnen viel Erfolg! Ob ich vielleicht gelegentlich von Ihnen höre, wenn Sie etwas herausbekommen haben?"

Sie warf ihm einen nachdenklichen Blick zu. Ihr war klar, dass der goldene Stupa nur der Anlass, nicht der Grund für seine Frage war.

„Natürlich“, sagte sie freundlich und, wie sie hoffte, unverbindlich, „schließlich habe ich es Ihnen zu verdanken, dass ich überhaupt von dieser interessanten Geschichte erfahren habe.“

* * *

Als Nora und Fernando, vom Restaurant kommend, die Hotellobby betraten, stand dort die Gruppe, in deren Begleitung Nora ihn am Vormittag zuerst gesehen hatte.

„Darf ich Sie mit meinen Freunden bekanntmachen?“ Fernando übernahm die Vorstellung.

„Haben wir uns nicht schon mal getroffen?“, wollte die blonde Sarah wissen.

„Vielleicht beim Dalai Lama“, antwortete Nora unbestimmt. „Dort waren Sie doch heute auch, oder?“

„Stimmt“, bestätigte Hugh. „Woher kennen Sie denn Fernando?“

„Wir sind zufällig vorhin hier ins Gespräch gekommen“, erwiderte der Genannte. „Nora – ich darf Sie doch Nora nennen? – ist Indologin, und wir hatten ein gemeinsames Thema zu besprechen.“

„Genaugenommen hat Fernando mir einen wichtigen Hinweis für meine Forschung gegeben.“ Nora war erstaunt, wie leicht ihr der Vorname ihres Gesprächspartners von den Lippen ging. Normalerweise hatte sie ein sehr deutsches Vorurteil dagegen, jeden neuen Bekannten sofort mit dem Vornamen anzureden.

„Hat Ihre Forschung mit dem Buddhismus zu tun?“, erkundigte sich die braunhaarige Claudia interessiert.

„Ja, es geht um einige frühbuddhistische Heiligtümer hier in Bihar. Um die Stellen, wo im alten Indien die Reliquien des Buddha aufbewahrt wurden“, entgegnete Nora. „Heute sind es allerdings nur noch Ruinen“, fügte sie hinzu.

„Ist das nicht langweilig im Vergleich mit dem lebenden Buddha, den wir hier sehen können?“, spöttelte Hugh scheinbar desinteressiert. Trotzdem hatte Nora das unbestimmte Gefühl, dass er sehr genau zugehört hatte.

„Kommt darauf an, was man interessant findet“, erwiderte sie. „Mich interessiert der Dalai Lama sehr. Aber auch antike Ruinen, alte Manuskripte und die Geschichte des Buddhismus.“

„Und Sie haben nie das Gefühl, mit Ihren Forschungen am Eigentlichen vorbeizugehen?“, wollte Claudia wissen. „Wenn es darum geht, die Erleuchtung zu finden, was können alte Ruinen und Manuskripte dazu beitragen?“

Nora blickte Claudia nachdenklich an: „Welchen Beruf üben Sie aus?“

„Ich bin Ärztin in einem Krankenhaus.“

„Und was hat Ihr Beruf mit der Erleuchtung zu tun? Wenn Sie sich auf die Körper der Menschen konzentrieren, haben Sie dann nicht den Eindruck, am Eigentlichen vorbeizuarbeiten?“

Claudia lachte. „Getroffen! Sie haben natürlich recht. Es ist ein Beruf wie viele andere, und es ist nicht möglich, die ganze Lebenszeit im Nirvana zu verbringen.“

„Trotzdem würde es mich interessieren, Ihre Antwort zu hören“, warf Hugh ein. „Was hat die Erforschung der buddhistischen Geschichte für Sie mit der Suche nach der Erleuchtung zu tun?“

„Vermutlich nicht viel“, meinte Nora ruhig. „Ich habe allerdings auch nie den Anspruch gehabt, mithilfe der Altertumsforschung religiöse Ziele zu verfolgen. Mir reicht es, unser Wissen über die frühe Geschichte des Buddhismus zu vergrößern. Wenn es Buddhisten geben sollte, die davon profitieren, so freut es mich. Wenn nicht, kann ich das auch aushalten."

Nora lächelte Hugh freundlich an, um zu signalisieren, dass sie ihn und seine Freunde nicht angreifen wollte. Ihre Antwort war etwas schärfer ausgefallen, als sie beabsichtigt hatte. Nicht zum ersten Mal machte sie die Erfahrung, dass sich das Misstrauen buddhistischer Konvertiten gegen die Wissenschaft eigenartigerweise ganz besonders gegen die Buddhismuskunde richtete, frönten deren Vertreter doch – vermeintlich – der bloßen Theorie und glaubten tatsächlich, man könne ohne „Praxis" irgendetwas Gescheites über den Buddhismus herausfinden. Und „Praxis", das hieß aus der Sicht der Kritiker natürlich immer: die eigene Praxis. Nicht die der anderen. Nicht die irgendeiner anderen Religion. Und bestimmt nicht die Praxis der Wissenschaft.

Nora blickte auf und merkte, dass ihr neuer indischer Freund sie ansah. Er nickte ihr unmerklich zu, als wollte er ihr beipflichten. Dann sagte er, indem er Hughs Ansatz zu einer Antwort zuvorkam: „Nun setzt doch Nora nicht so zu. Ihr habt sie gerade erst kennengelernt. Lasst uns etwas zusammen trinken."

Nora blieb noch eine Weile bei den anderen. Der Rest des Abends verlief in unverfänglichen Gesprächen.

* * *

Auf dem Weg zu ihrem Hotelzimmer hörte Nora leise Stimmen auf dem Gang. Das war eigentlich nichts Besonderes. Indische Hotels waren fast immer hellhörig, so dass man unfreiwillig viele Gespräche, Kindergeschrei und Krach jeder Art mitbekam. Das Besondere an diesen Stimmen war die außerordentliche Feindseligkeit im Ton. Und die Tatsache, dass ihr eine der Stimmen irgendwie bekannt vorkam.

„Wenn du das wirklich tun solltest", vernahm sie gerade in klarem Englisch, „dann …" Die Stimme wurde leise und unverständlich, verlor aber nichts von ihrer Schärfe.

Nicht alle Menschen, die zu den Belehrungen des Dalai Lama nach Bodh Gaya gekommen waren, hegten friedliche Gedanken.

* * *

Am nächsten Tag hatte es sich wie von selbst ergeben, dass Nora mit ihren neuen Bekannten zusammen frühstückte. Sie saß neben Sarah und versuchte, das stille blonde Mädchen in ein Gespräch zu ziehen, was endgültig scheiterte, als Hugh dazukam, sich auf die andere Seite seiner Freundin setzte und ihr mit Besitzermiene den Arm um die Schultern legte. Nora blickte auf und bemerkte, dass Fernando, der ihr gegenübersaß und sie bei ihren Bemühungen beobachtet hatte, leise vor sich hin lächelte.

Sie sicherten sich Sitzplätze in der Nähe ihrer gestrigen, um gut der Simultanübersetzung folgen zu können. Pünktlich um neun Uhr begann die zweite Belehrung des Dalai Lama.

Es war ein besonders heißer Tag. Die Sonne wanderte weiter am Himmel, und ihre Strahlen fielen dorthin, wo vorher Schatten gewesen war. Die Sitzplätze der Gruppe lagen bald in der prallen Sonne. Jeder versuchte auf seine Weise, sich gegen die Hitze zu schützen. Die drei Männer hatten sich helle Tücher über Köpfe und Nacken gelegt, unter denen ihre Gesichter verschwanden. Sarah und Claudia waren ein Stück abseits in den Schatten gerückt.

Gerade als sie ihnen folgen wollte, fiel Noras Blick auf einen jungen Mann, der alleine in der Nähe der Außenmauer saß. Mit weißem Gesicht war er nach hinten gerutscht. Sein Kopf war mit einer unnatürlich wirkenden Halskrümmung an die Mauer gelehnt. Nora beugte sich vor und machte Claudia leise auf den Mann aufmerksam. Diese stand auf, ging zu ihm hinüber und berührte ihn am Arm. Dabei sank er zur Seite und schlug willenlos erst mit der Schulter und dann mit dem Kopf auf dem gepflasterten Boden auf.

Nora erschrak. Was war mit ihm? War er von der Hitze ohnmächtig geworden?

Die deutsche Ärztin hatte den Ohnmächtigen mittlerweile unter den Armen gepackt und mit Fernandos Hilfe in den Schatten an der Seite des Tempels getragen, wo sie seinen Puls fühlte und versuchte, ihn durch leises Schütteln und Ansprechen aufzuwecken. Mit ernstem Gesicht wandte sie sich an Fernando. „Er muss so schnell wie möglich ins Krankenhaus. Kannst du das organisieren? Ich bleibe hier bei ihm, obwohl ich ihm kaum helfen kann."

Fernando verschwand sofort in Richtung Tempeleingang. Eine Ewigkeit später, so schien es Nora, kam er mit einem Arzt und zwei Sanitätern zurück.

Der Arzt untersuchte den jungen Mann. Sein Gesicht war besorgt, als er ihm eine Spritze in die Armvene gab. Danach zog er einen Pass aus der Brusttasche des Kranken. „Damian Kreuzberger. Aus Deutschland", murmelte er halblaut. „Gibt es hier noch andere Deutsche?"

Claudia meldete sich: „Ich bin auch Deutsche. Und ich bin Ärztin."

Der indische Arzt musterte sie. „Würden Sie dann bitte mit ins Krankenhaus nach Gaya kommen? Vielleicht ist es gut, wenn Sie mit ihm reden können, sobald er aufwacht."

„Kein Problem, das kann ich gern tun", erwiderte Claudia bereitwillig. An die Freunde gewandt, fügte sie hinzu: „Wartet ihr im Gartenrestaurant auf mich?"

Als der Patient auf eine Trage gehoben und abtransportiert wurde, folgte sie den Sanitätern zusammen mit dem indischen Arzt.

Der Vorfall hatte von dem Augenblick an, als Claudia und Fernando den Kranken in den Schatten an der Tempelseite gebracht hatten, außerhalb der Sichtweite des Dalai Lama stattgefunden. Nur die in unmittelbarer Nähe sitzenden Personen hatten etwas mitbekommen, sich aber wieder abgewandt, als sie sahen, dass professionelle Hilfe kam. Die Belehrungen gingen weiter, als wenn nichts geschehen wäre.

Mittags versammelte sich die Gruppe im Gartenrestaurant. Claudia war noch nicht wieder aufgetaucht. Alle bestellten sich etwas zu essen und zu trinken, diesmal ohne über die Fleischfrage herumzuplänkeln. So rechter Appetit mochte allerdings nicht aufkommen. Nora blickte hinauf in die Kronen der Bäume, in deren Schatten sie saßen, und hing ihren Gedanken nach. Sie fand es rätselhaft, dass der junge Mann so einfach umgekippt war.

Da kam Claudia herein. Sie wirkte erschöpft und von der Hitze mitgenommen. Hugh bot ihr Wasser an, das sie gierig trank.

„Es war schrecklich. Er ist nicht wieder zu sich gekommen. Ich konnte nicht mit ihm sprechen. Kurz nach der Ankunft im Krankenhaus ist er gestorben", erzählte sie.

„Wie kann das denn sein? Man stirbt doch nicht von ein bisschen zu viel Hitze!" Nora war verwirrt.

„Das ist den indischen Ärzten auch unklar", bestätigte Claudia.

„Vielleicht war er besonders empfindlich“, vermutete Fernando. „Bestimmt erfahren wir später mehr.“

Claudia fragte am Nachmittag im Krankenhaus an, ob die Obduktion eine Todesursache ergeben habe. Die Antwort überraschte sie. Die indischen Ärzte hatten trotz gründlicher Untersuchung nicht herausgefunden, woran der junge Deutsche gestorben war. Folglich vermuteten sie eine besondere Empfindlichkeit gegen direkte Sonneneinstrahlung. Außerdem erfuhr Claudia, dass über die deutsche Botschaft in Neu-Delhi die Angehörigen des Verstorbenen benachrichtigt worden waren. Sein Vater war bereits auf dem Wege nach Indien, um die Überführung seines Sohnes in die Heimat zu organisieren.

* * *

Am Abend beschloss Nora, ihre Reisepläne wegen dieses Vorfalls nicht zu ändern. Sie konnte im Grunde nicht helfen und war mit dem Toten nicht verbunden gewesen. Gleichwohl hatte die ganze Geschichte sie doch stärker mitgenommen, als ihr zunächst bewusst war. Die Aussicht, das Hotel bald verlassen zu können, erleichterte sie. In der Hotellobby verabschiedete sie sich von Fernando und seinen Freunden.

„Viel Erfolg noch bei Ihrer Arbeit“, wünschte Sarah.

„Danke, und Ihnen noch schöne Tage in Indien“, erwiderte Nora.

Fernando stand daneben und sah sie an. „Ich hoffe, dass unser nächstes Treffen erfreulicher verläuft“, sagte er ernst.

Sie drückte ihm die Hand und lächelte ein wenig. „Trotzdem vielen Dank für Ihre Hilfe! Ich melde mich mal und berichte Ihnen, ob ich den Stupa gefunden habe.“

„Bitte tun Sie das, es würde mich freuen!“, lächelte er zurück.

* * *

Eine E-Mail von Fernando erreichte Nora einige Tage später in Patna, als sie gerade von einem sehr aufschlussreichen Besuch im archäologischen Museum ins Hotel zurückgekehrt war.

Liebe Nora,
wie geht es Ihnen und Ihrer Arbeit?

Der in Gaya verstorbene junge Mann ist nun nach Deutschland überführt worden. Claudia hat dem Vater bei den Formalitäten geholfen und ist auch mit zurückgeflogen, da ihr Urlaub ohnehin zu Ende war. In Deutschland soll noch eine Obduktion durchgeführt werden, weil die Ärzte in Gaya die Todesursache ja nicht eindeutig herausgefunden haben.

Ich bin wieder an meinen Arbeitsplatz in Alt-Delhi zurückgekehrt.

Was machen Ihre Forschungen über die Buddha-Reliquien? Hoffentlich kommen Sie gut voran. Fahren Sie noch nach Dharamsala? Bitte schreiben Sie mir.

Wenn ich Ihnen irgendwie behilflich sein kann, lassen Sie es mich wissen.
Mit herzlichen Grüßen
Ihr Fernando

Als Nora die Nachricht las, wurde ihr unerwartet warm ums Herz. Sie war plötzlich froh, diesem sympathischen Inder einen Bericht vom Fortschritt ihrer Arbeit versprochen zu haben, und schrieb noch am selben Tag zurück.

Lieber Fernando,
danke für Ihre Nachricht, ich habe mich gefreut, von Ihnen zu hören. Ich bin gespannt, was die Obduktion ergeben wird.

Nach wie vor kann ich mir nicht vorstellen, dass einer so einfach an der Hitze stirbt. Irgendwas anderes muss da noch mit im Spiel gewesen sein.

Meine Arbeit kommt gut voran. Ich habe jetzt fast alle einschlägigen Orte besucht und mir im archäologischen Museum von Patna heute auch noch Sachen aus dem Magazin ansehen dürfen. Dieses Museum gehört zu den wenigen Orten, wo man ein Reliquiar mit echten Buddha-Reliquien besichtigen kann. Sie stammen aus Vaishali, nicht weit nördlich von hier.

Nach Dharamsala werde ich auf jeden Fall fahren, aber erst nächstes Jahr, da mir diesmal nur noch wenige Tage bleiben. Mein Flug geht am 8. März frühmorgens von Delhi.

Wenn Sie Lust haben, können wir uns vor meiner Abreise dort noch kurz treffen. Am 7. März um acht Uhr abends werde ich im United Coffee House, *meinem Lieblingsrestaurant in Delhi, zu Abend essen. Ich würde mich über Ihre Gesellschaft freuen.*
Herzliche Grüße
Ihre Nora

Kapitel 3

Neu-Delhi, Indien,
März 2007

Das *United Coffee House* am inneren Rundweg des Connaught Place war eines der traditionsreicheren Restaurants von Delhi. Man servierte dort nicht nur ausgezeichneten südindischen Filterkaffee und erstklassige Speisen aus indischer, orientalischer und europäischer Küche, sondern unterhielt auch einen Barbetrieb, der von Whisky über gekühltes indisches Bier bis zu diversen Weinen aus in- und ausländischer Produktion fast alles anbot, was das Herz begehrte.

Das 1942 gegründete Restaurant strahlte einen Rest kolonialen Flairs aus. Die sehr hohen Wände des über zwei Stockwerke reichenden vorderen Restaurantraumes waren statt mit Tapeten mit goldgerahmten Stoffapplikationen überzogen. Der hintere Teil des Raumes war in zwei Stockwerke geteilt. Unten befand sich die Bar, während die über eine Treppe erreichbare Galerie einen weiteren, etwas intimeren Restaurantraum enthielt. Er war mit Fotos aus der Kolonialzeit geschmückt, die britische und indische Politiker, Stadtansichten und altmodisch gekleidete englische Damen zeigten.

Eine der sympathischen Eigenschaften des unabhängigen Indiens, so fand Nora, war die, es nicht nötig zu haben, alle Relikte der Kolonialzeit zu unterdrücken und zu beseitigen: Sie waren zum Teil der indischen Geschichte und zum Teil Indiens geworden, und sie zu respektieren und geistig in Besitz zu nehmen, war Teil des nationalen Selbstbewusstseins in der weltgrößten Demokratie.

Die Kellner des *United Coffee House* wiesen vorbildliches Benehmen und mitunter winzige Anzeichen einer gewissen Blasiertheit auf, ganz wie man es von einer Einrichtung mit kolonialzeitlichen Wurzeln erwartete. Das einzige wirkliche Zugeständnis an die heutige Zeit waren die beiden Großbildschirme auf der Wand zur Straßenseite, auf denen verschiedene Fernsehprogramme, meist Werbesendungen, zu sehen waren. Der Ton war allerdings stumm geschaltet, da außerdem Musik lief.

Manchmal, wenn die beiden Gaststuben voll waren, also vor allem zu den Stoßzeiten am Mittag und Abend, musste man eine Viertelstunde draußen warten und wurde dann, sobald ein Tisch frei war, von dem freundlichen alten Türsteher, den man immer in einer Art Wildhüteranzug und mit einem Cowboy-Hut sah, hineingebeten. Innen wiesen die Kellner jeder Person oder Gruppe einen Tisch in der passenden Größe zu.

Nora mochte das *United Coffee House* nicht nur wegen seiner kulinarischen Köstlichkeiten, sondern auch wegen seiner internationalen Atmosphäre. Hierhin kamen indische Geschäftsleute mit ihren einheimischen oder ausländischen Geschäftspartnern, Paare jeden Alters und natürlich Touristen aus aller Herren Länder.

Nicht immer benahmen Letztere sich angemessen. Manchmal war allein ihre Bekleidung und Frisur in keinerlei Übereinstimmung mit den ungeschriebenen Gesetzen des Landes, die für beide Geschlechter bedeckte Schultern, Oberarme und Beine sowie ordentliche Frisuren vorsahen. Aber die gut geschulten Kellner ließen sich nichts anmerken und bedienten die ungekämmte junge Frau im fleckigen T-Shirt und ihren langhaarigen, mit Shorts bekleideten Partner ebenso höflich wie das traditionell gekleidete einheimische Pärchen am Nachbartisch, das aussah, als absolvierte es gerade das zu einer arrangierten Hochzeit gehörige Kennenlerntreffen.

Nora hatte sich bereits kurz vor acht eingefunden, die eventuelle Wartezeit auf einen Tisch einkalkulierend. Fernando erschien auf die Minute pünktlich, und als sie ihn auf sich zukommen sah, in der jetzt schon vertrauten Kombination aus Kurta und Hose, blieb ihr vor Freude einen Augenblick lang der Atem stehen. Sie aßen gemeinsam ein im Tandoori-Grill zubereitetes Huhn und tranken ein Glas einheimischen Wein dazu. Das Gespräch diente dem gegenseitigen Kennenlernen. Nora berichtete von ihrer Arbeit an der Universität Heidelberg, ihrem Unterricht, den Studierenden und den Kollegen. Fernando erzählte von dem

Verlag, in dem er Lektoren- und Editionsarbeiten versah. Texte und Bildbände zur indischen Kultur und Kunst, Reiseberichte, Indienromane und Klassiker der indischen Literatur waren Hauptpublikationsgebiete des Verlages. Nora nahm sich vor, gelegentlich dem Buchladen einen Besuch abzustatten, den der Verlag im Buchhändlerviertel Daryaganj in Alt-Delhi betrieb.

Und später erzählte Fernando von seiner Frau, die bei der Geburt ihres ersten Kindes vor einigen Jahren gestorben war. Auch das Kind hatte nicht überlebt.

„Das tut mir sehr leid", meinte Nora.

„Es ist, wie es ist."

Sie konnte merken, dass es ihm schwerfiel, darüber zu reden, obwohl er es ja selbst gewesen war, der die Sprache darauf gebracht hatte.

„Wo sind jetzt eigentlich Ihre buddhistischen Freunde aus Bodh Gaya?", erkundigte sie sich, taktvoll das Thema wechselnd.

„Das weiß ich im Moment eigentlich auch nicht so genau. Hugh ist Schüler eines tibetischen Lama und begleitet diesen manchmal auf Reisen. Mir ist nicht bekannt, wo der Lama sich gerade aufhält, er hat ein Zentrum in England, ist aber auch viel in Indien, und zwar meist in Dharamsala, soviel ich weiß. Vielleicht treffen Sie Hugh dort, wenn Sie nächstes Jahr hinfahren."

„Das wäre nett", bemerkte Nora höflich, obwohl sie sich keineswegs sicher war, dass sie Lust hatte, Hugh wiederzusehen, dessen selbstbewusstes, um nicht zu sagen überhebliches Verhalten sie in Bodh Gaya als ausgesprochen unangenehm empfunden hatte.

„Claudia arbeitet ja in Deutschland an einem Krankenhaus in Berlin. Günter wohnt in München. Er ist Fotograf und reist viel. Vielleicht ist er gerade schon wieder in einem anderen Erdteil unterwegs. Und Sarah? Falls die nicht mit ihrem Studium in Lancaster beschäftigt ist, ist sie vielleicht bei Hugh, sie ist seine neue Freundin. Davor war er jahrelang mit Claudia zusammen, aber die hat sich im letzten Jahr einige Zeit vor der Fahrt nach Bodh Gaya von ihm getrennt."

„Aha." Nora erinnerte sich an den gereizten Wortwechsel der beiden im Gartenrestaurant in Bodh Gaya. Und was Sarah betraf, so waren ihre schmachtenden Blicke auf Hugh nicht zu übersehen gewesen.

„Und Sie?", erkundigte Fernando sich etwas zu beiläufig, „Gibt es jemanden, der in Deutschland auf Sie wartet?"

„Gab es. Michael und ich waren fünf Jahre lang verheiratet. Es klappte aber nicht, vor allem, weil er meine Wissenschaft nicht akzeptieren konnte. Er selbst hat die Uni nach der Promotion verlassen und ist zu einer Firma gegangen. Wir haben uns vor vier Jahren getrennt. Seitdem bin ich vom Thema ‚Ehemann' erst mal kuriert."

„Wie schade für ihn", scherzte Fernando. „Er wusste wohl nicht, wie charmant eine Frau sein kann, die sich für buddhistische Knochenreste interessiert." Er zwinkerte ihr zu.

„Sie machen sich über mich lustig!", beschwerte sie sich gespielt vorwurfsvoll.

Plötzlich wurde er ganz ernst. „Bestimmt nicht. Es war nur ein Scherz. Und ich habe großen Respekt für die Liebe, mit der Sie sich in Ihre Arbeit versenken. Ich habe das als Kompliment gemeint, auch wenn es vielleicht nicht so klang."

Bald war es Zeit für den Aufbruch. Noras Flug ging um drei Uhr früh. Sie zahlten, verließen das Lokal, und Nora telefonierte das Taxi heran, mit dem sie schon gekommen war. Ihr Hotel lag im Süden der Stadt.

„Kann ich Sie noch irgendwohin mitnehmen?"

Er schüttelte den Kopf. „Nein, vielen Dank. Ich muss genau in die entgegengesetzte Richtung. Ich nehme eine Autorikscha. Lassen Sie uns hier ‚Auf Wiedersehen' sagen." Er betrachtete sie einen Moment mit einem weichen Gesichtsausdruck, dann nahm er sie in den Arm und drückte einen Kuss auf ihre Stirn. Wenige Augenblicke später war er zwischen den vielen Passanten verschwunden, die in dieser frühen Nachtstunde auf der inneren Ringstraße des Connaught Circle unterwegs waren.

* * *

Die ersten Tage und Wochen nach Noras Rückkehr waren mit Verpflichtungen an der Universität angefüllt: Vorlesungen und Seminare waren vorzubereiten, Hausarbeiten, Referate und Klausuren des letzten Semesters zu korrigieren, kleinere Publikationen abzuschließen und einzureichen, und die endlosen akademischen Gremiensitzungen begannen auch schon wieder, pünktlich zu Vorlesungsbeginn.

In einer freien halben Stunde besichtigte die junge Forscherin die Werke von Heinrich Harrer, die sich in der Universitätsbibliothek anfanden. Sie enthielten mehrere verschiedene Fotos und sehr knappe Angaben über den Dalai Lama und die Buddha-Reliquien, aber nichts über deren Überbringer oder das darauf folgende Schicksal des goldenen Stupas. Ansonsten blieb ihr für ihre Forschungsarbeit über die Buddha-Reliquien für eine Weile kaum Zeit. Die Ereignisse in Indien rutschten in ihrer Erinnerung gewissermaßen nach hinten. Bis sie eines Tages eine E-Mail aus Indien erhielt.

Liebe Nora,
wie geht es Ihnen? Ich denke oft an Sie.

Kürzlich bekam ich eine Nachricht von Claudia über die Obduktion des Toten von Bodh Gaya. Sie schreibt, dass er an einem seltenen und schwer nachweisbaren Gift gestorben sei, das er kurz vor seinem Tod eingenommen habe. Wenn er also nicht Selbstmord begangen hat, dann muss er getötet worden sein. Es fällt mir schwer, mir vorzustellen, dass jemand ausgerechnet eine Belehrung des Dalai Lama dazu benutzt haben soll, einen Menschen (oder sich selbst) umzubringen.

Claudia schreibt auch, dass die deutsche Polizei informiert ist und in Zusammenarbeit mit der indischen Polizei herausfinden will, was passiert ist. Sie wollen alle erreichbaren Zeugen vernehmen. Ich habe daher Claudia Ihre E-Mail-Adresse gegeben, die sie der Berliner Polizei mitteilen wird. Claudias Kontaktadresse finden Sie unter meinem Brief.

Ich würde Sie gerne wiedersehen. Wann kommen Sie wieder nach Indien?
Liebe Grüße
Ihr Fernando

Nora hielt einen Augenblick inne und dachte an ihre Begegnung mit Fernando, vor allem an jenen letzten Abend in Delhi. In den vergangenen Wochen hatte sie die Frage verdrängt, welche Art von Beziehung sich da zu entwickeln begonnen hatte. Sie wollte eigentlich keine „Komplikationen", schon gar nicht über Kontinentalgrenzen hinweg. Nun, vorläufig konnte sie diese Frage noch auf die Zukunft verschieben, es war ja nichts wirklich Dramatisches passiert.

Sie wandte sich der nächsten E-Mail zu, die in der Tat von Claudia kam:

Liebe Nora,
wie Ihnen Fernando Soares möglicherweise schon mitgeteilt hat, haben die deutsche und die indische Polizei Ermittlungen in dem Todesfall aufgenommen, den wir in Bodh Gaya

miterlebt haben. Der Tod erfolgte durch Gift, und zwar durch ein sehr seltenes und schwer nachweisbares Gift, das die deutschen Ärzte überhaupt nur gefunden haben, weil gerade jemand an meiner Klinik in Berlin über just diesen Stoff und seine Wirkungen forscht.

Ich habe von Fernando Ihre Adresse erhalten und an die Berliner Polizei weitergeleitet. Sie wird sich bei Ihnen melden.

Und wie geht es Ihnen? Hoffentlich hatten Sie noch Erfolg mit Ihrer Arbeit in Indien.

Viele Grüße
Ihre Claudia Hoffmann

* * *

Nora musste nicht lange warten, bis sie den Anruf der mit dem Fall betrauten Berliner Mordkommission erhielt. Da sie ohnehin einen Besuch in Berlin plante, um in der Orientabteilung der Staatsbibliothek Preußischer Kulturbesitz einige Sanskrit-Manuskripte durchzusehen, war es nicht schwierig, einen kurzfristigen Termin für ihre Zeugenaussage zu vereinbaren.

Wenige Tage später saß sie im Kriminalkommissariat Hauptkommissar Müller gegenüber und schilderte ihm die Ereignisse am Tempel.

„Kannten Sie den Toten?“, fragte er, als sie geendet hatte. Sie schüttelte den Kopf. „Es ist möglich, dass ich ihn am Tag vorher auch bei den Belehrungen bemerkt habe, aber ich kann mich nicht genau erinnern. Ich glaube allerdings, dass er in unserem Hotel gewohnt hat, zumindest meine ich, ihn dort am Abend vor seinem Tod gesehen zu haben.“

„Können Sie mir bitte aufzeichnen, wo Sie und die verschiedenen Beteiligten gesessen haben?“ Der Hauptkommissar legte ihr einen Plan des Tempelgeländes vor.

Sie bemühte sich, die korrekten Plätze zu zeigen. „Am Anfang saßen wir alle hier unter diesem Sockel im Schatten. Als die Sonne wanderte, sind die beiden anderen Frauen dem Schatten nachgerückt, also weiter in diese Richtung. Die Männer blieben in der Sonne sitzen. Gerade als ich den beiden Frauen folgen wollte, entdeckte ich den Ohnmächtigen, er saß ungefähr hier, also hinter uns, an die Mauer gelehnt."

„Wissen Sie noch, um welche Uhrzeit Sie die Bewusstlosigkeit des Opfers bemerkt haben?"

„Ich schätze, es war so gegen Viertel nach zehn. Die Belehrungen hatten um neun Uhr angefangen. Als die Sanitäter ihn abtransportierten, habe ich auf die Uhr gesehen, und da war es zehn nach halb elf Uhr."

„Hm." Der Polizeibeamte wirkte gedankenverloren.

„Darf ich Sie etwas fragen, Herr Hauptkommissar?"

„Aber bitte", bot er an.

„Handelt es sich um ein schnell wirkendes Gift oder braucht es länger, bis es zu einer Ohnmacht kommt?"

„In der ausreichenden Dosis braucht es ungefähr eine Stunde oder etwas mehr bis zum Tod", erwiderte Müller. „Ohnmächtig wird man spätestens nach einer Viertelstunde."

„Das bedeutet, dass das Gift ihm am Tempel eingeflößt worden sein muss. Wie kann das passiert sein, ohne dass jemand etwas bemerkte? Oder heißt das, dass es auf jeden Fall Selbstmord war?"

„Könnte sein. Andererseits kann heute keiner mehr rekonstruieren, wer eventuell dem Opfer etwas zu essen oder zu trinken angeboten hat oder ob das Gift zum Beispiel einer Medizin, einem Getränk oder einem festen Nahrungsmittel beigemischt worden war, das er eingenommen hat, als er am Tempel saß. Während der Veranstaltung haben ja schätzungsweise alle Anwesenden ihre Aufmerksamkeit auf den Redner gerichtet, niemand dürfte etwas gesehen haben, zumal das Opfer ja auch weit hinten gesessen hat."

Er hielt einen Augenblick inne und fügte hinzu: „Im Übrigen, wie sollen wir weitere Zeugen finden? Außer Ihnen und Ihren Freunden kennen wir ja niemanden, der noch als Zeuge infrage kommt. Und die Veranstaltung war öffentlich, also gab es auch keine Registrierung der Teilnehmer. Jeder hätte dorthin kommen und sich zu dem Opfer setzen können. Es ist fast aussichtslos, heute noch nach Spuren zu suchen."

„Hätte es Zweck, die deutschen buddhistischen Zentren anzusprechen?", wollte Nora wissen. „Vielleicht können sie Leute benennen, die bei der Veranstaltung mit dem Dalai Lama dabei gewesen sind?"

„Diese Anfrage läuft bereits", erwiderte Müller. „Allerdings war das Publikum ja international. Nur die Deutschen zu befragen, reicht vielleicht nicht aus. Obwohl bei den Deutschen die Wahrscheinlichkeit wohl höher ist, dass jemand Damian Kreuzberger gekannt hat."

„Ich wünsche Ihnen in jedem Fall viel Erfolg. Haben Sie noch Fragen an mich?"

„Nein, vielen Dank, Frau Brombach, wir sind so weit fertig. Aber es kann sein, dass wir Sie nochmals brauchen. Könnten Sie uns – freiwillig selbstverständlich – vorher Bescheid sagen, wenn Sie erneut ins Ausland gehen?"

„Kein Problem. Das wird aber vorläufig nicht geschehen. Voraussichtlich frühestens im nächsten Jahr. Ich werde es Ihnen rechtzeitig mitteilen."

* * *

Am selben Tag hatte Nora sich mit Claudia zum Abendessen verabredet. Sie trafen sich in einem Restaurant im Berliner Bezirk Mitte. Natürlich waren die Ereignisse von Bodh

Gaya das Gesprächsthema der beiden Frauen, nachdem sie ein warmes Abendessen und Rotwein bestellt hatten.

„Es ist mir unklar, was da eigentlich geschehen ist“, begann Claudia. „Was glauben Sie? War es Mord oder Selbstmord?“

„Keine Ahnung.“ Nora zuckte die Achseln. „Ich kannte den jungen Mann ja nicht. Aus den Informationen von Hauptkommissar Müller entnehme ich nur, dass er das Gift an Ort und Stelle zu sich genommen haben muss. Oder sehen Sie das anders?“

„Nein. Ich bin zwar auch keine Spezialistin für Gift, schon gar nicht für dieses seltene, aber nach allem, was ich von den Kollegen im Krankenhaus gehört habe, kann er das Gift nicht später als eine Stunde vor seinem Tod eingenommen haben, und der trat ungefähr um elf ein.“

„Das heißt, dass er das Gift spätestens um zehn herum eingenommen haben müsste“, überlegte Nora. „Und zu spät zu den Belehrungen ist er doch nicht gekommen, oder können Sie sich an irgendetwas dergleichen erinnern?“

„Nein.“ Claudia schüttelte nachdenklich den Kopf. „Das hätte ich nach seinem Tod bestimmt noch gewusst. Ich habe die Ereignisse ja schon direkt hinterher wieder und wieder vor dem inneren Auge zu rekonstruieren versucht, weil es mir so merkwürdig vorkam, dass ein junger Mensch so einfach an der Hitze gestorben sein sollte. Irgendwie habe ich von Anfang an nicht daran geglaubt.“

„Ich auch nicht“, bestätigte Nora, „obwohl ich es natürlich nicht so gut beurteilen kann wie Sie als Ärztin.“

Der Kellner brachte den Rotwein.

„Wie wäre es, wenn wir bei dieser Gelegenheit zum Du übergehen?“, schlug Claudia vor.

„In Ordnung.“ Nora erhob ihr Glas, und sie stießen an.

„Morgen Vormittag ist übrigens die Beerdigung von Damian Kreuzberger", bemerkte die junge Ärztin. „Wegen der Obduktion und ihres rätselhaften Ergebnisses hat es so lange gedauert. Ich werde hingehen. Ich habe den Vater ja nach Deutschland zurückbegleitet."

„Ich komme auch, wenn du mir sagst, wo es ist. Wie ist denn der Vater?"

„Er ist ein sehr netter Mensch und tut mir ziemlich leid. Er ist verzweifelt. Es muss furchtbar sein, den Sohn zu verlieren, noch dazu unter diesen Umständen."

„Hält er denn einen Selbstmord für möglich?"

„Nein! Er ist überzeugt, dass Damian nicht im Traum daran gedacht hat, sich umzubringen. Er hat sofort nach der Rückkehr nach Deutschland Anzeige gegen unbekannt bei der Polizei erstattet. Wegen Mordes an seinem Sohn."

„Interessant", murmelte Nora. Sie dachte eine Weile nach. „Was glaubst du, was da eigentlich passiert ist? Wer kommt auf die Idee, ausgerechnet während einer Belehrung des Dalai Lama jemanden umzubringen? Das scheint so widersinnig."

„Ja, nicht wahr?", stimmte Claudia zu. „Das denke ich auch, seit ich weiß, dass es ein gewaltsamer Tod war. Damian muss von jemandem, der auch zu den Belehrungen gekommen ist, sehr gehasst worden sein."

„Wenn der Mörder sich an die Ratschläge des Dalai Lama gehalten hätte", meinte Nora nachdenklich, „dann hätte er Damian nicht getötet. Er hätte ihn als seinen Lehrer verehrt."

„Du hast gut zugehört."

„Ob überhaupt irgendjemand von denen, die zu Füßen Seiner Heiligkeit sitzen, das schafft, den eigenen Feind als Lehrer zu sehen? Kommt mir schwierig bis unmöglich vor. Das christliche ‚Liebet eure Feinde' hat ja auch schon nicht so richtig geklappt … Vielleicht muss man dazu wirklich so was wie erleuchtet sein."

Claudia lächelte. „Mag sein. Es ist kein leichter Weg, diese buddhistische Praxis. Und mit am schlimmsten ist der Selbstbetrug. Du denkst, jetzt hast du es verstanden, hältst dich allen Ernstes für halb erleuchtet, und genau dann machst du die größten Fehler. Natürlich nimmt man das bei anderen immer deutlicher wahr als bei sich selbst. Nimm Hugh und mich. Du weißt bestimmt, dass wir mal ein Paar waren?"

„Fernando hat es angedeutet, ja."

Claudia nahm einen Schluck Wein. „Ich habe seine selbstgerechte Art irgendwann einfach nicht mehr ertragen können. Er hat sich so verhalten, als sei er der Einzige, der verstand, worum es ging. Er ließ mir nicht genug Raum für meine Entwicklung. Ich durfte nie meine eigenen Fehler machen."

Nora grinste. „Ich habe euch beide zusammen erlebt. Außerdem hatte ich auch mal so einen ähnlichen Mann. Ich weiß also gut, wovon du redest. Und Sarah macht das nichts aus?"

„Sie himmelt ihn an und hält ihn vermutlich für erleuchteter als den Dalai Lama." Claudia lachte. „Nein, im Ernst, ich gönne ihn ihr und sie ihm von Herzen. Mögen sie glücklich miteinander werden. Es geht mir richtig gut, seit ich wieder solo bin. Und wenn es nur daran liegt, dass ich seitdem niemanden mehr für meine eigenen Fehler verantwortlich machen kann."

„Kann ich verstehen." Nora erhob ihr Glas. Die beiden Frauen tranken sich zu.

Claudia lächelte: „Es ist zwar ein widriger Anlass, aber ich freue mich richtig, dass wir uns kennengelernt haben."

* * *

Die Trauerfeier fand am nächsten Vormittag auf dem Friedhof von Lichterfelde im Süden Berlins statt. Sie wurde von einem jungen Pastor gehalten, an dessen warmherziger Predigt die enge Freundschaft deutlich wurde, die ihn mit dem Verstorbenen verbunden hatte. Das Charakterbild, das er von Damian zeichnete, zeigte einen aufgeschlossenen, an religiösen Fragen interessierten jungen Mann, einen begeisterten Studenten der Geografie, der für sein Leben gern gereist war. Einen, der gern gelebt hatte. Der vielen wichtig gewesen war und eine Menge Freunde gehabt hatte. Schwer vorstellbar, dass er all dies aus eigenem Antrieb zurückgelassen haben sollte.

Als Claudia und Nora dem Vater des Toten am offenen Grab kondolierten, blickte Nora in ein schmerzerfülltes, aber gefasstes Gesicht. Damians Vater gefiel ihr auf Anhieb. Bestimmt war er ein guter und liebevoller Vater gewesen, insbesondere nach dem frühen Tod der Mutter, von dem sie aus der Trauerpredigt wusste. Die älteren Geschwister Damians, eine Schwester und ein Bruder, standen neben ihrem Vater. Auch sie sahen sympathisch aus, fand Nora, ganz und gar nicht wie eine Familie, die einen jungen Mann in den Freitod treiben würde. Sicherlich hatte es in dieser Familie, wie fast in jeder anderen, gelegentlich Auseinandersetzungen gegeben. Aber destruktive Kämpfe, die das Selbstwertgefühl zernagten und die Freude am Leben nahmen, waren das wohl eher nicht gewesen.

Nach der Trauerfeier gab es einen Imbiss, zu dem Nora und Claudia von Susanne Kreuzberger, der Schwester des Toten, ausdrücklich eingeladen worden waren. Damians Vater hielt eine kurze Rede auf seinen Sohn. Die Begeisterung für den Dalai Lama und seine Friedensbotschaft sei eine der letzten wichtigen Tatsachen in Damians Leben gewesen. Im Umgang des Dalai Lama mit den Feinden Tibets, den chinesischen Besatzern, habe Damian vieles von dem gefunden, was ihn auch an Jesus Christus fasziniert habe. Damian sei kein großer Kirchgänger gewesen. Jedoch habe er die Botschaft der Bergpredigt sehr ernst genommen. „Der Dalai Lama ist einer der wenigen, die verstanden haben, was Feindesliebe eigentlich heißt", habe er in seinem letzten Telefongespräch mit dem Vater gesagt, nur einen Tag vor seinem Tod. Und dass er deswegen begonnen habe, sich mit der Meditation und Philosophie des tibetischen Buddhismus zu beschäftigen.

* * *

Am Abend schrieb Nora:

Lieber Fernando,
inzwischen bin ich in Berlin. Ich habe bei der Polizei ausgesagt, Claudia getroffen und an der Trauerfeier für Damian Kreuzberger teilgenommen. Nun kenne ich seine Familie, alles sympathische Leute. Nein, ich glaube nicht, dass er sich das Leben genommen hat, es sei denn, es ist vor seinem Tod etwas sehr Dramatisches passiert, von dem wir nichts wissen. In dem Fall muss es aber jemanden geben, der ihn in den Tod getrieben hat, und das auf eine so rabiate Weise, dass auch das eine Art Mord wäre.

Zu Ihrer Frage: Ich werde im nächsten Frühjahr nach Indien kommen, hauptsächlich um die Recherche in Dharamsala durchzuführen. Wenn Ihnen das zu lange dauert, warum lassen Sie sich eigentlich nicht von Ihrem Verlag zur Buchmesse nach Frankfurt schicken? Auch in Deutschland gibt es Interessenten für gute Bücher über Indien …
Mit herzlichem Gruß
Ihre Nora

* * *

Fernando beziehungsweise sein Verlag nahmen ihrc Anregung ernst, und er erschien im Oktober zusammen mit einem Kollegen und einer Auswahl aktueller Bücher seines Verlages auf der Buchmesse. Nora hatte sich in gewohnter Weise die Tage freigenommen – was wegen des bevorstehenden Semesteranfangs an der Universität wie immer ein wenig schwierig gewesen war – und ein Hotel in Frankfurt genommen. Wenn Fernando nicht gerade an seinem Messestand Dienst hatte, zeigte sie ihm die Altstadt von Frankfurt, den Dom, den Römer und die Paulskirche. Am Abend wanderten sie den erleuchteten Schaumainkai, das südliche Mainufer mit der Museumsmeile, entlang. Und gingen zusammen ins Kino, um den neuesten Bollywood-Streifen anzuschauen, den das Frankfurter Filmmuseum anlässlich der Buchmesse zeigte.

Es musste wohl irgendwann in diesen Tagen gewesen sein, dass Nora begann, sich ernsthaft in ihren indischen Freund zu verlieben. Sie wehrte sich dagegen und achtete streng darauf, nach außen ihre distanzierte Haltung zu bewahren. Sie erlaubte ihm keine weitere Annäherung.

Er versuchte nicht, die gesetzte Grenze zu durchbrechen.

Kapitel 4

Vorberge des westlichen Himalaya, Indien

März 2008

Es war gegen sechs Uhr morgens, irgendwo südlich von Kangra in den Bergen von Himachal Pradesh, im Frühjahr des darauf folgenden Jahres. Der Himmel war schon hell, aber die Sonne war noch nicht so richtig hinter den Bergen hervorgekommen. Noras Taxi, das sie nach ihrer Ankunft am Bahnhof von Pathankot kurz nach fünf Uhr morgens angeheuert hatte, holperte über die schlaglochübersäte Bergpiste. Sie war unterwegs zu dem berühmten Bergtempel der Göttin Jwalamukhi in dem gleichnamigen Ort, für den sie auf ihrem Weg nach Dharamsala einen Umweg von einigen Stunden eingeplant hatte. Plötzlich verlangsamte der Taxifahrer die Fahrt, und sie sah, dass die Straße vor ihnen voller Polizei war.

„Was ist denn da los?“, fragte sie.

„Tibetan march – Tibetischer Marsch!“ Mit seinem gebrochenen Englisch machte der Fahrer ihr die Sache nicht viel deutlicher. Da sie nun vorerst nicht mehr weiterfahren konnten, stieg sie aus und ging auf die Menschenansammlung zu. Aus der Nähe sah sie, wie indische Polizisten in khakifarbenen Uniformen dabei waren, mehrere am Boden liegende Menschen hochzuheben und abzutransportieren. Einige der Liegenden hatten rotblau bemalte Gesichter, und einer trug an einem Stock eine Fahne mit rotblauen, von einem Zentrum ausgehenden Streifen und gelbem Rand; sie erkannte die im besetzten Tibet verbotene tibetische Nationalflagge. Auf der Straße, die auf eine Brücke zuführte, waren um die hundert Zivilisten, die von der Polizei umringt und zum Einsteigen in Polizeibusse genötigt wurden, darunter auch Mönche und Nonnen in weinroten Roben. Einige von ihnen hatten sich auf die Straße gelegt, um den Beamten den Abtransport zu erschweren. Ganz offensichtlich ging es hier um eine politische Demonstration.

Da entdeckte sie einen anderen Europäer am Straßenrand, auch sein Auto war durch die Polizeimaßnahme aufgehalten worden. „Eine Aktion der Exiltibeter in Dharamsala“, erklärte der ungefähr fünfzigjährige Mann auf Noras Frage mit einem deutlich erkennbaren holländischen Akzent, „im Zusammenhang mit der Olympiade. Ein tibetischer Dichter ist der Initiator, Tenzing Tsundue.“

„Und worum geht es hier konkret?", wollte Nora wissen.

„Sie demonstrieren für das Recht der Tibeter, nach Tibet zurückzukehren. Sie wollten bis Lhasa marschieren und dort an dem Tag ankommen, an dem die Olympiade in Peking eröffnet wird."

„Na ja", meinte Nora, „Indien mag natürlich keine antichinesischen Demos."

„Eben. Sie wollen es sich nicht mit den Chinesen verderben." Der Holländer erhob seine Kamera und machte ein paar Fotos von der Szene.

„Über die Grenze wären sie doch wohl ohnehin nicht gekommen, oder? Bei der strengen Bewachung durch die Grenzpolizei …"

„Stimmt. Es geht aber offensichtlich mehr um die Medienpräsenz. Jetzt, kurz vor der Olympiade, wollen sie die Welt auf die Menschenrechtsverletzungen in Tibet aufmerksam machen. Ob's was hilft, ist die Frage, aber wenigstens verlieren sie den Mut nicht."

Inzwischen hatte die Polizei alle tibetischen Demonstranten in Polizeibusse verfrachtet. Der Stau löste sich allmählich auf. Nora bedankte sich bei dem Holländer für die Auskünfte und ging zu ihrem Taxi zurück. Dieses setzte, im Schlepptau der Polizeibusse, seinen Weg nach Jwalamukhi fort.

* * *

Etwas später saß Nora im Schatten am Hang oberhalb des Jwalamukhi- oder „Flammenmaul"-Tempels und blickte hinab auf die in der Sonne glänzenden goldenen Kuppeldächer des hinduistischen Heiligtums. Sie hatte die verschiedenen, teilweise in den Boden eingelassenen Altäre besucht, aus denen die Göttin in Form einer natürlichen

Flamme hervorzüngelte, und ein Stückchen rotgoldenen Stoffes als ortsübliche Opfergabe dargebracht. Sie hatte das Wasser gesehen, auf dem die Göttin als Flamme zu schweben schien und war von einem Priester mit dem Wasser besprenkelt worden. Sie mochte diesen Ort und seinen archaischen Kult.

Ihre Gedanken gingen zurück zu den hundert Tibetern, die jetzt wohl in der Polizeistation des Dorfes Jwalamukhi vernommen wurden. Weil sie demonstrativ versucht hatten, in ihre Heimat zurückzukehren. Weil Indien befürchtete, die chinesischen Unterdrücker Tibets zu verärgern, wenn es sie gewähren ließ. Die Tibeter mussten das vorher gewusst haben. Es hatte sie aber nicht abgehalten, obwohl manche von ihnen möglicherweise damit ihren Aufenthaltsstatus als Flüchtlinge in Indien in Gefahr gebracht hatten. Nora bewunderte ihren Mut.

* * *

Über dem Dauladhar-Massiv ging die Sonne auf und tauchte die bewaldeten Hügel um Dharamsala in eine bezaubernde, goldene Wärme. Die ersten Busse aus Delhi und Pathankot keuchten die steile Hauptstraße herauf, man hörte Hundebellen, Kindergeschrei und das Krächzen der allgegenwärtigen indischen Raben, in das sich jetzt in einiger Entfernung die monotonen Stimmen betender tibetischer Nonnen mischten. Auf dem Dach des Hotels *Nikhil*, nicht weit vom größten buddhistischen Nonnenkloster Dharamsalas, genoss Nora die ersten Sonnenstrahlen, in der Hand eine dampfende Tasse ihres südindischen Lieblingskaffees, den sie sich mit einem kleinen Reisekocher selbst aufgebrüht hatte. Vor sich sah sie den nordöstlich von Dharamsala liegenden, bewaldeten Gebirgszug und dahinter zwei beschneite Spitzen des Dauladhar-Bergmassivs. Der Anblick löste ein tiefes Glücksgefühl in ihr aus.

Lange genug hatte es gedauert, bis sie den Weg hierher gefunden hatte. Ihre Gedanken gingen zurück zu jenem Tag, als sie in Bodh Gaya zum ersten Mal von dem rätselhaften goldenen Stupa gehört hatte. Aus dem Munde ihres neuen Freundes Fernando. Über ein Jahr später war sie nun hier, um der Sache auf den Grund zu gehen. Eigentlich waren es sogar zwei Dinge, die sie zu erforschen hatte. Das eine war der Verbleib des goldenen Stupas und vor allem seines Inhaltes. Das andere waren ihre Gefühle für Fernando. Sie konnte nicht unterscheiden, welches von beiden ihr stärker auf der Seele brannte.

* * *

Das Dorf McCleod Ganj, der oberste Teil des Bergortes Dharamsala, zog sich in wenigen parallel zueinander angeordneten Straßen auf einer Bergzunge der Himalaya-Vorberge entlang. Der größte Teil des Ortes war auf Touristen eingestellt: kleinere und größere Hotels, Restaurants und Souvenirläden, dazwischen Büros, die den Belangen der Exiltibeter gewidmet waren oder zur freiwilligen Mitarbeit an Sozialprojekten einluden. Das Straßenbild wurde von indischen und europäischen, aber vor allem von tibetischen Gesichtern dominiert, darunter immer wieder Mönche und Nonnen in ihren weinroten Roben. Von morgens bis abends herrschte dichtes Gedränge auf den wenigen Straßen, wo sich von Zeit zu Zeit hupende Autos, Jeeps und Motorräder zwischen den Fußgängern hindurchquetschten. Nora war immer wieder beeindruckt davon, dass die ständigen Staus, das ewige Hupen der Autos und das Zur-Seite-springen-Müssen der Fußgänger nicht zu Reibereien und Aggressionen führte.

Das Zentrum Dharamsalas und Ziel der meisten Besucher des Ortes war der Tempel des Dalai Lama. Er befand sich auf einem Hügel am Fußende der abwärts führenden Temple Road und bildete zusammen mit der Residenz des tibetischen Oberhaupts und einem Bürogebäude einen großen Komplex, der nicht planmäßig angelegt, sondern nach und nach gewachsen und entsprechend unübersichtlich war. Als McCleod Ganj dem Dalai Lama 1960 von der indischen Regierung als Exilwohnsitz angeboten wurde, wusste ja noch niemand, dass das tibetische Oberhaupt ein halbes Jahrhundert später immer noch dort wohnen würde – mittlerweile als die weltweit meistgefragte religiöse Persönlichkeit, die Scharen von Touristen, Buddhisten und spirituellen Suchern aus allen Ecken der Welt nach Dharamsala zog.

Noch bevor sie den Tempel besuchte, ging Nora in das Tibet-Museum am Beginn des Tempelkomplexes. In eindrucksvollen Fotos und Texten dokumentierte das kleine Museum den chinesischen Überfall 1950, den Volksaufstand am zehnten März 1959 und die folgende abenteuerliche Flucht des Dalai Lama nach Indien. Weitere Fotos waren der chinesischen Zwangsherrschaft und der kommunistischen Indoktrinierung der Tibeter gewidmet. Im Obergeschoss befanden sich Foltergeräte, die tibetische politische Gefangene aus chinesischen Gefängnissen herausgeschmuggelt und auf gefährlichen Fluchtwegen durch die Berge nach Dharamsala mitgebracht hatten.

Die von Harrer fotografierte Szene mit dem goldenen Stupa fiel in den März 1951, als das noch nicht sechzehnjährige tibetische Oberhaupt vorübergehend im südtibetischen Tschumbi-Tal residiert hatte. Dort hatte ihn die Abordnung aus Indien besucht und ihm den Stupa überbracht. Dieses Ereignis fehlte jedoch im Museum. Nora fing ein Gespräch mit der jungen Tibeterin an der Kasse an, die eine Menge über die heutige Situation in Tibet wusste, aber wenig über die Fünfzigerjahre. Nora musste anderswo weitersuchen und mit etwas Geduld darauf vertrauen, dass sie die richtige Informationsquelle schon finden würde.

Vom Museum wanderte sie weiter zum Tempel, den sie über eine Treppe zwischen zwei Gebäuden hindurch erreichte, vorbei an einem Buchladen. Der kleine Haupttempel wurde beherrscht von einem großen, mit einem gelben Tuch zugedeckten Thron für den Dalai Lama in der Mitte des Tempelraumes. Dahinter sah sie einen weit überlebensgroßen goldenen Buddha und an der linken Wand zwei ebenfalls sehr große Statuen, von denen die rechte, wie sie aus ihrem Reiseführer wusste, eingearbeitete Überreste einer in Lhasa von chinesischen Soldaten zerschlagenen Figur enthielt. Einen Augenblick sah Nora uniformierte Männer vor sich, die auf wehrlose Buddhafiguren einschlugen. Sie schüttelte den Kopf. Welches Ziel oder Ideal jemand auch immer anstreben mochte – die Zerstörung dessen, was anderen heilig war, ließ sich dadurch ebenso wenig rechtfertigen wie die Tötung von Menschen.

An der rechten Tempelwand, dem großen goldenen Buddha zugewandt, saß ein Mönch, in Meditation versunken. Leise, um ihn nicht zu stören, verließ die Besucherin den Tempel. Gedankenverloren umrundete sie das Heiligtum, wobei sie die Gebetsmühlen an der äußeren Tempelwand in Bewegung setzte. Es kam ihr die Idee, den Buchladen unten an der Treppe aufzusuchen.

Der Buchladen bot Texte des Dalai Lama an und ferner eine Menge schöner und teurer Bildbände über Tibet. Über die Ereignisse im Tschumbi-Tal fand sie nichts. Ohne Ergebnis verließ sie den Laden wieder. Allzu leicht wurde ihr die Recherche ganz offensichtlich nicht gemacht.

* * *

Als Nora am Abend des zweiten Tages nach ihrer Ankunft in ihr Hotel zurückkam, hörte sie vom Ausbruch der Gewalt in Lhasa. Seit dem zehnten März, dem 59. Jahrestag des tibetischen Volksaufstandes von 1959, hatte es Unruhen im Land gegeben. Angefangen hatte alles mit einer Demonstration einiger Hundert Mönche aus verschiedenen Klöstern in Lhasa. Es hatte nicht lange gedauert, bis die chinesische Polizei gewaltsam eingriff, zunächst mit Tränengas, dann auch bald mit Verhaftungen. Und nun also die Antwort verzweifelter Tibeter: Demonstranten zündeten Geschäfte und Autos an, und tibetische Bewohner suchten sich vor der Gewalt ihrer Landsleute zu schützen, indem sie Khataks, traditionelle weiße Zeremonialschleier, an ihren Türen anbrachten, um den gewaltbereiten Demonstranten zu signalisieren, dass hier Tibeter und keine Chinesen wohnten.

* * *

Peking erklärt „Volkskrieg"

Truppen marschieren in Lhasa ein

Peking – Dharamsala, 16. März. Kurz vor Ablauf des Ultimatums, mit dem die demonstrierenden Tibeter zum Aufgeben gezwungen werden sollen, marschierten heute chinesische Sicherheitskräfte in Lhasa ein, während die lokale Regierung einen „Volkskrieg" ausrief, um die massiven Forderungen nach Unabhängigkeit niederzuschlagen. ...

Einen Tag, nachdem den Aufständischen für Montag ein Ultimatum gestellt worden war, bis zu dem sie sich ergeben sollten oder widrigenfalls mit einer Strafe zu rechnen hatten, erklärten tibetische Regierungs- und Sicherheitschefs einen „Volkskrieg" gegen die Protestierenden und versprachen, die Dalai-Lama-Clique zu „entlarven".

„Wir müssen einen Volkskrieg beginnen, um den Separatismus zu schlagen, um die böswilligen Akte dieser feindlichen Kräfte offenzulegen und zu verdammen und die lächerliche Fratze der Dalai Lama-Clique zu entlarven", so wurden sie nach einer Dringlichkeitssitzung in den Medien zitiert.

Auf Peking wird internationaler Druck ausgeübt, mit Zurückhaltung auf die Proteste zu reagieren, die Tibet just zu der Zeit erschüttern, in der Peking alle Bemühungen darauf richtet, China als vorbildliches Olympialand zu zeigen.

Der Dalai Lama rief heute zu einer internationalen Untersuchung der Situation in Tibet auf und sagte, er sei „tief besorgt" über die chinesische Niederschlagung des tibetischen Widerstandes. Von Aufrufen zum Boykott der Olympiade in Peking distanzierte er sich allerdings mit den Worten: „China verdient, die Olympischen Spiele abzuhalten, es ist eine Sache des Stolzes für die Bürger des Landes." Zu den chinesischen Beschuldigungen, dass er persönlich die Gewalt in Tibet angeheizt habe, erwiderte der Dalai Lama den Journalisten: „Ich bin froh, dass sie einen Sündenbock gefunden haben."

(The Indian Express, Delhi, 17. 3. 2008, Titelgeschichte)

* * *

Noch am selben Tag, als die tibetischen Proteste gewaltsam wurden, ließ die chinesische Regierung die aufbegehrenden Tibeter wissen: Jeder Demonstrant, der sich freiwillig stellte und die Namen seiner Mitdemonstranten preisgab, sollte straffrei ausgehen. Aufgrund ihrer Erfahrungen mit früheren chinesischen Zusicherungen dieser Art bestand für die Tibeter keinerlei Grund, diesem Versprechen zu glauben.

* * *

Während es mit ihren Nachforschungen nicht so recht vorangehen wollte, lebte die junge Forscherin sich in Dharamsala ein. Sie ging gerne durch die engen und überfüllten Straßen des Ortes, ließ sich von den tibetischen Bronzefiguren und Rollbildern in den Schaufenstern der Souvenirläden faszinieren, beobachtete die vielen Touristen unterschiedlicher Nationalitäten und Hautfarben und besuchte der Reihe nach all die kleinen tibetischen Restaurants, von denen der Ort nur so wimmelte. Jedes bot Thugpa und Momos in etwas anderen Geschmacksvarianten an, da jede Küche individuell würzte.

Einmal ließ sie sich von einem sehr charmanten, ungefähr zwölfjährigen Jungen nach allen Regeln der Kunst ihre Schuhe reparieren. Dass das Kinderarbeit war und sie es somit eigentlich nicht hätte unterstützen sollen, wurde ihr erst Tage später klar. Und täglich ging sie mindestens einmal zum Tempel des Dalai Lama.

Fernando schrieb ihr eine E-Mail. Er bedauerte, sie nicht gleich aufsuchen zu können, da er in Delhi derzeit nicht abkömmlich sei. Die letzten Arbeiten an mehreren

Publikationen seines Verlages waren zu betreuen. Nora nahm das mit einer Mischung aus Enttäuschung und Erleichterung zur Kenntnis, verschaffte ihr sein verzögertes Eintreffen doch noch eine Art Atempause, die sie trotz ihrer Sehnsucht begrüßte. Anfang April rechnete sie mit seinem Besuch in Dharamsala.

Kapitel 5

Dharamsala, Indien

März 2008

„Madam, Sie glauben nicht", sagte Javed, „was ich als Manager dieses Hotels schon alles erlebt habe." Im Foyer des *Nikhil* saß Nora vor einer Tasse mit heißem Chai, indischem Tee auf Milchbasis mit Gewürzen und Zucker, und hörte mit großem Vergnügen zu, wie Javed einige seiner Lieblingsgeschichten zum Besten gab. Gerade schilderte er, wie eine Frau, eine Ausländerin, versucht hatte, in einem der Hotelzimmer des *Nikhil* ein Straßenhundeasyl einzurichten.

„Die Frau", erzählte Javed, „wollte meine *Rules and Regulations*, also meine Hausordnung, sehen. Sie behauptete, ich hätte kein Recht, ihr die Hunde zu verbieten. Ich erklärte ihr, dass ich keine *Rules and Regulations* hätte. Ich sei der Manager und könne ihr das untersagen, auch ohne *Rules and Regulations*. Die Hunde würden die anderen Hotelgäste stören. Es sei nun mal nicht erlaubt. Und dann", Javed steigerte seine Lautstärke, „*imagine, Madam, she hitted me! She attacked and hitted me!*"

Bei seiner Erzählung sah Nora die Hundeschützerin vor sich, wie sie sich auf den armen Javed stürzte und ihn mit Fäusten bearbeitete. Sie brach in herzliches Gelächter aus, nicht nur über Javeds eigenwilliges Englisch, sondern auch über seine Kunst, seine Erzählungen zu kleinen Dramen zu gestalten.

Nora liebte diese Gespräche mit dem Manager des *Nikhil*, der vielleicht auch deswegen den persönlichen Kontakt mit den Gästen pflegte, weil er sich einsam fühlte. Seine ganze Familie hatte er zurücklassen müssen, als wegen der Feindseligkeiten zwischen Indien und Pakistan in Kaschmir das Tourismus-Geschäft zusammengebrochen war und er daher zum Geldverdienen nach Dharamsala umziehen musste.

In Anbetracht der Tatsache, dass die Kaschmirkrise letztlich auf denselben Religionskonflikt zurückzuführen war, der auch die Teilung Indiens verursacht hatte, konnte man Javeds Hotelführung geradezu als positiven Gegenentwurf zu der von religiöser Rechthaberei und Gewalt geprägten Wirklichkeit erkennen. An der Rezeption des Hotels mit dem hinduistischen Namen hingen ein Koranvers in arabischer Kalligrafie und ein Foto des Dalai Lama in trauter Zweisamkeit nebeneinander, als müsse das so sein. Und wenn Buddhisten zu Belehrungen des Dalai Lama nach Dharamsala kamen und im *Nikhil* wohnten, dann pflegte der fürsorgliche Manager ihnen Sitzkissen auszuleihen, die sie, um nicht auf dem kalten Betonboden des Klosterhofes sitzen zu müssen, kostenlos zu den Versammlungen mitnehmen durften.

* * *

Mittlerweile hatte Nora beschlossen, in der großen tibetischen Bibliothek von Dharamsala nachzuforschen. Die Library of Tibetan Works and Archives, abgekürzt LTWA, befand sich in Gangchen Kyishong, etwas unterhalb von

McLeod Ganj, in Nachbarschaft zum tibetischen Exilparlament und den Ministerien der Exilregierung. Nora betrat den umfangreichen Vorraum der Bibliothek. Rechts sah sie eine Theke, wo Publikationen der Bibliothek zum Verkauf lagen. Eine junge, freundliche Tibeterin bediente dort. Nora erkundigte sich, ob es in der Bibliothek einen Experten für die Geschichte Tibets seit 1950 gebe.

„Oh ja, fragen Sie Mister Tenzing Dölkar“, erwiderte die junge Frau. „Wenn Sie wollen, sage ich ihm Bescheid.“

Eine Viertelstunde später saß Nora in einem Bibliotheksraum voller Regale mit tibetischen Manuskripten und Blockdrucken einem schlanken, feingliedrigen Tibeter mittleren Alters gegenüber.

„Ein goldener Stupa?“ Tenzing Dölkar überlegte einen Augenblick. „Ich kann Ihnen nicht sofort antworten, sehe aber gern für Sie nach“, bot er an. „Wie lange sind Sie noch in Dharamsala?“

„Bestimmt noch einige Wochen. Ich bin wegen dieser Sache hier, und bevor ich nicht etwas herausbekommen habe, will ich nicht wieder abreisen.“

„Gut! Wenn Sie mir Ihre E-Mail-Adresse geben, werde ich Ihnen schreiben, wenn ich etwas für Sie habe. Dann können Sie noch mal wiederkommen.“

Bevor sie den Heimweg antrat, besuchte Nora den Tempel des tibetischen Staatsorakels, der sich ein wenig unterhalb der Regierungsgebäude inmitten eines Klosterhofes befand. Der Ort strahlte Ruhe und eine gewisse Intensität aus. Nora streifte die Schuhe ab und betrat den Tempelraum. Ein junger Mann kam hinter ihr herein, führte eine Reihe von Niederwerfungen vor dem Hauptaltar durch und verschwand dann rechts davon in einem Seitenraum, in dem sich die

Statue Pehars befand, jener Gottheit, als deren Sprachrohr der Orakelpriester fungierte.

Das religiöse Leben der Tibeter in Dharamsala erschien so normal. Es ließ wenig davon ahnen, dass es das Leben einer Flüchtlingsgemeinschaft war.

Nora setzte sich für einen Augenblick auf die Bank neben der Tempeltür und blickte zum schneebedeckten Dauladhar-Massiv hinauf. Ein alter Mönch kam über den Klosterhof geschlurft. Als er Nora bemerkte, lächelte er sie freundlich und zahnlos an. Ihr wurde warm ums Herz. Sie warf noch einen Blick auf den Schneegipfel und machte sich dann auf den Rückweg.

* * *

In Dharamsala erschienen Bilder der Tibeter, die bei den Unruhen in Lhasa zu Tode gekommen waren. Große, grelle Fotos ihrer blutigen Leichen wurden an Läden und über dem Eingang zum Tempelbezirk aufgehängt. An jedem der vielen tibetischen Privathäuser flatterte nunmehr nebst den Gebetsfähnchen die tibetische Nationalflagge.

* * *

„Der goldene Stupa ist nicht im Besitz des Dalai Lama", stellte Tenzing Dölkar fest. Nur einen Tag nach ihrem Besuch hatte Nora die angekündigte Nachricht von ihm bekommen.

„Ich gehe davon aus", fügte der Bibliothekar hinzu, „dass die indischen Mönche die Reliquie wieder mitgenommen haben. Das ist jedenfalls das, was wir aus den Aufzeichnungen schließen können, die sich in unserem Archiv befinden." Er zeigte seiner Besucherin ein Buch mit westlicher Bindung und tibetischer Schrift. Es war eine Biografie des Dalai Lama. Sie enthielt eine großformatige Zeichnung von dem Treffen im Tschumbi-Tal, die nach einem der Harrer-Fotos angefertigt worden war.

„Hier unter dem Bild steht: ‚Mitglieder der Mahabodhi-Gesellschaft aus Indien brachten Seiner Heiligkeit Reliquien des Buddha. Sie kamen aus Sikkim und reisten nach ihrem Besuch in Tibet wieder dorthin zurück und weiter in den Darjeeling-Distrikt'", übersetzte der Bibliothekar. „Offensichtlich sind die Besucher aus Indien mit der Reliquie von Ort zu Ort gewandert."

Natürlich, das war es! Jetzt endlich verstand Nora. Sie hatte von derartigen Reisen mit Buddha-Reliquien gelesen, die von Delegationen aus Indien, Sri Lanka oder China unternommen wurden, um möglichst vielen gläubigen Buddhisten Kontakt zu Überresten des Buddha und anderer Heiliger zu ermöglichen. Oft wurden solche Reisen von der Mahabodhi-Gesellschaft organisiert, einer 1891 in Sri Lanka gegründeten internationalen Organisation zur Wiederbelebung des Buddhismus in seinem Ursprungsland Indien. An Aufzeichnungen über eine indische Reise nach Tibet im Jahr 1951 konnte Nora sich zwar nicht erinnern, gleichwohl schien diese Reise zur selben Kategorie zu gehören. Wie war sie nur auf die Idee gekommen, dass die Reliquie ein Geschenk an den Dalai Lama gewesen sei? Dass die Überbringer sie nach ihrem Aufenthalt wieder mitgenommen hatten, um auch noch anderen Gläubigen den Zugang zu ihr zu ermöglichen, war wesentlich wahrscheinlicher.

„Da ist aber noch etwas", fügte Tenzing Dölkar hinzu. „Auf ihrem Weg zurück nach Sikkim ist die indische Abordnung mit einigen der ersten nach Südtibet gelangten chinesischen Soldaten zusammengetroffen, einer Vorhut der chinesischen Eroberungsarmee, die die tibetische Grenze nach Süden sichern sollte. Sie können sich vorstellen, dass das keine sehr freundschaftliche Begegnung war. Die Mönche aus Indien wurden gefangen genommen, verhört und an den Grenzübergang transportiert. Hier ist ein Ausschnitt aus einer indischen Zeitung, der davon berichtet. Sie können die Kopie behalten."

Der tibetische Bibliothekar reichte Nora eine Fotokopie. In der Pressenotiz wurde in wenigen Zeilen von der Verhaftung und Abschiebung der Mahabodhi-Delegation berichtet. Der Stupa, also der eigentliche Grund für ihren Aufenthalt in Tibet, war nicht erwähnt. Als Schauplatz des Vorgangs nannte der Artikel einen Ort namens Tschöling.

„Wo liegt dieses Tschöling?", wollte Nora wissen.

„Im Süden, nahe bei der Grenze zu Sikkim", erwiderte Tenzing Dölkar. Sehen Sie es hier auf der Landkarte? Ein Dorf mit wenigen Einwohnern und einem kleinen Kloster. Die Mahabodhi-Leute hatten dort übernachtet und wurden beim Aufbruch von den Chinesen gestellt."

„Haben ihnen die Soldaten den Stupa abgenommen?", fragte Nora. „Bei dem Umgang, den die Chinesen mit den tibetischen Kulturschätzen an den Tag gelegt haben, ist dann wohl wenig wahrscheinlich, dass er noch existiert, oder?"

„Das ist richtig. Von Anfang an waren religiöse Gegenstände und Gebäude vor ihnen nicht sicher. Auch wenn die größten Zerstörungen erst ab 1959 erfolgt sind, ist nicht anzunehmen, dass die Eroberer Respekt vor einem Stupa gehabt hätten. Wenn chinesische Soldaten ihn in die Hände bekommen haben, ist er wohl verloren gegangen. Es sei denn …"

„Es sei denn …?", echote Nora.

„Es sei denn, sie haben den Stupa an Ort und Stelle versteckt, oder die Chinesen haben ihn als Teil des Klosterinventars wahrgenommen und gar keinen Zusammenhang zwischen dem Stupa und der Delegation hergestellt, als sie diese verhafteten. In dem Fall hätte der Stupa die Gefangennahme der Inder vielleicht doch heil überstanden und wäre wohl in dem Kloster zurückgeblieben. Vielleicht ist er immer noch dort. Oder er wurde später von jemandem bei der Flucht nach Indien mitgenommen. Wenn Sie das herausbekommen wollen, müssen Sie Menschen aus Tschöling befragen, die heute in Indien leben. Vielleicht weiß jemand von ihnen etwas darüber. Die Gefangennahme der indischen Gäste muss ein lokales Ereignis allerersten Ranges gewesen sein, zumal es ja mit dem ersten Auftreten von Chinesen an diesem Ort zusammenfiel. Daran erinnert sich bestimmt jeder, der damals in Tschöling gelebt hat."

„Kennen Sie jemanden?" Nora war hoffnungsvoll.

„Ich kenne einen Mann namens Pema Dordsche. Ich glaube, er kommt aus Tschöling. Er leitet das Kinderdorf hier am Ort, in dem sich Waisenkinder aus Tibet befinden. Gehen sie morgen Vormittag dorthin, und wenn Sie nach Pema Dordsche fragen, sagen Sie, dass ich Sie geschickt habe."

* * *

Als Nora in der Abenddämmerung den Busparkplatz überquerte, wurde sie plötzlich angehalten, und ein junger Mann drückte ihr eine brennende Kerze in die Hand. Unvermittelt befand sie sich unter Dutzenden Tibetern und Tibeterinnen, alle ausgerüstet mit Kerzen, Fahnen und Dalai-Lama-Bildern. Einzelne Westler waren auch darunter. Kurz darauf setzte sich der Zug in Bewegung, und es ging, wie zu erwarten, Richtung Temple Road und zur Residenz des Dalai Lama. Die Menschen gingen schweigend, nur Lieder und Mantras, aber keine politischen Parolen, waren zu hören. Von einer neben ihr laufenden Tibeterin erfuhr Nora, dass diese Kerzenprozession zum Tempelbezirk jeden Abend stattfand, seit Beginn der Unruhen in Tibet.

Am Tempel des Dalai Lama angekommen, strömte die Menge unter Gesang auf den großen Klosterhof, der bald ein einziges Kerzenmeer war. Ein großes Foto des tibetischen Oberhaupts wurde an die Tempelwand gelehnt, und dann hielt ein junger Mönch eine kurze, ermutigende Ansprache. Alle erhoben sich zu einer Schweigeminute für die Opfer der Gewalt in Tibet. Die tibetische Nationalhymne wurde gesungen und ein Gebet folgte, bevor sich die Menschen singend wieder zerstreuten. In ihrer Einfachheit und dem Verzicht auf große Worte und Gesten war die ganze Veranstaltung viel bewegender als jede Großdemonstration.

Als Nora den Tempelbezirk verließ, sah sie, dass viele Demonstranten mit ihren Kerzen auf der Straße ein großes Friedenssymbol geformt hatten. Sie stellte ihre Kerze dazu. Inmitten des Kreises lagen Fotos getöteter Tibeter und handschriftliche Aufrufe und Wünsche. „*Lha gyelo* – Die Götter mögen siegen!“, stand auf dem Zettel, den sie zu den anderen legte.

Die junge Deutsche fühlte sich tief verbunden mit diesen so hart geprüften Menschen, die ihren Protest gegen Gewalt und Unterdrückung auf friedliche Weise äußerten, anstatt Hassparolen zu skandieren, eine Terrororganisation zu gründen und ihrerseits mit der Ermordung Unschuldiger zu beginnen.

Kapitel 6

Dharamsala, Indien
März-April 2008

Pema Dordsche, ein hochgewachsener, schlanker Tibeter Mitte vierzig mit intelligentem Gesicht, führte den Gast aus Deutschland durch das Kinderdorf. Es war Sonntag, daher waren auch die Schulkinder anwesend. Unter den umhertollenden und spielenden Kindern gab es viele mit fröhlichen Gesichtern, und immer wieder kamen einzelne auf Nora zu und fragten sie auf Englisch nach ihrem Namen oder ihrem Land, ganz ähnlich, wie sie es auch oft mit indischen Kindern erlebt hatte, die ohne Zögern ihre gerade erworbenen Englisch-Kenntnisse an Fremden ausprobierten. Dazwischen sah sie jedoch auch einige Jungen und Mädchen, die sich mit ausdruckslosen Gesichtern eher abseits hielten. Sie fragte Pema Dordsche, was mit ihnen sei.

„Sie sind noch nicht lange da", erklärte dieser. „Viele unserer Kinder sind von ihren Eltern allein aus Tibet hierher geschickt worden. Es gibt mutige Menschen, die sie in kleinen Gruppen über die Berge begleiten."

Nora hatte schon von den heimlichen Trecks tibetischer Kinder über den Himalaya nach Indien gehört. Wie viel Verzweiflung und Hoffnungslosigkeit über das Leben in ihrem besetzten Land hatte wohl bei den Eltern vorgeherrscht, um kleine Kinder von vier, fünf Jahren aus der Hand zu geben, sich vielleicht für immer von ihnen zu trennen und sie in ein fremdes Land und eine ungewisse Zukunft zu schicken. Und welch unermesslicher Glaube an den Dalai Lama, dem sie ihre Kinder anvertrauten! Für die Kleinen musste es eine ziemlich traumatisierende Erfahrung gewesen sein, aus ihrer gewohnten Umgebung herausgerissen und auf einem anstrengenden und entbehrungsreichen Marsch an einen

Ort gebracht zu werden, wo sie zunächst niemanden kannten und wo sie ohne Familie würden aufwachsen müssen.

„Im Kinderdorf leben die Kinder in familienähnlichen Gruppen zusammen“, erläuterte Pema Dordsche. „Zu jeder Familie gehört eine Mutter, die ihr Leben den Kindern widmet und immer da ist, genauso wie eine richtige Mutter.“ Sie kamen an den still und apathisch dasitzenden Neuankömmlingen vorbei. Nora lächelte einen kleinen Jungen an, der etwas abseits von den anderen saß. Er verzog keine Miene, sondern starrte ihr mit einem abwesenden Blick in die Augen.

„Er ist erst vor wenigen Wochen zum Waisen geworden“, erklärte Pema Dordsche. „Er hat den Tod seiner Eltern mitansehen müssen, die wegen angeblich antichinesischer Aktionen erschossen wurden. Eine Flüchtlingsgruppe hat ihn mit hierhergenommen, damit er nicht in einem chinesischen Waisenhaus landete. Der Leiter des Trecks war ein Freund seiner Eltern und hat sich daher um den Kleinen gekümmert.“

„Wie heißt der Kleine?“, erkundigte sich Nora.

„Tenzing Sherab“, erwiderte Pema Dordsche. Er wird eine Weile brauchen, aber dann wird er sich eingewöhnen und es schaffen, so wie all die anderen hier auch.“

Erst auf dem Rückweg zum Büro kam Nora dazu, Pema Dordsche auf ihr Anliegen anzusprechen.

„Von dem Besuch der Mahabodhi-Gruppe habe ich natürlich gehört“, überlegte der Kinderdorfleiter, „auch wenn er lange vor meiner Geburt stattfand. Über den Stupa weiß ich wenig. Aber ich kenne jemanden, der Ihnen vielleicht weiterhelfen kann.“

* * *

Tibeter stürmen chinesische Botschaft – 36 verhaftet
Neu-Delhi, 21. März. Mindestens zehn Mitglieder des Tibetischen Jugend-Kongresses (TYC) schafften es am Freitagabend, die Mauern der chinesischen Botschaft in der diplomatischen Hochsicherheits-Enklave im Diplomatenviertel Chanakyapuri zu überwinden. Die Polizei gab an, dass mehr als 60 Demonstranten mit ihnen zusammenstießen und die Botschaft zu stürmen suchten, und dass trotz des Widerstands der Polizei zehn von ihnen es schafften, hineinzugelangen.

Die Exil-Tibeter protestierten gegen das harte Vorgehen der Chinesen gegen Mönche in Lhasa in der letzten Woche. Während Botschaftsbedienstete sie umherjagten, schwangen sie tibetische Fahnen und riefen Protestparolen.

Die Polizei gab bekannt, dass 36 Protestierende, darunter acht Frauen, festgenommen worden seien.

(The Indian Express und Hindustan Times, 22. März 2008)

* * *

Das Gesicht des alten Tibeters, der Nora gegenübersaß, schien aus lauter Lachfältchen zu bestehen. Sein Name war Tashi Dhöndup. Er war Ziegenhirte in der Nähe von Tschöling in Südtibet gewesen und 1964 von dort nach Sikkim und weiter in den westlichen indischen Himalaya geflohen. In Dharamsala war er Mönch geworden und lebte jetzt in einem der lokalen Klöster. Pema Dordsche hatte Nora zu ihm geschickt.

„Ein goldener Tschörten?“ Tashi Dhöndup rieb sich die Augen. „Ja, sicher, den kenne ich. Es war in dem Jahr, als ich nach Indien fliehen wollte. Meine ganze Familie ist von chinesischen Soldaten ermordet worden. Ich habe nur überlebt, weil ich mit meiner Ziegenherde in den Bergen war.“

Er machte eine Pause, um einen Schluck Buttertee zu trinken, dann fuhr er mit trauriger Stimme fort: „Auch im Kloster gab es nur einen einzigen Überlebenden: Yésche-la, einen alten, kränklichen Mönch, alle anderen waren tot oder geflohen. Als ich im Schreinraum für eine gute Flucht beten wollte, kam er plötzlich hinter dem Altar hervor und fragte mich, ob ich bereit sei, etwas für ihn nach Indien zu bringen. Ich selbst besaß nicht viel, was ich mitnehmen konnte, also sagte ich zu."

Tashi Dhöndup hielt inne und sah offenbar den letzten Tag in der Heimat vor seinem inneren Auge vorüberziehen. „Der alte Yésche-la schlurfte fort und kam wieder mit dem Tschörten. Der war in einen weißen Baumwoll-Khatak und zusätzlich einen alten Lumpen gewickelt, damit man das Gold von außen nicht sah. Der Tschörten nahm fast den ganzen Platz in meiner alten Tasche ein, und ich wollte ihn schon zurückgeben, aber Yésche-la bat mich mit seiner zittrigen Stimme so eindringlich, ihn mitzunehmen, dass ich nicht ablehnen konnte. Schließlich hatte ich den alten Mönch mein ganzes Leben lang gekannt, und es tat mir leid, ihm sonst nicht helfen zu können. Immer wieder flehte er: ‚Die Chinesen dürfen den Tschörten nicht kriegen, bitte pass auf, sie dürfen ihn nicht kriegen!'"

„Hat er Ihnen gesagt, warum?"

„Nein, er beharrte nur darauf, dass der Tschörten nicht dem Kloster, sondern den Indern gehöre, die vor einigen Jahren dort gewesen seien. Und sie müssten ihn unbedingt wiederbekommen. Ich wusste nicht, von welchen Indern er redete."

Offenbar war es tatsächlich so gewesen, wie der Bibliothekar Tenzing Dölkar vermutet hatte, nämlich dass die Inder den Stupa den Mönchen des kleinen Klosters von Tschöling anvertraut hatten, vielleicht einfach nur, damit er in der Nacht nicht in ihrem Übernachtungsquartier, sondern auf einem Altar stehen konnte. Bei ihrer überraschenden Festnahme hatten sie ihn zurücklassen müssen.

„Und warum hat dieser Yésche-la nicht selbst versucht, den Tschörten nach Indien zu bringen?“, wollte Nora wissen.

„Er war dazu nicht mehr fähig. Er war zu gebrechlich, konnte kaum laufen und hätte wohl selbst eine relativ kurze Flucht nicht überstanden. Er wollte das Kloster hüten, solange er konnte und solange es im Dorf noch Leute gab, die ihm ein wenig Essen vorbeibrachten. Aber er rechnete damit, bald zu sterben, und bestimmt ist es auch so gekommen.“

„Hat er Ihnen gesagt, wem Sie den Tschörten bringen sollten?“

„Ja – Seiner Heiligkeit. Der war ja schon seit mehreren Jahren aus Tibet weg. Ich wollte ohnehin zu ihm. In der Nähe des Dalai Lama zu sein, erschien mir als der einzige Trost, nachdem meine Familie tot war und ich meine Ziegen auf die Flucht nicht mitnehmen konnte.“

„Und? Haben Sie das geschafft?“, wollte Nora wissen. „Seiner Heiligkeit den Tschörten zu bringen, meine ich.“

„Nein, leider nicht.“ Der alte Tibeter blinzelte. „Kurz nach der Ankunft in Sikkim ist er mir gestohlen worden.“

Seine Gesprächspartnerin versuchte, sich ihre Enttäuschung nicht anmerken zu lassen. „Haben Sie eine Idee, wer das gewesen sein könnte?“

„Nein, weiß ich nicht, keine Ahnung. Ich kannte ja dort niemanden, außer einem Lama, dem ich kurz vor dem Diebstahl begegnet bin.“

„Einem Lama?“

„Ja, Kelsang Tsering. Er ist jetzt der Abt eines Klosters in Dharamsala und sehr bekannt. Damals war er noch jung und auf der Flucht aus Tibet, wie ich. Wir trafen uns in einem Kloster in Sikkim, wo ich rastete, nördlich von Gangtok. Ich habe ihm die ganze Geschichte erzählt und ihm auch den Tschörten gezeigt und ihm gesagt, dass ich damit zu Seiner Heiligkeit wollte. Aber nur einen Tag danach wurde er mir gestohlen."

„Wo geschah das?", wollte Nora wissen.

„In einem Dorf zwischen Gangtok und Kalimpong. Es war regnerisches Wetter, und ich fand ein Quartier und etwas zu essen bei einer Bauernfamilie. Während ich dort wartete, bis der Regen aufhörte, gab es Streit zwischen dem Bauern und einem Mann, den ich nicht kannte." Tashi Dhöndup schluckte. „Ich muss wohl bei dem Krach mein Gepäck einen Augenblick aus den Augen gelassen haben. Als ich aufbrechen wollte, war der Tschörten weg, und ich habe nie wieder etwas von ihm gesehen oder gehört."

Tashi Dhöndup war trotzdem nach Dharamsala gewandert, hatte das Mönchsgelübde abgelegt und ein Klosterleben in der Nähe des Dalai Lama begonnen. Wenigstens diesen Teil seiner Wünsche hatte er sich schließlich erfüllen können.

Das war es, was Nora von Tashi Dhöndup erfahren konnte. Die Geschichte des unglücklichen Ziegenhirten hatte sie bewegt, auch oder vielleicht gerade deshalb, weil er es doch noch geschafft hatte, in seinem Leben dort anzukommen, wohin er wollte. Sie sah es ihm an, dass er im Grunde ein zufriedener Mensch war, dessen Lachfältchen des Öfteren zum Einsatz kamen.

Was wusste Kelsang Tsering, der den Stupa kurz vor seinem Verschwinden noch zu Gesicht bekommen hatte? Sie beschloss, ihn um eine Audienz zu bitten. Gleich am nächsten Tag suchte sie sein Kloster auf.

* * *

Am ersten April fand in Dharamsala wieder eine große politische Demonstration statt. Nora verließ gerade eine der vielen Buchhandlungen des Ortes, immer auf der Suche nach Informationen zu dem Ereignis im Tschumbi-Tal, als sie die ersten lauten Sprechchöre hörte. Eine Menschenmenge, die die gesamte Breite der Straße einnahm, kam ihr auf der Temple Road, der abschüssigen Zugangsstraße zum Tempel, entgegen. Die meist tibetischen Demonstranten schwenkten ihre Nationalflaggen und riefen ihre Forderungen im Chor. Nach einiger Zeit erst konnte sie heraushören, dass das englische „*We want freedom – freedom!* Wir wollen Freiheit!“ dabei war.

Die Demonstration wurde angeführt von drei jungen Männern mit nackten Oberkörpern. An ihren Füßen hatten sie Ketten, an den Händen Fesseln und um die Köpfe Binden. Ihre Gesichter und Oberkörper waren mit roter Blutfarbe vollgeschmiert, auf der Brust trug einer von ihnen den Satz „*China, you can't kill my soul!* – China, du kannst meine Seele nicht töten!“, ein anderer „*I am ready to die for my Tibet!* – Ich bin bereit, für mein Tibet zu sterben!“

Hinter diesen Hauptakteuren zog ein nicht enden wollender Strom von Menschen an Nora vorbei und ergoss sich in den Tempelbezirk: Frauen in tibetischen Kleidern, Männer in Jeans und vereinzelt in traditionellen tibetischen Männergewändern, Mönche und Nonnen in ihren dunkelroten Roben, dazwischen viele Kinder und mehrere Westler. Viele Demonstranten schwenkten die tibetische Fahne. „*Zindabad, zindabad, Dalai Lama zindabad!* – Es lebe der Dalai Lama!“, skandierten sie, gefolgt von „*Murdabad, murdabad, Hu Jintao murdabad!* – Tod dem Hu Jintao!“

Dieser gegen den aktuellen chinesischen Staatspräsidenten gerichtete Ruf überraschte Nora, denn er schien von dem unbedingten Bekenntnis zur Gewaltlosigkeit abzuweichen, das der Dalai Lama zur zentralen Leitlinie seiner Chinapolitik erklärt hatte. Gab es Widerstand gegen die gewaltlose Politik des Dalai Lama unter den Tibetern, vor allem unter den Jugendlichen?

Während die Demonstranten an Nora vorbei dem Tempel zuströmten, erblickte sie plötzlich in der Menge das Gesicht eines jungen Mannes, der ihr freundlich zunickte und irgendwie bekannt vorkam. Sie brauchte einen Augenblick, um sich zu erinnern, dann jedoch war sie sich sicher, dass es Hugh Fisher gewesen war, der sie, aus der demonstrierenden Menge heraus, im Vorbeigehen gegrüßt hatte.

Als sie später in einem der kleinen Teeläden an der Seite der Temple Road saß, sah sie Hugh auf sich zukommen.

„Hallo!“, grüßte er, und sie erwiderte den Gruß. Er setzte sich in ihrer Nähe an einen der kleinen Tische. „Sind Sie schon lange hier in Dharamsala?“

„Seit ungefähr zwei Wochen. Und Sie?“

„Oh, ich lebe hier, zumindest einen guten Teil meiner Zeit. Mein Lama hat hier ein Kloster. Es gehört zu einer Seitenlinie der Gelugpas.“

„Also der Schule des Dalai Lama.“

„Ja, so ist es. Obwohl das nicht unbedingt heißt, dass mein Lehrer den Dalai Lama in allem unterstützt. Im Gegenteil, in manchen Fragen steht er ihm kritisch gegenüber.“

„Ach so! Und was heißt das konkret? Meinen Sie das eher religiös oder politisch?“

„Letzteres“, antwortete er. „Mein Lama ist der Meinung, dass die politische Linie des Dalai Lama nichts an der chinesischen Unterdrückung Tibets ändern wird. Sie wissen ja vielleicht, dass Seine Heiligkeit die staatliche Selbstständigkeit Tibets gar nicht mehr fordert, sondern nur religiöse und kulturelle Autonomie für die Tibeter innerhalb des chinesischen Staates. Aber egal wie friedensbereit der Dalai Lama auch agiert – die Chinesen werden doch immer weiter behaupten, dass er ein Separatist sei und die Abspaltung Tibets vom sogenannten ‚Mutterland' betreibe. Selbst als er sich mit seiner Politik des ‚Mittleren Weges' eindeutig für den Verbleib Tibets im chinesischen Staatsverband aussprach, änderten sich die chinesischen Vorwürfe kein bisschen."

„Ich verstehe nicht so richtig, warum China so stur ist", meinte Nora. „Ist das Nachgeben des Dalai Lama in diesem Punkt nicht ein Erfolg für China? Warum verhandeln sie nicht?"

„Es ist eindeutig, dass China gar nicht verhandeln will, sondern lediglich auf den Tag X wartet, an dem der Dalai Lama stirbt und China den Tibetern einen neuen Dalai Lama präsentieren kann – einen chinahörigen natürlich. Sie wollen den jetzigen Dalai Lama nicht in Tibet sehen, denn das wäre das Ende ihres Einflusses auf das Volk. Es geht den Chinesen nicht um Kompromisse, sondern um bloße Macht, und sie haben keinesfalls vor, die vom Dalai Lama geforderte religiöse Autonomie zu gewähren, auch nicht im Gegenzug gegen den Verzicht auf staatliche Unabhängigkeit. Die religiöse Autonomie wird nicht kommen, solange Tibet zu China gehört."

„Und das bedeutet?"

„Es kann für die Befreiung Tibets von religiöser und politischer Unterdrückung nur einen Weg geben", entgegnete Hugh, „und zwar die völlige Loslösung von China. Meinem Lama erscheint das als die einzige Überlebensmöglichkeit für die tibetische Identität. Er ist traurig darüber, dass der

Dalai Lama ihm nicht folgt und weiterhin die Gewaltlosigkeit über die tibetische Selbstbehauptung stellt."

„Und was hat Ihr Lama vor?" Nora war überrascht, denn sie hatte von Hughs politischem Engagement bisher nichts gewusst.

„Nichts im Moment, denn der Dalai Lama beherrscht die exiltibetische Politik völlig, und andere Meinungen haben kaum eine Chance. Mein Lama hofft jedoch immer noch darauf, Seine Heiligkeit beeinflussen zu können."

„Ist das realistisch?", zweifelte Nora.

„Vielleicht – vielleicht auch nicht", Hugh lächelte distanziert. „Wichtig ist, dass das Feuer nicht erlischt, dass nichts den Widerstandswillen der Exiltibeter gegen die Chinesen lähmt. Nicht die hoffnungslose politische Situation. Und auch nicht die westliche Konsummentalität, der die Tibeter in Indien ausgesetzt sind."

Der Kellner brachte Nora ihren Kaffee und nahm Hughs Bestellung auf.

„Wie heißt eigentlich Ihr Lama?", erkundigte sie sich.

„Kelsang Tsering."

Nora, die gerade dabei war, ihren Kaffee umzurühren, hielt so plötzlich den Löffel an, dass der Kaffee überschwappte. „Kelsang Tsering? Das gibts doch nicht!"

„Wie meinen Sie?" Er blickte verwundert auf.

„Gerade vor Kurzem habe ich den Namen Ihres Lamas von einem meiner Informanten bekommen. Und jetzt wird er mir schon wieder genannt. Kelsang Tsering scheint ein bedeutender Mann zu sein."

„Ja, das ist er. Was hat Ihr Informant denn über ihn gesagt?"

Sie gab ihm eine kurze Zusammenfassung ihrer bisherigen Recherchen zum goldenen Stupa und hatte, wie schon vor einem Jahr, das Gefühl, dass es ihn sehr interessierte, obwohl er nach außen hin keine Gemütsbewegung zeigte.

„Ich habe jetzt im Kloster um eine Audienz mit Kelsang Tsering nachgesucht, aber noch keine Antwort bekommen. Falls es Schwierigkeiten gibt, können Sie mir dann helfen? Ich muss unbedingt mit ihm reden, um zu erfahren, was er weiß."

Hugh betrachtete Nora einen Augenblick lang mit einem schwer deutbaren Blick. „Aber selbstverständlich. Ich werde mich gleich morgen darum kümmern."

Nora hatte den Eindruck, dass er lieber etwas ganz anderes geäußert hätte.

Wie auch immer, die Zusage für ihre Audienz bekam sie tatsächlich – und zwar nur wenige Tage später.

Kapitel 7

Dharamsala, Indien

April 2008

Nora war wieder einmal auf dem Weg zu einer Buchhandlung in Dharamsala. Sie stieg die steile Bhagsu Hotel Road hinauf. Plötzlich wurde sie von hinten heftig in die Kniekehlen gestoßen und stolperte einige Schritte vorwärts. Sie drehte sich um und sah direkt hinter sich ein weißes Auto, das ein Stück zurückgerollt war und gerade wieder anfing, vorwärtszufahren. Erneut wurde sie von dem Auto nach vorn gestoßen, und diesmal fiel sie wirklich auf die Straße.

Übergangslos wurde Nora sehr wütend. Für Fußgänger war das Leben in Dharamsala ohnehin schon nicht leicht, da sie ständig hupenden Autos ausweichen mussten, und das manchmal auf Straßen, die kaum Platz dafür hergaben. Aber dass sie ohne jedes Hupsignal einfach umgefahren wurde und der Fahrer dann sogar noch nachsetzte, das war zu viel. Sie sprang auf, schlug zweimal heftig mit der Faust auf das Auto und setzte sich auf dessen vorderen Teil, fest entschlossen, dort so lange sitzen zu bleiben, bis der Fahrer sich entschuldigt hatte.

Erst jetzt sah sie, dass ein älterer tibetischer Mönch, wahrscheinlich ein hoher Lama, auf dem Beifahrersitz saß. Er grinste, tat aber nichts, um den Konflikt beizulegen, was Nora darin bestärkte, erst recht sitzenzubleiben, obwohl ihr bewusst war, dass ihr Verhalten als sehr ungewöhnlich angesehen werden musste. Mit Respektspersonen ging man in Asien einfach so nicht um! Der tibetische Fahrer versuchte, sie von der Kühlerhaube herunterzuziehen, war aber weniger kräftig als sie.

Eine junge westliche Frau, wohl eine Schülerin des Lama, verbeugte sich mit zusammengelegten Händen vor ihr. „Bitte lassen Sie Rimpotsche weiterfahren. Er ist ein hoher Lehrer, und wir müssen ihm alle mit großem Respekt begegnen.“ Der Ehrentitel „Rimpotsche“ war Lamas vorbehalten, denen man die Fähigkeit zuschrieb, ihre Wiedergeburten bewusst zu steuern.

Nora war ungerührt. „Das ist mir egal. Schließlich muss auch ein Rimpotsche sich an die Verkehrsregeln halten. Ich bin von diesem Fahrer angefahren worden und soll mir das einfach so gefallen lassen?“

Der Fahrer hatte auf der Beifahrerseite mit dem Rimpotsche gesprochen und kam wieder nach vorne. „Der Rimpotsche bittet Sie, diese Unannehmlichkeit zu verzeihen. Bitte entschuldigen Sie.“

Nora beruhigte sich, als sie die Entschuldigung hörte. Gerade wollte sie sich von der Kühlerhaube erheben, als direkt vor ihr jemand fragte: „Kann ich irgendwie helfen?“

Sie blickte auf, und vor ihr stand Fernando, ein amüsiertes Grinsen auf den Lippen, das er vergeblich zu unterdrücken suchte. Ihr Herz raste, und der Konflikt mit dem Fahrer des Rimpotsche wurde ganz plötzlich unwichtig.

„Hallo, Fernando! Nein, die Sache ist geklärt." Sie verließ ihren Sitz auf der Kühlerhaube. „Kommen Sie, wir gehen!"

Der Fahrer sagte etwas zu Fernando, und dieser wandte sich an Nora: „Der Fahrer möchte Sie in dem Hotel, zu dem er fährt, einladen, um sich zu entschuldigen. Fahren Sie mit, ich komme zu Fuß nach."

Nora zögerte einen Augenblick, dann setzte sie sich hinten ins Auto neben einen jungen Mönch, der wohl der Begleiter des Rimpotsche war. Nach kurzer Fahrt bergauf hielten sie an einem Hotelgebäude, das malerisch in einem Garten lag; es war das Bhagsu Hotel, eines der beiden ältesten Hotels der Stadt. Während die beiden Mönche, die während der Fahrt keine Notiz von ihr genommen hatten, in Innern des Hotels verschwanden, wurde Nora zu einem im Garten stehenden Tisch gebeten. Gerade als ihr eine Kanne Tee serviert wurde, kam Fernando an. Er grinste immer noch.

„Was war denn das für eine Geschichte?" Er nahm Platz.

„Ach, ich bin nur umgefahren worden, und das gleich zweimal nacheinander." Nora schenkte Tee für sie beide ein. „Und da ich den Eindruck hatte, dass der Fahrer einfach weitergefahren wäre, ohne sich wenigstens zu entschuldigen, habe ich mich vorne aufs Auto gesetzt."

Fernando lachte. „Entzückend, diese wilde Entschlossenheit! – Übrigens, ich freue mich über unser Wiedersehen, Nora." Er ergriff ihre Hand und führte sie zu den Lippen. Sie wusste nicht so recht, ob sie lachen oder ihm seinen amüsierten Kommentar zu ihrem Abenteuer übel nehmen sollte.

„Ich freue mich auch", erwiderte sie.

„Hast du mich vermisst?“ Er ließ ihre Hand nicht los.

„Vielleicht“, murmelte sie in einem vergeblichen Versuch, ihre bisherige Unverbindlichkeit ihm gegenüber aufrechtzuerhalten.

„Dein Blick sagt mir, dass ich dir gefehlt habe.“ Er nahm einen Schluck Tee.

Sie spürte ein warmes Gefühl ums Herz. Ja, er hatte ihr gefehlt, sehr gefehlt, und wenn sie ehrlich war, hatte sie sich sogar körperlich nach ihm gesehnt. Das war eine Empfindung, die nach dem Ende ihrer Ehe kein Mann mehr in ihr ausgelöst hatte. Aber trotzdem war sie unsicher und zweifelnd, auch jetzt noch, als er vor ihr saß. Sie fühlte sich zu ihm hingezogen, sicher, aber war sie bereit für eine tiefere Beziehung? Und was waren seine Absichten? An einer bloßen Affäre war sie jedenfalls nicht interessiert.

„Ich bin nicht mehr jung genug, um mich allein von meinen Gefühlen leiten zu lassen“, sagte sie ernst.

Er antwortete nicht, sondern versenkte seinen Blick in ihren. Für einige Momente gab sie sich der Zeitlosigkeit des Augenblicks hin, ihre Hand noch immer in der seinen.

„Lass uns gehen“, schlug er vor.

„Wohin?“

Er lächelte. „Keine Sorge, ich werde dir jetzt nicht vorschlagen, ins Hotel zu gehen, um – na ja, du weißt schon. Wenn du dir deiner Gefühle in Bezug auf mich nicht sicher bist, dann lerne mich einfach besser kennen. Wie wäre es mit einem Ausflug nach Bhagsu?“

„Zum Wasserfall?“

„Ja, und zum Tempel, natürlich.“

„Warum nicht?“ Erleichtert, dass er keinen Druck auf sie ausübte, trank sie ihren Tee aus. Dann erhob sie sich und verließ mit ihm den Hotelgarten.

* * *

Sie durchquerten Dharamsala auf einer der Längsstraßen und bogen am Bushalteplatz rechts ab in die Bhagsu Nag Road. Im tiefer gelegenen Ortsteil zu ihrer Rechten flatterten Gebetsfahnen und blaurotgelbe tibetische Flaggen an jedem Haus. Am linken Straßenrand zog sich ein steiler bewaldeter Hang etwa hundert Meter hinauf, und oben sahen sie tibetische Gebäude, die vielleicht zu einem Kloster gehörten. Die Sonne schien warm, es ging auf den Nachmittag zu.

Nora fühlte eine fröhliche Leichtigkeit in ihrem Innern aufsteigen. Hier war sie an einem wunderschönen Ort im Himalaya, zusammen mit einem Gefährten, der sie ebenso feinfühlig wie zärtlich umwarb, aber nicht bedrängte, sondern ihre Freiheit respektierte. Im Augenblick gab es nichts, dessen sie zu ihrem Wohlbefinden noch bedurft hätte.

Eben passierten die beiden einen aus neuerbauten Häusern und Hotels bestehenden Teil Dharamsalas, der nur durch die Straße mit dem Ortskern verbunden war. Am Straßenrand saßen Händler und Händlerinnen mit ihren auf Decken ausgebreiteten Artikeln, meist billiger Touristenware aus China. Der Weg führte nun etwas abwärts. Sie kamen in einen ummauerten Bezirk, der sich als Teil eines hinduistischen Tempelkomplexes erwies. Um zum Allerheiligsten zu gelangen, mussten sie links eine Treppe emporsteigen und dazu ihre Schuhe ausziehen. Fernando kaufte Opfergaben bei einer Händlerin am Tempeleingang.

Nora war überrascht, denn aufgrund seines Namens und seiner Herkunft aus Goa hatte sie bisher angenommen, dass Fernando Christ sei. Bevor sie ihn fragen konnte, war er im Innern des heiligen Gebäudekomplexes verschwunden. Sie fand ihn im Tempelhof vor dem kleinen Shiva-Heiligtum, in tiefe Andacht versunken. Die Opfergaben hatte er dem dabeistehenden Priester übergeben, der ihr, als sie näherkam, etwas von der süßen Opferspeise anbot und ihr eine Tika, einen roten Punkt, auf die Stirn drückte.

Sie legte die Hände zusammen: „Namasté“, grüßte sie.

„Namasté“, lächelte der Priester zurück.

Einige Augenblicke lang war es ganz still, dann hatte Fernando seine Andacht beendet und schlug die vor dem Allerheiligsten hängende Glocke an. Er betrat den kleinen, eingetieften Tempelraum, kniete sich hin und berührte den Boden vor dem Altar mit seiner Stirn. Als er aufstand und sich ihr zuwandte, strahlte sein Gesicht von einer fast überirdischen Freude. Er ergriff ihre Hand und wandte sich zum Ausgang.

Als sie beide ihre Schuhe angezogen hatten und wieder auf der Straße waren, erkundigte sie sich: „Du bist Hindu? Ich hatte dich aufgrund deines Namens für einen Christen gehalten.“ Dabei sprach sie ihn das erste Mal ihrerseits mit dem vertraulichen „Du“ an.

„Muss das denn ein Widerspruch sein?“, entgegnete er. „Es geht doch eigentlich nur um verschiedene Methoden des Gottesdienstes. Glaubst du allen Ernstes, dass es für Gott einen Unterschied macht, ob wir ihn oder sie christlich, muslimisch oder hinduistisch anbeten?“

„Eigentlich nicht“, stimmte Nora zögernd zu.

„Für uns Inder ist Gott überall, in jedem Tempel und jeder Kirche, in jedem Tier und jedem Menschen, und auch als indischer Christ bin ich zugleich Teil der hinduistischen Kultur. Im Übrigen: Mein Vater ist Christ, meine Mutter Hindu. Irgendwie bin ich dadurch beides. Da mich aber vor allem meine Mutter erzogen hat, ist der hinduistische Anteil wohl stärker. Zumindest was die Toleranz gegenüber fremden Göttern angeht.“

„Es ist ein schöner Gedanke, dass Gott in allen Gotteshäusern ist, nicht nur in denen einer einzigen Religion", meinte Nora. „Als Kind habe ich gelernt: Nur das Christentum führt zum Heil. Und zumindest die Muslime behaupten etwas Ähnliches über den Islam."

„Dass die verschiedenen Religionen sich gegenseitig ausschließen, ist eine aus dem Westen kommende Erfindung, die schon viel Unglück angerichtet hat. Leider glauben viele indische Muslime und Christen daran. Auch manche Hindus. Aber ich nicht."

„Und ich auch nicht, wenn ich es mir recht überlege."

„Durch den Islam und später auch durch das europäische Christentum", stellte Fernando fest, „kam die Mission nach Indien. Mission ist nur möglich, wenn man glaubt, dass die anderen ungläubig sind und bekehrt werden müssen. Wenn ich nicht an die Überlegenheit der eigenen Religion glaube, muss ich niemanden bekehren."

„Gibt es immer noch Christen, die in Indien missionieren?"

„Leider ja. Nicht nur die Katholiken sind überzeugt von ihrer Überlegenheit, sondern da ist auch noch eine Reihe von amerikanischen Freikirchen, die besonders aggressiv missionieren und dabei viel Unfrieden stiften, Familien auseinanderreißen und gegeneinander aufbringen."

„Familien auseinanderreißen? Wie machen sie das denn?", wunderte sich Nora.

„Zum Beispiel, indem sie neue Konvertiten dazu anregen, Rindfleisch zu essen, um zu beweisen, dass sie ihren Übertritt zum Christentum wirklich ernst gemeint haben. Für gläubige Hindus ist Rindfleischessen eines der schrecklichsten Verbrechen, fast so schlimm wie Kannibalismus! Schon durch den Übertritt zum Christentum isolieren einfache Hindus sich von ihrer Großfamilie, aber wenn sie dann auch noch Kühe essen, dann gibt es kein Zurück mehr."

„Was heißt das?", wollte Nora wissen.

„Ich kenne eine Familie", entgegnete er, „in der die hinduistische Ehefrau zwar nicht mit ihrem Mann zum Christentum übertreten wollte, aber bereit war, trotz seines Religionswechsels weiter mit ihm zusammenzuleben. Dann aber haben Missionare ihn zum Rindfleischessen überredet. Sie warnten ihn, dass sein neuer Glaube nur echt sei, wenn er die alten Tabus hinter sich lasse, und er glaubte ihnen und tat es. Sobald seine Frau das erfuhr, nahm sie die Kinder und verließ ihn. Die ganze Familie seiner Frau weigert sich, auch nur ein Wort mit ihm zu reden. Jetzt ist er unglücklich und einsam. Bei uns in Indien ist Religion nicht einfach persönlicher Glaube, sondern immer auch Zugehörigkeit zu einer Kultur und Gemeinschaft. Wenn christliche Missionare den Hinduismus bekämpfen, kämpfen sie zugleich gegen die indische Kultur."

„Vielleicht ist es mit Religionen und Kulturen wie mit Tier- und Pflanzenarten", meinte Nora nachdenklich. „Nicht Ausrottung, sondern Artenschutz ist heutzutage angesagt. Vielleicht muss sich erst noch herumsprechen, dass das nicht nur für seltene Tierarten gilt, sondern auch für Religionen."

„Du hast recht", stimmte Fernando zu. „Allerdings nur für diejenigen Religionen, die nicht intolerant und gewalttätig sind. Für aggressive und intolerante Religionen möchte ich keinen Artenschutz. Denk nur mal an die Geschichte meiner Heimat Goa. Bei uns gab es eine der schlimmsten Formen der katholischen Inquisition. Menschen wurden zu Hunderten gefoltert und getötet, weil sie dem Glauben ihrer Ahnen treu bleiben wollten. Wenn Religion versucht, in dieser Weise eine Gesellschaft zu brutalisieren, muss sie sich entweder radikal ändern, oder sie sollte untergehen."

Nora sah ihn an. „Das finde ich auch."

Für einen Augenblick legte Fernando den Arm um sie und drückte sie an sich. „Merkst du, wie gut wir uns verstehen? Du solltest dich für mich entscheiden."

Nora lächelte ihn an, blieb aber still.

Mittlerweile hatten sie den Weg zum Wasserfall fast vollständig zurückgelegt. Bereits seit einiger Zeit hatten sie ihn sehen können, nun lag er direkt vor ihnen. Es war nur ein sehr kleiner Wasserfall, kein besonders bedeutendes Naturschauspiel. Außerdem waren viel zu viele Leute da, fand Nora. Auf den Felsen rund um das herabströmende Wasser kletterten mindestens fünfzig indische Touristen herum, fotografierten sich gegenseitig in Gruppen und lärmten laut.

„Ich möchte hier nicht bleiben, es ist zu voll", sagte Nora.

„Wenn wir ein Stück zurückgehen, können wir zu einem Getränkestand abbiegen. Dort ist es meist recht einsam, und du kannst mit mir allein sein, wenn du das so dringend möchtest." Fernando grinste sie herausfordernd an.

Sie folgten dem Weg ein Stück zurück, bis sie links die Abzweigung nach unten zum Fluss hin erblickten. Tatsächlich war an dem kleinen Steinhäuschen, das sie nach hundert Metern erreichten und in dem man Limonade, Wasser und Tee bekommen konnte, niemand zu sehen außer dem Verkäufer. Erst als sie über die Mauer blickten, die den Platz vor dem Getränkehäuschen zum Abhang hin abgrenzte, bemerkten sie, dass unten am Bach einige Frauen mit dem Waschen von Kleidung beschäftigt waren.

Etwas später kamen sie zu den ersten Häusern von McLeod Ganj. Fernando schlug vor, in einem der Restaurants, für die auf mehreren Schildern am Straßenrand geworben wurde, einzukehren. Während sie aßen, brach die frühzeitige indische Dunkelheit herein, und als sie in Richtung Stadtkern starteten, war es schon stockfinster, da nicht überall Straßenlaternen angebracht waren.

„Ich möchte dich im Dunkeln nicht verlieren." Er griff nach ihrer Hand.

„In welchem Hotel wohnst du?", erkundigte sie sich.

„*Nikhil* natürlich. Ich habe gleich dort gebucht, als ich erfuhr, wo du bist. Ich hoffe, du trinkst noch ein Glas Bier mit mir. Javed kann es uns besorgen."

„Aber sicher. Bier ist eine gute Idee. Ich mag das indische Bier. Sag ihm, dass er zwei Flaschen besorgen soll. Bis dahin will ich duschen und mich umziehen."

* * *

Um halb acht war er vor ihrem Zimmer, um ihr zu sagen, dass das Bier serviert war. Auf sein Klopfen hin öffnete sie die Tür, und als sie ihn vor sich stehen sah, war es wie ein elektrischer Funke, der sie traf. Er stand einen Augenblick unbeweglich und nahm wahr, was ihr geschah. Unwillkürlich wich sie einen Schritt zurück. Er folgte ihr und griff mit den Händen nach ihren Schultern, doch dann hielt er inne und wartete auf ihre Zustimmung zu seiner Annäherung. Langsam wandte sie ihm das Gesicht zu.

Es war der zarteste Kuss, den sie je bekommen hatte, und sie hatte das Gefühl, dass er ewig dauerte und doch endete, bevor er angefangen hatte. Während sie sich voneinander lösten, streiften seine Lippen wie zufällig ihre Wange, und sie war überrascht von der Intensität der Empfindung, die diese leichte, nebensächliche Berührung in ihr auslöste.

„Komm, das Bier wird warm", sagte er.

In dieser Nacht schlief sie nicht sehr tief. Widersprüchliche Gefühle stiegen in ihr auf: Sehnsucht nach dem zärtlichen und feinfühligen Liebhaber, den sie in ihm sah und in dessen Arme sie sich hineinträumte, und Angst vor der Bindung an einen Unbekannten, von dem sie vielleicht nicht so leicht wieder loskommen würde. Sie ahnte, dass diese Beziehung das Potenzial einer großen Liebe hatte, wenn – ja wenn sie sich darauf einließ. Doch wie bereit war sie dazu?

* * *

Am nächsten Morgen frühstückten sie zusammen auf der Terrasse des Hotels in der Wärme der morgendlichen Sonnenstrahlen. Fernando erzählte ihr von einem Tag im letzten Monat in Delhi, an dem ihn ein Dienstweg zufällig am Gelände der chinesischen Botschaft vorbeigeführt hatte.

„Im ersten Augenblick glaubte ich, ein Feuer sei ausgebrochen. Dann sah ich, dass mehrere der tibetischen Demonstranten, die ja die Botschaft seit einiger Zeit regelrecht belagerten, über den Zaun geklettert waren. Sie schwenkten tibetische Fahnen. Die tibetische Nationalflagge im Garten der chinesischen Botschaft! Das hatte schon was."

„Was machte denn die Polizei?"

„Nun, sie musste natürlich eingreifen. Der ganze Spuk dürfte nicht allzu lange gedauert haben. Das Ende habe ich aber nicht mehr mitbekommen, sondern erst am Tag darauf in der Zeitung gelesen."

„Armes Tibet!", meinte Nora. „Ich wünschte, sie hätten bessere Trümpfe gegen die Chinesen in der Hand als einen Sturm auf deren Botschaft."

„Immerhin war ihnen die Aufmerksamkeit der Weltöffentlichkeit an diesem Tag sicher." Fernando wechselte das Thema: „Wie geht es eigentlich deiner Suche nach dem goldenen Stupa?“

Nora gab ihm eine Zusammenfassung ihrer bisherigen Erkenntnisse.

Fernando hörte aufmerksam zu und ließ sie dabei keinen Moment aus den Augen. „Das ist ja schon eine ganze Menge!“, kommentierte er, als sie geendet hatte. „Und was willst du jetzt als Nächstes unternehmen?“

„Heute Vormittag habe ich mein Interview mit Kelsang Tsering. Ich hoffe, dass er mir einen Hinweis geben kann. Magst du mitkommen?“

„Würde ich gern, muss aber gleich einige Telefonate für den Verlag erledigen. Du kannst mir ja dann berichten. Sehen wir uns zum Mittagessen oder zum Kaffee?“

Kapitel 8

Dharamsala, Indien

April 2008

Im Besucherbereich des Klosters saß Nora und wartete darauf, zu Kelsang Tsering vorgelassen zu werden. Ein junger Mönch brachte sie zu einem fast leeren Raum mit einigen Stühlen und mehreren Thangkas, bemalten Rollbildern mit religiösen Themen, an der Wand. Gegenüber dem auf einem erhöhten Sitz thronenden Lama durfte sie Platz nehmen und begrüßte ihn mit zusammengelegten Händen. Der ungefähr fünfundsiebzigjährige Mönch hatte ein eingefallenes, asketisch wirkendes Gesicht und tief liegende Augen, die hellwach und aufmerksam auf seinen Gast gerichtet waren. Als sie ihn ansah, fühlte sie eine merkwürdige Anziehungskraft von ihm ausgehen, fast wie ein Sog, und sofort verspürte sie unwillkürlich den

Impuls, den Raum wieder zu verlassen. Sie mochte religiöse Charismatiker nicht, zumindest dann nicht, wenn sie deren Attraktivität nicht verstehen konnte.

„Was kann ich für Sie tun?“, erkundigte sich Kelsang Tsering in ausgezeichnetem Englisch.

Nora gab sich einen Ruck. Schließlich war sie nicht auf der Suche nach einem Guru, sondern nach einer Auskunft. Sie schilderte ihm die Geschichte des goldenen Stupas und endete mit dem Diebstahl in Sikkim. Dann erkundigte sie sich: „Tashi Dhöndup hat mir erzählt, dass er Sie kurz vor dem Diebstahl getroffen habe. Haben Sie danach noch einmal von dem Tschörten gehört, wissen Sie irgendetwas über seinen Verbleib?“

Der Lama fixierte sie mit seinen unergründlichen Augen, während er einen Augenblick zögerte. „Damals habe ich nicht erfahren, wo er geblieben ist“, entgegnete er schließlich. „Ich habe diesen Tashi Dhöndup getroffen, er erzählte mir seine Geschichte, und seinen Plan, den Tschörten zum Dalai Lama zu bringen. Danach trennten sich unsere Wege. Dass der Tschörten gestohlen wurde, habe ich erst Jahre später gehört, als ich Tashi Dhöndup hier in Dharamsala wiedertraf.“

Nora hatte das unbestimmte Gefühl, dass Kelsang Tsering mehr wusste, als er zugab. Aber vielleicht lag das auch einfach an seiner beherrschenden Persönlichkeit, die nur schwer mit der Aussage „Ich weiß nicht“ zusammenzupassen schien.

„Wissen Sie etwas über die Bedeutung des Tschörten?“, wollte sie wissen.

„Was genau meinen Sie damit?“

„Nun, ich meine die Reliquie des Buddha, die sich im Tschörten befinden soll.“

Er blickte sie scharf an. „Ist das denn wirklich sicher? Vielleicht ist es nur ein Gerücht?“

„Sie waren doch in Tschumbi dabei, als der Tschörten dem Dalai Lama aus Indien gebracht wurde, nicht wahr? Haben Sie nicht gemerkt, dass Tashi Dhöndups Tschörten genau derselbe war?“ Nora war hartnäckig.

Kelsang Tsering lächelte kalt. „Wer kann das nach so langer Zeit noch genau sagen?“, ließ er ihre beiden Fragen gleichermaßen unbeantwortet.

Nora beschloss, in die Offensive zu gehen. „Aber wie kann es sein, dass Sie nicht mehr wissen, ob Sie im Tschumbi-Tal dabei waren?“

Einen kurzen Moment lang blickte er zornig, dann wurde sein Gesicht wieder ausdruckslos. „Ich war dabei. Aber ob es derselbe Tschörten war, wer will das wissen? Und wieso sollte ich ihn in den Händen eines Ziegenhirten erkennen? Mussten wir nicht alle glauben, dass der Tschörten inzwischen längst wieder in Indien war?“

„Sie haben also von der Festnahme der Mahabodhi-Delegation nichts gehört?“

„Nein“, entgegnete er kurz angebunden. Dann fügte er ein wenig freundlicher hinzu: „Sie sollten sich bei Ihren Forschungen auf die bekannten Reliquien des Buddha beschränken. Dies hier führt zu nichts. Keiner kann heute mehr sagen, wo der Tschörten ist und was er enthalten hat. Selbst wenn man ihn finden würde – wer könnte ihn noch genau identifizieren? Das ist alles so lange her. Und ist es wirklich wichtig für uns heute?“

Nora ließ die Frage im Raum stehen. Sie bedankte sich bei Kelsang Tsering mit zusammengelegten Händen und einer Verbeugung für die Auskünfte, die sehr wichtig für ihr Forschungsprojekt gewesen seien, und verließ mit einem erneuten Gruß das Audienzzimmer.

Auf dem Rückweg grübelte sie. Wollte Kelsang Tsering sie bewusst davon abhalten, dem Rätsel um den goldenen Stupa nachzugehen? Oder war es einfach nur Desinteresse an einem aus seiner Sicht unwichtigen Thema?

* * *

„Was hast du erfahren?“ Fernando saß mit Nora auf der Terrasse einer kleinen Konditorei nicht weit von ihrem Hotel. Beide hatten Tassen mit Kaffee und appetitlich aussehende Kuchenstücke vor sich.

„Nicht viel“, räumte Nora ein. „Lama Kelsang hat abgestritten, irgendetwas zu wissen. Allerdings halte ich es für sehr wahrscheinlich, dass er mehr weiß, als er zugibt.“

„Vielleicht will er aus irgendeinem Grund nicht, dass du die Sache weiter verfolgst?“ Fernando vertilgte ein Stück Schokoladenkuchen und trank einen Schluck Kaffee hinterher.

„Ja, das kann sein, du hast recht. Ärgerlich ist nur: Die Recherche ist in einer Sackgasse gelandet, zumindest solange Kelsang Tsering nicht redet. Was soll ich jetzt machen? An dieser Stelle komme ich nicht voran, und es ist unwahrscheinlich, dass aus dem Nichts noch weitere Informationen auftauchen. Schade! Ich hatte so gehofft, herauszubekommen, wo der Stupa heute ist. Damit hat sich der Zweck meines Aufenthaltes hier dann wohl erledigt.“

„Vielleicht ist der Stupa ja gar nicht der Grund, warum du hier bist.“

„So? Wie meinst du das?“

Er lächelte sie an, ohne zu antworten. Sie senkte für einen Moment die Augen. Dann erwiderte sie seinen Blick: „Was genau willst du eigentlich von mir?“

„Weißt du das nicht?“

„Das ist keine Antwort."

„Wie willst du etwas benennen, das noch gar nicht richtig angefangen hat?" Er ergriff ihre Hand, fuhr mit den Lippen über die Handinnenfläche und küsste sie ganz leicht. Sie zuckte ein wenig zusammen, zog die Hand aber nicht zurück.

„Vielleicht hängt es von deiner Antwort ab, ob ich überhaupt will, dass etwas anfängt", gab sie zurück.

„Und du meinst, dass ich die Antwort genauer kenne als du? Das hier ist der Beginn einer Liebesgeschichte – das heißt, wenn du es zulässt. Wie sie aussehen wird, wo sie uns hinbringt, wer von uns beiden kann das vorhersehen? Macht dir die Vorstellung Schwierigkeiten, dich auf mich einzulassen, ohne zu wissen, wohin dich das führt?"

„Nicht unbedingt. Aber wir leben so weit getrennt voneinander. Unsere Lebensmittelpunkte liegen in verschiedenen Erdteilen. Wir würden ein Liebespaar werden, das sich jedes Jahr nur wenige Wochen sieht, denn mehr Zeit habe ich für Indienreisen nicht, und auch die Buchmesse dauert nur eine knappe Woche. Möchtest du denn dein Leben getrennt von deiner Liebe verbringen?"

Fernando blickte sie still an, seine dunklen Augen leuchteten. „Wie schön das klingt, wenn du dich als ‚meine Liebe' bezeichnest …", meinte er schließlich. „Nein, natürlich möchte ich nicht getrennt von dir leben! Aber um zu dem Punkt zu kommen, an dem wir über ein gemeinsames Leben nachdenken können, müssen wir unserer Liebe doch überhaupt erst einmal Raum zum Wachsen geben. Dazu bin ich hier, und dazu bist auch du hier, wenn ich mich nicht sehr irre."

Er schwieg, weil der Kellner gekommen war, um die Rechnung zu bringen. Dann blickte er sie an und fuhr fort: „Vielleicht stellst du ja auch die Bedingung, dass ich dir einen formellen Heiratsantrag mache und wir unsere Beziehung sofort in eine legale Form bringen. Möchtest du mich heiraten?“

„Würdest du das denn wollen? Oder fragst du nur so?“

„Bestimmt nicht. Vergiss nicht: Ich bin Inder, und in unserer Kultur ist es üblich, zu heiraten. Und ich wünsche mir eine Ehe mit dir, mehr als alles andere. Aber ich weiß auch, dass bei euch im Westen viele Menschen eine Ehe nicht mehr als Voraussetzung für eine Beziehung sehen, und das würde ich notfalls akzeptieren. Es hängt von dir ab. Wenn du ohne Heirat keine Beziehung zu mir willst, dann möchte ich dich heiraten, ja. Wenn du das aber nicht wichtig findest …“

„Dass eine Ehe keine Garantie für das Gelingen einer Beziehung ist, weiß ich aus meinem Leben gut genug. Die Frage, ob wir heiraten oder nicht, ist für mich nicht so entscheidend wie die, ob unsere Verbindung überhaupt eine Zukunft hätte. Wenn wir jetzt eine Liebesbeziehung anfangen und uns später trennen, weil das Zusammenleben auf diese Entfernung nicht klappt, dann wird das schmerzen. Davor habe ich Angst.“

„Ich verstehe“, sagte er und schwieg. Wieder spürte sie eine warme Dankbarkeit dafür, dass er ernst nahm, was sie bewegte, und sie nicht sofort mit Gegenargumenten überschüttete.

* * *

Am nächsten Morgen pfiff ein unangenehmer Wind durch die Straßen Dharamsalas, und es regnete, wie so häufig auf der Südseite des Himalaya. Beim Frühstück kündigte Nora an, am Vormittag einige Stunden schreiben zu wollen. Sie hatte von ihrem Hotelzimmer aus einen wunderbaren Blick über das Tal hinüber zur gegenüberliegenden Bergwand, und Javed hatte ihr gleich nach ihrer Ankunft bereitwillig einen etwas wackligen Schreibtisch ins Zimmer gestellt. Selbst bei Regen hatte sie es stets überaus genossen, dort zu sitzen, den Wind durch das Tal jagen zu sehen und an ihrem Buch zu arbeiten. Zugegeben – die Konzentration auf die Arbeit forderte seit Fernandos Ankunft in Dharamsala ein wenig mehr Mühe. Aber das Schreiben war Teil ihres Lebens, so sehr, dass auch diese neue und in ihrer stillen Eindringlichkeit ungewohnte Liebesgeschichte sie nicht lange davon abhalten konnte.

Immerhin war ihre Ehe genau daran zerbrochen, dass Michael ihre Liebe zu den Gedanken, Problemen und Texten nicht verstehen konnte, war er selbst doch zufrieden mit einer Arbeit, die ihm genug Geld zum Leben einbrachte und die er vergessen konnte, sobald der Feierabend kam. Ihre intensive Forschungsarbeit, die vielen halb durchgearbeiteten Nächte, ihre Art, mit einem wissenschaftlichen Problem zu Bett zu gehen und am Morgen mit der Lösung aufzuwachen, ihr Ringen mit den Worten, ihr leidenschaftlicher Wunsch nach Klarheit und Stringenz, wenn sie schrieb, – all das hatte er nicht nur nicht verstanden, sondern mit der Zeit zunehmend als Konkurrenz und als persönliche Bedrohung wahrgenommen.

Er hatte begonnen, ihr Vorwürfe zu machen, sie so zu behandeln, als betrüge sie ihn mit einem anderen Mann. Sie hatte nicht nachgegeben, war jedoch durch die ständigen Spannungen, durch das Leiden ihres Mannes an dem, was ihr so kostbar und lebensnotwendig war, allmählich zermürbt worden. Eines Morgens erkannte sie schließlich klar, dass ihr die Arbeit wichtiger war als ihre Ehe, dass sie nicht bereit war, ihre größte Freude, ihr wichtigstes Fenster zur Welt, für einen Menschen aufzugeben, der nicht in der Lage war, ihr das, was sie so liebte, von Herzen zu gönnen, wenn er es schon nicht mit ihr teilen wollte. Immer wieder hatte sie versucht, ihm das zu erklären. An jenem Morgen jedoch begriff sie, dass er nicht verstand und auch nicht verstehen würde. Kurz danach hatten sie sich getrennt.

All diese Erinnerungen gingen Nora durch den Kopf, als sie nach dem gemeinsamen Frühstück mit Fernando in ihr Hotelzimmer zurückkehrte und zum Schreibtisch trat. Unwillkürlich hatte sie einen Augenblick gezögert, bevor sie ihm ihre Pläne für den Vormittag mitgeteilt hatte. Sie hatte, wie sie sich eingestand, Angst davor gehabt, dass er ähnlich wie Michael reagieren könnte. Die Verletzung, die Michaels Unverständnis in ihr hinterlassen hatte, schmerzte noch immer.

Zu ihrer Erleichterung hatte Fernando vergnügt gelächelt: „Gut! Dann werde ich mal meinen Regenmantel nehmen und die Buchläden abklappern. Wollte ich schon längst gemacht haben."

„Suchst du was Bestimmtes?"

„Na, unsere Bücher natürlich", erwiderte er. „Ein wenig Marktforschung ist gut fürs Geschäft."

„Ach so! Wie lange wirst du brauchen?"

„So lange, bis du fertig bist. Du kannst mich anrufen, wenn du eine Pause machen willst. Ich komme dann zurück."

„Wird es dich auch nicht stören, wenn es lange dauert? Wenn ich arbeite, vergesse ich die Zeit."

„Wenn ich von dir erwarte, dass du deine Arbeitsmethoden meinetwegen änderst, ist das weder für dein Buch gut noch für uns beide", lächelte er. „Also arbeite, so lange du willst. Ich bin ein geduldiger Mensch, und auf dich warte ich auch länger als einen Vormittag."

„Ich sehe schon", schmunzelte Nora, „wenn ich dich loswerden will, muss ich mir mehr einfallen lassen als meine Schriftstellerei!"

„Bestimmt, das müsstest du", grinste er zurück, „das heißt, wenn du es überhaupt wolltest." Und weil alle anderen Hotelgäste schon längst den Frühstücksraum verlassen hatten und auch Javed nirgends zu sehen war, drückte er schnell einen scheuen Kuss auf ihre Wange. „Bis später also. Und schreib keinen Unsinn, weil du zu viel an mich denkst."

Das völlige Fehlen von Kritik oder auch nur Irritation in Fernandos Reaktion war ungewohnt für Nora. Zum ersten Mal machte sie die Erfahrung, dass sie kein schlechtes Gewissen haben musste, dass es ihr nicht als Desinteresse oder gar Untreue angerechnet wurde, noch eine andere Leidenschaft zu haben. Sie setzte sich an ihren wackligen Schreibtisch. Als sie zu arbeiten begann, flossen ihr die Worte und Sätze nur so aus den Händen. Sie spürte, dass die Anziehung, die Fernando auf sie ausübte und die ihr Gefühlsleben zunehmend beherrschte, ihre Arbeit nicht nur nicht behinderte, sondern vielmehr inspirierte. In Kürze hatte sie einen zufriedenstellenden Text geschrieben und sogar einen schwierigen Punkt, an dessen Formulierung sie schon einige Tage herumlaboriert hatte, mühelos in klare Worte gefasst und genau an der richtigen Stelle in die Argumentation eingebaut. Sie saß schon an den ersten Überlegungen für das nächste Kapitel, als es an der Tür klopfte. Die Uhr zeigte halb eins.

„Entschuldige bitte, dass ich dich jetzt doch von mir aus störe." Fernando trat herein. „Ich habe gerade einen Anruf aus Delhi bekommen. Ich muss heute Abend zurückfahren."

„Was ist denn passiert?" Nora spürte, dass ihr die Neuigkeit einen Stich versetzte.

„Mein Chef ist krank geworden, und ein Treffen mit ausländischen Geschäftsfreunden steht bevor, das nicht mehr abgesagt werden kann. Ich werde um sechs Uhr abreisen müssen, das Taxi zum Bahnhof ist schon bestellt."

„Komm rein und setz dich einen Augenblick", lud sie ihn ein. „Ich mache den Computer aus, dann habe ich Zeit für dich. Hast du schon gepackt?"

„Ja, alles ist fertig. Ich möchte jede einzelne Minute, die bleibt, mit dir verbringen. Kannst du mir verzeihen, dass ich dich von der Arbeit abhalte?"

„Tust du gar nicht." Sie speicherte den Text und fuhr den Computer herunter. „Ich habe bereits mehr als mein heutiges Arbeitspensum hinter mir und freue mich, dass du da bist. Außerdem fände ich es wirklich schade, wenn wir die Zeit vor deiner Abreise nicht miteinander verbringen würden. Lass uns noch etwas zusammen unternehmen, ja?"

Sie drehte sich zu ihm um. Er saß auf dem zweiten Stuhl und war in den Anblick des Panoramas versunken, das sich vor dem Fenster erstreckte. Die ersten Strahlen einer durch die Regenwolken brechenden Sonne verliehen seinem bronzefarbenen Gesicht einen goldenen Schimmer.

‚Wie schön er ist', musste sie denken. Impulsiv hob sie die Hand und ließ sie sanft über sein Haar gleiten. Es war die erste Zärtlichkeit, die sie ihm aus eigenem Antrieb entgegenbrachte. Er reagierte sofort, erhob sich, umfasste ihre Mitte und zog sie an sich. Diesmal war sein Kuss kein zarter Hauch, sondern Feuer, das ihren ganzen Leib erfasste und vom Kopf bis zu den Zehenspitzen in Brand setzte. Zum ersten Mal spürte sie die Berührung seines Körpers, der sich an den ihren drängte, und nahm mit lustvoller Verwunderung wahr, wie richtig, ja wie geradezu vertraut sich das anfühlte. Sie schloss die Augen.

„Sieh mal!“, seine Stimme war belegt, „die Sonne scheint schon wieder. Lust auf einen Spaziergang?“

Sie war einen Augenblick verwirrt darüber, dass er keine Anstalten unternahm, seine Zärtlichkeiten fortzusetzen, obwohl er doch genau gespürt haben musste, wie wenig Widerstand in diesem Moment von ihr zu erwarten gewesen wäre. Es war ihr fast ein wenig unheimlich, wie beherrscht er mit seiner Leidenschaft umging. Dabei hatte sie das deutliche Gefühl, dass es alles andere als Schüchternheit war, die ihn so zurückhaltend machte. In ihr stieg das Bild eines Kunstwerkes auf, das langsam, ohne Eile, unter den Händen eines ebenso geduldigen wie konzentrierten Bildhauers entstand. Konnte Liebe zu einem solchen Kunstwerk werden? Dieser neue Gedanke kam ihr ebenso seltsam vertraut vor wie die körperliche Nähe Fernandos, der ihr jetzt wieder gegenüberstand und ihr einen zugleich amüsierten und fragenden Blick zuwarf.

„Was ist? Wollen wir gehen, oder brauchst du noch Zeit zum Denken?“

„Was meinst du? Wieso zum Denken?“, erkundigte sie sich ein wenig zerstreut, während sie ihre Haussocken durch wetterfeste Wanderschuhe ersetzte.

Er lachte leise. „Na ja, du sahst eben so aus, als ob du dabei wärest, tiefgründige Gedanken zu wälzen.“

Sie stimmte in sein Lachen ein. „Ich hatte gerade eine Idee. Ist aber nicht so wichtig.“

„Willst du’s nicht aufschreiben, bevor wir losgehen?“

„Nein, nicht nötig.“ Sie hatte ihre Regenjacke übergestreift und stand startbereit an der Tür. – Das vergesse ich bestimmt nicht, setzte sie im Stillen hinzu. Nicht, solange ich es mit dir zu tun habe.

Er drang nicht weiter in sie, sondern übte jene respektvolle Zurückhaltung, die sie an ihm zu lieben begonnen hatte.

* * *

So, als sei es grundsätzlich unmöglich, Dharamsala zu verlassen, ohne dort gewesen zu sein, führte sie ihr Weg zum Tempel des Dalai Lama. Sie hatten eine Abkürzung gewählt, die sich direkt gegenüber dem Hotel steil den Berg hinaufzog, durch verwinkelte Gassen, zwischen den eng nebeneinander an den Hang geklebten Wohnhäusern. Auf der Hügelkuppe angekommen, gingen sie oberhalb eines größeren Gebäudes vorbei, das offenbar ein Kloster war. Auf seiner Terrasse flatterten dunkelrote Ordensgewänder an der Wäscheleine im Wind, daneben Gebetsfahnen und zwei oder drei große tibetische Flaggen, wie sie hier jedes Haus trug. Kurz danach blickten sie von oben auf den Eingang zum Tempelkomplex, bevor sie zu ihm hinabstiegen.

Am frühen Nachmittag hatte Nora den Tempel bisher noch nicht betreten. Es war überraschend viel Betrieb. Zahlreiche Menschen, nicht nur Mönche und Nonnen, sondern auch Laien, hatten sich auf der Terrasse um den Haupttempel herum eingefunden und beteten gemeinsam für den Frieden in Tibet. Die rhythmisch gemurmelten Formeln kamen der jungen Frau vertrauter vor als je zuvor. Ein tiefes Glücksgefühl stieg in ihr auf. Sie wandte sich zu Fernando um. „Wollen wir uns ein wenig dazusetzen?"

Er nickte, und sie wählten einen Platz am Rand, wo sie sich auf einer der für die Beter ausgebreiteten Matten niederließen. Nora schloss die Augen und überließ sich für einige Augenblicke der reinen Gegenwart. Der schwingende Rhythmus der Gebete versetzte sie in eine leichte Trance. Sie fühlte sich klar und ruhig, aber zugleich spürte sie eine gesteigerte Wahrnehmungsfähigkeit für die meditative Konzentration der Menschen um sie herum und die Präsenz ihres Gefährten neben ihr. Ihr Inneres öffnete sich.

Mit der Mühelosigkeit eines Inders hatte Fernando sich neben ihr im Meditationssitz mit gekreuzten Beinen niedergelassen. Er hielt die Augen geschlossen und bewegte den Oberkörper fast unmerklich im Rhythmus der Gebete. Als sie ihn bei einem Versuch, eine bequemere Haltung zu finden, versehentlich leicht am Knie berührte, öffnete er die Augen und blickte sie an, und sie spürte, dass seine Aufmerksamkeit auch mit geschlossenen Augen unablässig auf sie gerichtet gewesen war. Ihr Glücksempfinden verstärkte sich fast ins Unerträgliche, so dass sie den Blick senkte. Mit einer gewissen Überraschung erkannte sie, dass ihre Gefühle für Fernando in keinerlei Gegensatz zu dem heiligen Ort standen, an dem sie sich befand, und auch nicht zu den vielen Ordensleuten, die sie überall sah. Liebe und Religion, Spiritualität und Erotik, selbst Lust und Askese gehörten zusammen, ja waren ohne einander nicht zu denken.

* * *

Nora begleitete Fernando zu seinem Hotelzimmer, wo er seinen Koffer verschloss und dem Hotelmitarbeiter übergab. Er blickte sich bedauernd im leeren Zimmer um.

„Komm doch mit nach Delhi“, forderte er sie auf. „Warst du nicht der Meinung, dass deine Arbeit hier getan ist?“

„Im Augenblick sieht es so aus, weil ich nicht weiterkomme, ja. Aber so schnell will ich nicht aufgeben. Ich bleibe noch und suche in der Bibliothek. Ich habe ein paar Ideen, wo ich noch nachgucken könnte.“

„Das muss ich wohl akzeptieren. Ich wünsche dir viel Erfolg! Schade, dass ich nicht mehr bei dir sein kann.“

„Du wirst mir fehlen. Es war schön mit dir." Sie meinte, was sie sagte.

Er näherte sein Gesicht dem ihren. „Sag ein Wort, und ich bleibe." Seine Stimme war rau. „Wenn ich statt heute Abend morgen früh fahre, komme ich immer noch rechtzeitig nach Delhi."

Sie schüttelte den Kopf. „Bei den ewigen Zugverspätungen auf dieser Strecke solltest du nicht in allerletzter Minute abfahren. Und was uns beide betrifft: Ich mag nicht unter Zeitdruck stehen. Verstehst du das?"

Wortlos nahm er sie in die Arme und drückte einen Kuss in ihr Haar.

Als sie später allein vor ihrer Thugpa saß, war sie von widerstreitenden Gefühlen erfüllt. Die Erinnerung an seine letzte Umarmung, die erneut alle Sinne in ihr erweckt hatte, brannte ihr noch auf der Haut. Hätte sie ihn doch bitten sollen zu bleiben? Sie sehnte sich nach ihm. Aber sie verspürte auch immer noch Widerwillen dagegen, die Geschwindigkeit ihrer Annäherung den Zwängen des Terminkalenders zu unterwerfen.

Kapitel 9

Dharamsala, Indien

April 2008

An einem der folgenden Tage war Nora in Dharamsala unterwegs, um Obst zu kaufen, als sie plötzlich ein Gesicht sah, das ihr bekannt vorkam. Es war eine junge Frau mit halblangen, dunkelblonden Haaren und einem hübschen, freundlichen Aussehen. Nora war ganz sicher, sie schon einmal gesehen zu haben, doch wo nur?

Als der Blick des Mädchens auf Nora fiel, lächelte sie und kam auf sie zu. „Sind Sie nicht Nora Brombach? Kennen Sie mich noch? Wir haben uns bei der Beerdigung meines Bruders Damian getroffen, erinnern Sie sich?"

Jetzt fiel Nora wieder ein, wie sie Damians ältere Schwester Susanne neben ihrem Vater am offenen Grab hatte stehen sehen. Sie war diejenige gewesen, die Nora und Claudia so freundlich aufgefordert hatte, mit zum Essen zu kommen.

„Ja, ich erinnere mich. Ich bin überrascht, Sie hier zu treffen!"

„So überraschend ist das vielleicht gar nicht", stellte Susanne Kreuzberger fest. „Haben Sie Lust auf eine Tasse Tee? Ich könnte einen Rat gebrauchen."

„Warum nicht?"

Wenig später saßen sie, mit einer großen Kanne Tee und zwei Tassen vor sich, in einem kleinen tibetischen Restaurant beisammen.

Nora eröffnete das Gespräch: „Womit kann ich Ihnen helfen?"

„Es lässt mir keine Ruhe", entgegnete Damians Schwester. „Ich will wissen, warum man meinen Bruder umgebracht hat. Daher fange ich hier an, nachzuforschen, wo er vermutlich die Leute kennengelernt hat, die in dieser dunklen Geschichte eine Rolle spielen."

„Haben Sie denn einen Anhaltspunkt?"

„Nein. Nur die wenigen Sachen, die Damian am Telefon gesagt hat. Sie erinnern sich bestimmt noch an die Rede meines Vaters. Aber Dalai-Lama-Begeisterung ist ja an und für sich nichts Lebensgefährliches."

„Wie kam Damian denn darauf, sich für Tibet zu interessieren?"

„Das hat er von unserem Großvater. Der ist seinerzeit viel in Asien herumgekommen, unter anderem auch in Indien an der tibetischen Grenze. Er sammelte Antiquitäten und hatte eine schöne kleine Tibetsammlung. Stücke, die nach 1950 mit Flüchtlingen aus Tibet gekommen waren und die er auf Indienreisen in den Fünfziger- und Sechzigerjahren kaufte. Damian war schon als kleiner Junge von diesen Dingen begeistert und konnte sich nicht oft genug von Großvater die Geschichten seiner Reisen erzählen lassen. Leider starb Großvater vor einigen Jahren. Aber die Begeisterung für Tibet hat er Damian vererbt, und für den stand immer fest, dass er nach Tibet wollte."

„Und? Ist er in Tibet gewesen?"

„Nein. Ich glaube, dass ihn letztlich die politische Situation im Land abgestoßen hat. Er war am ursprünglichen Tibet und dessen uralter Kultur interessiert und konnte nicht verstehen, warum die Chinesen die Kultur eines Landes, von dem sie behaupteten, dass es zu China gehöre, so systematisch zerstört haben. Daher fuhr er erst mal nur nach Indien, von Anfang an mit dem Ziel, den Dalai Lama zu sehen. Und mit dem idealistischen Wunsch, irgendetwas für Tibet und die Tibeter zu tun. Wie es dann endete, wissen Sie ja."

„Hat er denn etwas für die Tibeter tun können?"

„Ja, ich glaube, er war für irgendein Sozialprojekt hier in Dharamsala tätig. Was er genau gemacht hat, weiß ich nicht. Kann sein, dass es etwas in der tibetischen Schule war. Vielleicht hat er Englisch unterrichtet. In Englisch war er immer ausgezeichnet in der Schule, und mit sechzehn hat er ein Austauschjahr in England verbracht." Susanne zog ein Taschentuch hervor und trocknete sich die Augen.

„Ist Ihnen irgendetwas darüber bekannt, ob er negative Erfahrungen mit irgendjemandem hier gemacht hat? Hatte er Feinde?“, wollte Nora wissen.

„Meines Wissens nicht. Aber vielleicht hat er es uns auch nur verschwiegen. Irgendetwas muss doch passiert sein, von dem wir überhaupt nichts wissen. Sonst wäre er wohl noch am Leben.“

„Hat er die Fahrt von Dharamsala nach Bodh Gaya zusammen mit anderen Leuten gemacht?“ Nora leerte ihre Teetasse.

„Schon möglich, davon weiß ich nichts. Von Bodh Gaya aus hat er nur noch einmal mit Vater telefoniert, aber da ging's wohl ausschließlich um den Dalai Lama. Er war ganz erfüllt von dessen Rede in Bodh Gaya. Einen Tag später war er dann tot.“

„Wo wollen Sie anfangen, zu suchen?“

„Ich habe die Adresse eines Hauses, in dem Damian eine Zeit lang gewohnt hat. Dahin will ich zuerst, vielleicht weiß man dort etwas über ihn.“

„Welche Adresse ist es denn? Vielleicht kann ich Ihnen weiterhelfen.“

Susanne kramte in ihrer Umhängetasche. Dann holte sie ein kleines Notizbuch heraus und schlug es auf. „Hier ist die Adresse.“

„Temple Road“, las Nora. „Das ist hier ganz in der Nähe, die abschüssige Straße, die von der Ortsmitte zum Tempel führt. Am besten fragen Sie dort in einem der Läden oder Restaurants nach, die können Ihnen genau sagen, wo dieses Haus ist.“

„Vielen Dank.“ Susanne verstaute das Notizbuch wieder in ihrer Tasche. „Das werde ich gleich heute Nachmittag machen.“

„Wenn ich Ihnen sonst noch irgendwie helfen kann, lassen Sie es mich wissen", bot Nora an. „Ich wohne im Hotel *Nikhil*, an der Straße, die nach Gangchen Kyishong hinunterführt. Sie können jederzeit vorbeikommen oder anrufen." Nora kritzelte ihre Mobiltelefonnummer auf eine Visitenkarte und reichte sie ihr.

„Das ist sehr nett von Ihnen. Sind Sie noch länger in Dharamsala?"

„Weiß ich noch nicht. Das hängt ein wenig von den Ergebnissen meiner Arbeit hier ab."

„Sie sind beruflich hier? Darf ich fragen, was Sie machen?"

„Ich bin auf der Suche nach einem Stupa oder tibetisch Tschörten. Ein kleiner Reliquienbehälter in Form eines turmähnlichen Ritualbaus mit rundem Grundriss. Er ist irgendwann in den Sechzigerjahren in Sikkim verschollen, und ich versuche herauszubekommen, wo er sich heute befindet."

„Ein Tschörten! Und wozu wollen Sie ihn finden?"

„Ich bin Indologin und schreibe ein Buch über den buddhistischen Reliquienkult."

„Wessen Reliquien befinden sich denn in dem Tschörten, den Sie suchen?"

„Angeblich die des Buddha selbst."

„Ui, das ist aufregend! Was werden Sie als Nächstes unternehmen?"

„Ein Ort, wo der Stupa heute sein könnte, sind westliche Tibet-Sammlungen im Besitz von Museen oder Privatleuten. Ich versuche gerade, den Stupa in einem der zahlreichen Museums- und Ausstellungskataloge zu finden, die es in der Bibliothek gibt. Das wird bestimmt noch einige Tage dauern. Ansonsten versuche ich auch, Zeugen zu finden und zu befragen."

„Haben Sie in den Katalogen schon was gefunden?“ Susanne schien ehrlich interessiert an Noras Projekt.

„Nein, bisher nur einige ähnlich aussehende Stücke.“

„Woher wissen Sie denn, wie der Stupa genau ausgesehen hat?“

„So ganz genau weiß ich es nicht. Es gibt Bilder von ihm, die Heinrich Harrer 1951 aufgenommen hat, teilweise in Farbe. Darauf ist zu erkennen, dass der Stupa golden war und einen runden Grundriss hatte. Details sind aber kaum erkennbar. Das ist alles, was ich bisher weiß.“

„Rund und golden?“, wiederholte Susanne. „Die Beschreibung erinnert mich an einen kleinen Tschörten, den mein Großvater aus Indien mitgebracht hat. Er war ebenfalls golden und hatte einen runden Grundriss.“

„Ist er noch im Besitz Ihrer Familie?“

„Nein. Mein Großvater hat ihn samt einigen anderen Sammlungsstücken testamentarisch einem Museum in Marburg vermacht. Er lebte dort. Als er gestorben war, haben wir die Sachen im Museum abgeliefert. Ein schönes Stück, dieser Tschörten! Ich habe ihn als Kind und Jugendliche gern angesehen, wenn ich bei Großvater zu Besuch war.“

„Es gibt bestimmt eine ganze Menge ähnlich aussehender Stücke“, vermutete Nora. „Wie ich den richtigen erkenne, weiß ich noch nicht. Falls er überhaupt dabei ist. Aber wenn er tatsächlich in einer westlichen Sammlung auftaucht, hoffe ich, dass die Besitzer etwas über seine Herkunft wissen. Und auch über die Umstände seiner Anschaffung. Nur dann kann man ihn vielleicht mit dem von Harrer fotografierten Tschörten identifizieren. Die Fotos sind leider nicht scharf genug, um das direkt zu tun.“

„Ich wünsche Ihnen jedenfalls viel Glück bei der Suche! Vielleicht sehen wir uns demnächst mal zum Abendessen? Dann könnten wir uns gegenseitig berichten."

Nora stimmte zu, und sie vereinbarten für den übernächsten Abend ein gemeinsames Abendessen im Restaurant Kunga.

* * *

Mit neuer Energie begab sich Nora am folgenden Vormittag an die Arbeit. Sie beschloss, den Bibliothekar um Fotokopien aller Abbildungen von goldenen Stupas mit rundem Grundriss zu bitten, die sie in den Katalogen finden konnte. Die Fotokopien, die hier leider nur in Schwarzweiß angefertigt werden konnten, wollte sie dazu benutzen, sie Personen vorzulegen, die den echten Stupa gesehen hatten, zum Beispiel Tashi Dhöndup und Kelsang Tsering.

Im Laufe des Tages arbeitete sie sich durch eine beachtliche Zahl von Katalogen und anderen bebilderten Werken über Tibet. Doch als die Bibliothek um fünf Uhr nachmittags schloss, bestand die Ausbeute des vergangenen Tages in genau drei Fotokopien. Aber immerhin war sie dabei, sich durch diese Aktion einen befriedigenden Überblick über Vergleichsstücke zu dem gesuchten Stupa zu verschaffen.

Auf dem Weg zurück zum Hotel machte sie einen Abstecher in einen Internetladen. Fernando hatte eine sehnsüchtige Nachricht geschrieben, in der er sich nach den Fortschritten ihrer Arbeit erkundigte und den Wunsch äußerte, sie möge ganz bald zu ihm kommen. Als sie seine Worte las, spürte sie, wie das Verlangen nach seiner Berührung ihren Körper durchflutete. Sie hielt inne, um sich an die Tage mit ihm zu erinnern. Wie viel von ihrer Skepsis und Zurückhaltung war in der kurzen Zeit mit Fernando einfach hinweggefegt worden! Es schien ihr zunehmend schwieriger zu sein, sich seinem Werben zu widersetzen.

Langsam machte sie sich auf den Heimweg. Es dämmerte, und die ersten Lichter leuchteten auf. Aus dem Nonnenkloster drang ein Chor gemurmelter Gebete.

* * *

Nora konnte es kaum glauben. Vor ihr in der tibetischen Bibliothek von Dharamsala lag ein Ausstellungskatalog aus einem kleinen Marburger Museum, von dem sie noch nie etwas gehört hatte: der „Religionskundlichen Sammlung". Und mitten im Farbabbildungsteil des Katalogs befand sich, als eines der schönsten ausgestellten Objekte, der Stupa von Susannes Großvater. Der Katalog vermerkte als Herkunftsangabe: „Stiftung aus dem Nachlass von Dr. Robert Kreuzberger, Marburg, 2001". Ganz offensichtlich war das der Stupa, von dem Susanne ihr gestern erzählt hatte! Was aber noch aufregender war: Von allen goldenen Stupas mit rundem Grundriss, die sie bisher gefunden hatte, sah dieses Stück dem auf den Harrer-Fotos abgebildeten Stupa am ähnlichsten. Konnte es wirklich sein, dass ausgerechnet dieses Objekt in Marburg der von ihr gesuchte Stupa war? Gleich heute Abend musste sie Susanne nach den Details fragen.

Mit Feuereifer arbeitete Nora bis zur Schließung der Bibliothek weiter, doch es gelang ihr nicht, auch nur einen einzigen weiteren Stupa zu finden.

Auf dem Rückweg besuchte sie erneut das Internet-Café und schrieb eine Nachricht an die Religionskundliche Sammlung in Marburg. Darin erkundigte sie sich, ob der Kreuzberger-Stupa eine Reliquie enthalte und ob deren Alter bestimmt worden sei.

* * *

Susanne Kreuzberger betrachtete die Fotokopie, die Nora ihr hingeschoben hatte, und wechselte dann zu dem Digitalbild aus Noras Kamera, das diese in ihren Computer geladen hatte.

„Ja, das ist der Stupa meines Großvaters“, sagte sie.

„Kannst du mir Näheres dazu sagen, wie dein Großvater ihn erworben hat?“ Nora und Susanne hatten sich zu Beginn des Abends auf das „Du“ verständigt.

„Es gibt glücklicherweise ein Reisetagebuch meines Großvaters, das ich dabei habe.“ Susanne holte ein altes, ledergebundenes Büchlein aus ihrer Tasche. „Darin steht – lass mich schauen –, ja, hier habe ich es:

„*Darjeeling, 14. Oktober 1964*
Schönen goldenen Miniatur-Tschörten von einem tibetischen Flüchtling namens Tenzing Nyima gekauft.“

Tenzing Nyima! Nora notierte den Namen. Sie überlegte ein paar Minuten. Dann begann sie: „Das ist eigentlich ganz unglaublich. Der Stupa wird 1964 in Sikkim gestohlen und taucht im selben Jahr in Darjeeling auf, nur wenige Dutzend Kilometer weiter südlich. Ein bisschen viel Zufall, findest du nicht? Ich glaube, es war tatsächlich der Stupa deines Großvaters, nach dem ich die ganze Zeit gesucht habe! Zwar müsste man eigentlich noch eine Verbindung zwischen Tenzing Nyima und Tashi Dhöndup nachweisen, aber selbst wenn der Dieb jetzt hier vor uns säße, würde er vermutlich nicht zugeben, zur fraglichen Zeit in Sikkim gewesen zu sein, geschweige denn mit dem Diebstahl etwas zu tun gehabt zu haben.“

„Wer ist Tashi Dhöndup?“, wollte Susanne wissen.

„Der tibetische Ziegenhirte, der den Stupa auf der Flucht von Tibet nach Indien mitgebracht hat. Ihm wurde er in Sikkim gestohlen. Falls der Stupa deines Großvaters derselbe ist, müsste Tenzing Nyima entweder der Hehler des gestohlenen Stupa oder aber der Dieb selbst gewesen sein."

„Fragt sich nur, wie du Tenzing Nyima finden willst. Dieser Name ist, glaube ich, nicht gerade selten unter Tibetern."

„Du hast recht. Das wäre ein Problem. Aber ich glaube auch nicht, dass es notwendig ist, ihn wirklich zu finden. Es deutet auch ohne ihn alles darauf hin, dass es derselbe Stupa ist. Und eins steht jedenfalls fest: Ich habe das nur mit deiner Hilfe schaffen können." Nora lächelte Susanne an, und diese lächelte zurück. Dann kam der Kellner und servierte den beiden ihr tibetisches Abendbrot: Momos mit Gemüsefüllung und scharfer Soße.

Susanne erkundigte sich: „Was wirst du jetzt machen?"

„Zunächst werde ich auf jeden Fall meine Recherche in der Bibliothek zu Ende führen", sagte Nora. „Denn ich will möglichst viele vergleichbare Objekte im Blick haben. Und wenn ich nach Deutschland komme, sehe ich mir euren Stupa in Marburg an. Vielleicht kann ich sogar erreichen, dass er anthropologisch untersucht wird, um das Alter der Reliquie zu eruieren."

„Das wird ja immer spannender!"

Nora wechselte das Thema: „Wie sieht es denn nun eigentlich mit deinen Nachforschungen nach Damians Verbindungen hier aus?"

„Gestern war ich bei Damians Vermieter in der Temple Road", berichtete Susanne. „Damian bewohnte ein sehr kleines, einfaches Zimmer über einem der Restaurants. Es war ein guter Tipp von dir, dass ich die Ladenbesitzer fragen sollte, sonst hätte ich diesen Ort wohl nie gefunden. Der tibetische Vermieter konnte nur rudimentäres Englisch. Er erzählte, dass Damian nach einigen Wochen in das Gästehaus eines Klosters hier am Ort umgezogen sei. Er wisse aber nicht, in welches. Ein paarmal sei ein Bekannter vorbeigekommen, der ihm auch beim Umzug geholfen habe."

„Wusste der Vermieter, wie dieser Bekannte hieß?"

„Nein. Er sagte nur, er habe blonde Haare gehabt."

„Das bedeutet, dass es ein Westler war. Mehr aber auch nicht."

„Vielleicht wäre es eine Möglichkeit", sagte Susanne, „in den verschiedenen Klöstern von Dharamsala zu fragen, ob Damian dort gewohnt hat."

„Oh! Das dürften so einige sein, nehme ich an. Der Dalai Lama hat ja viele Menschen und vor allem Mönche und Nonnen nach Dharamsala gezogen. Ich denke, damit wirst du in den nächsten Tagen genug zu tun haben."

„Wir beiden Privatdetektivinnen!", grinste Damians Schwester. „Ist schon ein merkwürdiger Zufall, dass gerade wir mit unseren Suchaktionen uns hier in Dharamsala gefunden haben, oder?"

* * *

Am folgenden Tag entspann sich zwischen Nora und der Kustodin der Religionskundlichen Sammlung in Marburg folgende E-Mail-Korrespondenz:

Sehr geehrte Frau Dr. Brombach,
vielen Dank für Ihre Anfrage vom 13. April. Der von Dr. Kreuzberger gestiftete Stupa enthält tatsächlich einen – sehr kleinen – verkohlten Knochenrest. Eine Altersbestimmung hat jedoch bisher nicht stattgefunden. Dürfen wir den Grund für Ihre Frage erfahren?
Mit freundlichem Gruß
Ihre Annemarie Thomsen
Kustodin der Religionskundlichen Sammlung

Sehr geehrte Frau Dr. Thomsen,
vielen Dank für die Auskunft. Ja, den Anlass zu meiner Frage kann ich Ihnen gerne nennen: Es besteht Grund zu der Annahme, dass sich in diesem Stupa ein echter Knochensplitter des Buddha Shakyamuni befindet. Insofern würde ich Ihnen zu einer Altersbestimmung des Knochenrestes dringend raten.

Ich wäre übrigens sehr dankbar, wenn ich nach meiner Rückkehr nach Deutschland (ich bin derzeit in Indien) bei einem Besuch in Marburg den Stupa sehen könnte. Wäre das möglich? Bei der Gelegenheit würde ich Ihnen gern alle Unterlagen aus meinen Forschungen zur Verfügung stellen, die mich zu der oben genannten Annahme gebracht haben. Ich nehme an, dass Sie das interessiert.
Mit bestem Dank und freundlichem Gruß
Ihre Nora Brombach

Sehr geehrte Frau Dr. Brombach,
das sind interessante Neuigkeiten! Ich bin gespannt auf Ihren Besuch bei uns in Marburg. Gern können Sie den Stupa besichtigen, der sich derzeit in einer Tibet-Sonderausstellung unseres Hauses befindet. Bitte teilen Sie mir rechtzeitig mit, wann genau Sie kommen wollen!
Herzliche Grüße
Ihre Annemarie Thomsen

* * *

Verschlafen sah Nora aus dem Fenster auf die vielen Menschen auf dem Bahnsteig, während der Zug um neun Uhr morgens langsam in den Bahnhof von Alt-Delhi einrollte. Zwei Tage waren vergangen. Sie hatte ihre Recherche in der LTWA in Rekordzeit beendet und nach einem Abschiedsbesuch bei Tenzing Dölkar und einem letzten Treffen mit

Susanne Kreuzberger Dharamsala in Richtung Delhi verlassen. In der darauffolgenden Nacht ging ihr Flug nach Deutschland. Sie war sich sicher, ihr Problem gelöst zu haben und erwartete, bald nach ihrer Heimkehr den goldenen Stupa zu sehen.

Schon hatte ein rotgekleideter Kofferträger ihr Gepäck ergriffen und ihr einen fragenden Blick zugeworfen: „Kuli?"

Sie bejahte und nahm ihr Handgepäck, während sich der Kuli die schwere Reisetasche auf den Kopf stemmte und sich damit durch den engen Gang zum Ausgang des Waggons drängte. Es erstaunte sie immer wieder, welche Kräfte in den meist schmächtigen, unterernährten Körpern indischer Gepäckträger steckten.

Da plötzlich stand Fernando vor ihr, und die Freude machte sie einen Augenblick lang atemlos.

„Meine Liebste", sagte er ganz leise.

„Hallo, du Lieber", erwiderte sie, und ihre Worte kamen ihr im selben Moment banal vor.

Dann mussten sie sehen, dass sie hinter dem Kofferträger blieben, der seine Last mit unglaublicher Geschwindigkeit über den Bahnsteig und die Treppen trug.

Sie luden Noras Gepäck im Hotel ab und verbrachten einen wunderschönen Tag am Qutb Minar, jenem hohen Minarett, das einst für Indiens erste Moschee gebaut worden war. Nachdenklich besichtigten sie die im zwölften Jahrhundert aus den Trümmern niedergerissener Hindutempel errichtete Moschee und die immer noch erkennbaren Reliefreihen hinduistischer Gottheiten, die die afghanisch-türkischen Eroberer als Trophäen des Sieges über den Hinduismus in verschiedene Teile des Baus eingefügt hatten, nicht ohne zuvor gemäß dem muslimischen Bilderverbot alle menschlichen Gesichter zu zerschlagen. In der nun ihrerseits zur Ruine verfallenen Moschee wirkten sie wie Mahnzeichen gegen religiöse Intoleranz und Fanatismus.

Für den Abend hatte Fernando einen Tisch in Noras Lieblingsrestaurant, dem *United Coffee House*, reserviert, dort, wo sie vor einem Jahr ihren ersten gemeinsamen Abend in Delhi verbracht hatten.

„Wann kommst du wieder?“, fragte Fernando, als sie bei einem Glas Wein in dem schönen alten Restaurant saßen.

Sie sah ihn lange an und senkte dann die Augen. „Eigentlich will ich gar nicht weg. Ich bin so gerne in Indien. Aber das Semester fängt an, und …“

„Du wolltest nicht zufällig sagen, dass ich es bin, der dir fehlen wird?“, unterbrach er sie leise.

„Du bist es, der mir fehlen wird.“

„Wirklich?“

„Ich finde es schon jetzt schwierig, diese Trennung heute, die ganzen bevorstehenden Trennungen … Ich weiß nicht, ob ich das auf Dauer aushalten kann. Und für kurze, unverbindliche Affären bin ich nicht gemacht.“

Er lächelte. „Wieder etwas, das wir gemeinsam haben! Wie wäre es, wenn wir langsam beginnen würden, über eine gemeinsame Zukunft nachzudenken?“

Sie zögerte einen Augenblick. „Das würde bedeuten, dass einer von uns sein Land verlassen müsste.“

„Ja, das würde es wohl.“

„Glaubst du, es wäre möglich für mich, eine Stelle an einer indischen Universität zu bekommen?“, fragte sie nachdenklich.

„Warum nicht? Du wärest nicht die Erste.“

„Glaubst du, es wäre möglich für dich, dein Leben in Deutschland zu verbringen?“

„Warum nicht? Auch ich wäre nicht der Erste.“

„Das heißt, du würdest es nicht davon abhängig machen, dass ich in Indien bleibe?"

„Nein. Oder hältst du mich für so traditionell eingestellt, dass ich von vornherein von meiner Ehefrau verlange, mir überallhin zu folgen?"

Sie lächelte. „Andererseits kenne ich dein Land viel besser als du meins. Ich weiß nicht, ob du bei uns glücklich sein würdest. Für manche Inder ist es kalt bei uns, nicht nur klimatisch."

„Würdest du denn bei uns glücklich sein können?"

Wieder blickte sie ihn lange an. „Du weißt nicht, wie sehr ich dein Land liebe."

Er grinste. „Und ich dachte schon, ich wäre gemeint."

„Andererseits weiß ich nicht, wie es sein wird, wenn ich wirklich die Brücken hinter mir abbreche", fuhr Nora fort. „Bisher bin ich immer mit der Aussicht nach Indien gekommen, dass ich nach einiger Zeit nach Europa zurückkehre. Das ist vor allem dann ganz hilfreich, wenn ich mit irgendwelchen indischen Eigenheiten überhaupt nicht zurechtkomme."

„Haben wir denn solche Eigenheiten überhaupt?", erkundigte er sich humorvoll.

„Kann ich dir genau beantworten: Ja, habt ihr. Zum Beispiel dieser schreckliche, nach nichts schmeckende und meistens auch noch mit Zucker gebackene englische Toast zum Frühstück. Wenn es nach dem Essen geht, würde ich mir wirklich wünschen, dass die Deutschen Indien erobert hätten und nicht die Briten. Dann gäbe es jetzt überall hier deutsches Brot."

Sie lachten beide.

„Ich habe eine wunderbare Geschäftsidee für deine künftige indische Existenz", schlug er vor. „Gründe eine deutsche Bäckerei, die das Hotel meiner Eltern beliefert. Dann werden alle deutschen Touristen bei uns wohnen. Infolgedessen wird dein Ehemann sehr schnell reich, und du kannst so oft nach Deutschland jetten, wie du möchtest."

Wieder lachten sie unbändig. „Lass uns das Thema jetzt mal beenden", schlug Nora vor, als sie sich wieder beruhigt hatten. „Wir beide werden darüber nachdenken und vielleicht auch die eine oder andere Erkundigung einziehen, und möglicherweise können wir dann eines Tages wirkliche Pläne machen."

Kapitel 10

Marburg und Heidelberg, Deutschland,
April-Mai 2008

Die Religionskundliche Sammlung der Philipps-Universität Marburg befand sich in der ehemaligen landgräflichen Kanzlei, einem hohen mittelalterlichen Steinbau direkt unterhalb des Marburger Schlosses, das weithin sichtbar auf dem Gipfel des von der Altstadt besiedelten Berges thronte. Nora war von ihrer Kollegin Annemarie Thomsen am Bahnhof abgeholt worden, und da sie ihr Gepäck im Schließfach lassen konnte, bestiegen sie den steilen Schlossberg zu Fuß. Die altertümliche Marburger Oberstadt wies eine Menge enger Stiegen und Gässchen auf, von denen sie einige auf dem Weg zum Museum passierten. Annemarie Thomsen war eine schlanke, etwa fünfunddreißigjährige dunkelhaarige Frau, mit der sich Nora auf Anhieb verstand.

Über ein Stück kopfsteingepflasterten Weg kamen sie jetzt am Eingangstor der alten Kanzlei an, und die Kollegin geleitete Nora in den ersten Stock, wo sie die Tür zur Sonderausstellung aufschloss. „In der Woche kommen nur ab und zu Besucher, die die Ausstellung sehen wollen", erklärte sie. „Daher ist die Tür manchmal verschlossen."

Und dann war es so weit. Gleich rechts im ersten Raum der Ausstellung sah die Besucherin zum ersten Mal „ihren" goldenen Stupa. Es war ein aufregender Augenblick, wie sie sich eingestand. Die Kaltvergoldung des ungefähr dreißig Zentimeter hohen Reliquiars glänzte matt, und dunkelrot schimmerten die Schmucksteine an den Ornamentgehängen. Oberhalb des runden Körpers sah sie den kleinen, verzierten, schmuckkästchenähnlichen Reliquienbehälter mit quadratischem Grundriss. Es kribbelte ihr in den Händen, ihn zu öffnen und einen Blick auf den winzigen Knochenrest im Innern zu werfen.

Annemarie Thomsen wusste schon, welche Gedanken Nora hegte. „Wollen Sie ihn mal von Nahem sehen? Oder sogar anfassen?" Neben der Vitrine hatte sie vorsorglich ein kleines Tischchen aufbauen lassen. Darauf lagen zwei Paar weiße Baumwollhandschuhe bereit, von denen sie jetzt eines nahm und das andere Nora überreichte. Dann schloss sie die Vitrine auf und holte den Stupa vorsichtig heraus. Ganz zart nahm Nora das kostbare Stück in ihre behandschuhten Hände, drehte es hin und her, so dass die Schmuckgehänge leise klapperten und stellte es dann auf das Tischchen.

„Was meinen Sie? Ob wir das Reliquienkästchen wohl mal öffnen können?", fragte Nora zögernd.

Annemarie nickte. „Das wäre spannend, oder? Kein Problem! Ich habe das Kästchen ja schon mal geöffnet, als Sie mir geschrieben hatten." Sie trat an den Stupa heran und schob den Verschluss des Kästchens vorsichtig zur Seite. Im Innern zeigte sich ein verstaubtes, verkohltes Aschehäufchen mit einem winzigen Knubbel in der Mitte, der vielleicht einen Knochenrest darstellte.

Fast ehrfürchtig sagte Nora: „Kaum zu glauben, dass das wirklich zweitausendfünfhundert Jahre alt sein soll und zu einem Menschen gehört, der die Welt verändert hat …"

Leise schob ihre Kollegin den Verschluss wieder zu. „Ich denke, wir werden die Altersbestimmung des Knochenrestes doch beantragen. Bestimmt wird es die Kollegen von der prähistorischen Anthropologie auch interessieren, was dabei möglicherweise herauskommt. Ein Knochenstück des Buddha – wenn das nichts Besonderes ist!"

In diesem Augenblick betrat ein Mitarbeiter den Raum. „Frau Doktor Thomsen, oben ist ein Telefongespräch von der Universitätszentrale für Sie. Der Kollege meinte, es sei sehr dringend!"

„Ach ja, die Sache mit dem Präsidium! Bleiben Sie bitte einen Augenblick bei dem Stupa, bis ich zurück bin?", bat Annemarie Nora, und diese nickte und wartete eine Weile. Plötzlich hörte sie die Stimme des Mitarbeiters von draußen: „Frau Doktor Brombach, könnten Sie bitte mal kurz ins Treppenhaus kommen?"

„Ja, natürlich", rief sie zurück und machte sich sofort auf den Weg. Im Treppenhaus aber war niemand. „Hallo?", rief sie und noch einmal: „Hallo!"

Als keine Antwort kam, schüttelte sie verwundert den Kopf, ging zurück und erstarrte vor Schreck: Der goldene Stupa war verschwunden.

Sie rannte in den Vorraum, von dem mehrere Türen abgingen, und hinein in einen weiteren Ausstellungsraum und noch in den nächsten, aber niemand war zu sehen. Der Dieb musste ins Treppenhaus gelangt sein, als sie zurück zur Vitrine gegangen war. Gerade als sie das dachte, hörte sie unten die Haustür schlagen.

Sie lief schnell zu einem Fenster, aber die Straße war leer. „Hilfe!“, brüllte sie ganz laut, rannte die Stufen hinunter und riss die Haustür auf, aber natürlich war nirgends eine Menschenseele zu sehen. Es war gespenstisch. Inzwischen waren auf ihren Ruf einige erschreckte Mitarbeiterinnen herbeigeeilt, und auch der Kollege, der Annemarie nach oben geholt hatte, tauchte auf.

„Haben Sie mich nicht eben gerufen?“ Nora war verwirrt.

„Nein, habe ich nicht“, gab er verwundert zurück. „Worum geht's denn?“

„Der goldene Stupa ist gestohlen worden“, stieß Nora hervor. „Jemand rief mich ins Treppenhaus, und ich dachte, Sie wären das gewesen. Aber das Treppenhaus war leer. Als ich wieder zurück in den Ausstellungsraum kam, war der Stupa weg.“

Annemarie Thomsen, die gerade die Treppe herunterkam, wurde weiß vor Entsetzen. „Das ist nicht Ihr Ernst!“, rief sie.

„Ich wünschte wirklich, es wäre nicht so“, erwiderte Nora, die sich noch nicht von ihrem Schreck erholt hatte. „Aber es sieht so aus, als sei jemand hinter uns hergeschlichen. Er muss in einem der anderen Ausstellungsräume auf seine Chance gewartet haben, und die ergab sich, als Sie fortgingen. Er hat mich ins Treppenhaus gerufen, und ich habe seine Stimme für die Ihres Mitarbeiters gehalten. Er hat sogar meinen Namen gewusst.“

„Wie kann so etwas passieren? Was machen wir jetzt nur?“ Annemarie war immer noch ganz entsetzt.

„Am besten gleich die Polizei benachrichtigen“, riet Nora trocken.

Als sie einige Stunden später wieder im Zug saß, grübelte sie darüber nach, was diese neue Wendung der Ereignisse zu bedeuten hatte. War das ein normaler Diebstahl gewesen? Nein, es sah eher nach einer gezielten Aktion aus. Aber warum gerade den Stupa? Gab es nicht viel wertvollere Gegenstände, die der Dieb zum Beispiel aus den unbeaufsichtigten Sammlungsräumen gegenüber der Sonderausstellung hätte rauben können?

* * *

In den nächsten Wochen hörte Nora nichts aus Marburg. Offensichtlich war es dem Dieb gelungen, sich mit seiner Beute unsichtbar zu machen.

Am Südasieninstitut der Universität Heidelberg war der Arbeitsalltag eingekehrt. Das Semester hatte begonnen, und Nora hatte sich in die Arbeit an ihren Seminaren und Vorlesungen gestürzt. Nebenbei registrierte sie aufmerksam alles, was sie über das indische Universitätsleben und mögliche Stellenanzeigen mitbekam.

„Hast du vor, für länger nach Indien zu gehen?“, wollte eine Kollegin schließlich wissen.

„Könnte schon sein“, meinte Nora unbestimmt. „Auf jeden Fall könnte ich mir vorstellen, mal für einige Zeit in Indien zu leben, wenn eine interessante Arbeitsmöglichkeit auftaucht.“

„Wohin würdest du denn gehen wollen?“

„Am liebsten nach Delhi“, sagte Nora. „Aber letztlich ist es egal. Goa wäre auch schön … oder vielleicht Sarnath.“ Sie geriet ins Grübeln: Wenn sie nun ganz weit von Delhi entfernt eine Stelle bekäme, würde Fernando dann auch dorthin wechseln können? Der Gedanke an Fernando machte sie sehnsüchtig und fast ein wenig melancholisch.

So oder so – sie würden einen Weg finden müssen, der sie zusammenbrachte.

* * *

Eines Tages Mitte Mai war Nora nachmittags von der Arbeit im Institut nach Hause gekommen und hatte soeben die Kaffeemaschine angestellt, da klingelte es an der Wohnungstür. Sie wollte ihren Augen nicht trauen: Vor ihr stand Fernando.

„Du …?“, war alles, was sie herausbrachte, dann lag sie auch schon in seinen Armen. „Was … was machst du denn hier?“

Er grinste. „Willst du das im Hausflur besprechen? Oder darf ich reinkommen?“

„Ja, ja, natürlich, bitte.“ Sie trat zur Seite und ließ ihn herein. Er trug Jeans und eine dunkle Lederjacke über einem gemusterten Hemd und hatte nur eine kleine Reisetasche dabei, was sie verwunderte. War er die weite Strecke gereist, um nur einen Tag zu bleiben? Vorläufig behielt sie die Frage jedoch für sich und bot ihm etwas von ihrem frisch gebrühten Kaffee an. Es war ein warmer, aber nicht zu heißer Tag, und so deckte sie den Kaffeetisch auf der Terrasse in der Sonne. Er wirkte erschöpft, wohl von der Zeitverschiebung beim Flug, beobachtete jedoch jede ihrer Bewegungen mit einem leichten, glücklichen Lächeln.

„Du wunderst dich bestimmt, dass ich hier so plötzlich aufgetaucht bin“, begann Fernando, als sie vor den gefüllten Tassen saßen.

Sie lächelte. „Wahrscheinlich hast du es einfach nicht mehr ausgehalten ohne mich, das ist es doch, oder?“ Sie fragte leichthin, obwohl ihr ein Kloß im Hals saß vor Glück.

„Ja, das ist es wohl. Aber es gibt noch einen anderen Grund, und der ist leider eher traurig.“ Er zögerte, bevor er weitersprach. „Mein Vater … er wird bald sterben, er hat nur noch wenige Tage.“

Nora sah zu ihm hin, dann legte sie die Hand auf seinen Arm. Das also war der Grund für sein erschöpftes Aussehen. Er stützte den Ellenbogen auf, legte ihre Hand in seine und die Wange mit geschlossenen Augen für einen Moment in ihre Handfläche.

Dann öffnete er die Augen wieder: „Ich habe vorgestern lange mit ihm gesprochen. Er macht sich Sorgen um mich und meine Zukunft, und ich habe ihm von dir erzählt, habe ihm gesagt, dass es wieder eine Frau in meinem Leben gibt. Ich dachte, das würde ihn beruhigen. Aber – nun will er dich unbedingt kennenlernen." Fernando zögerte. „Ich weiß, ich bringe dich damit in eine schwierige Situation. Wir wollten uns ja Zeit lassen mit der Entscheidung für ein Zusammenleben. Aber jetzt ..."

„Aber jetzt erwartet dein Vater, dass du ihm deine zukünftige Frau vorstellst, nicht wahr?"

„Nun ... ja. Es ist mir unangenehm, aber könntest du dir vorstellen, mitzukommen? Meinem Vater zuliebe, damit er ruhig sterben kann?"

„Hm! Dir ist schon klar, was du da von mir verlangst?"

Er senkte den Kopf, dann blickte er sie an. „Du weißt, dass ich nichts von dir erwarte, was du nicht selber willst. Ich werde diese Bitte nicht dazu missbrauchen, von dir zu verlangen, dass du dich festlegst. Du kannst jederzeit nein sagen, auch hinterher. Aber ich wäre dir unendlich dankbar, wenn du das für meinen Vater tun würdest."

„Und nur um mich das zu fragen, bist du um die halbe Erde gereist. Warum hast du nicht einfach angerufen?"

„Das ist nicht dasselbe. Schließlich ist nicht nur mein Vater mir wichtig, sondern auch du bist es. Ich wollte dich nicht einfach herbeirufen, ich wollte dich persönlich um deinen Besuch bitten und dich dann begleiten."

Sie dachte einen Augenblick darüber nach, wie viel Respekt für sie in seinen Worten zum Ausdruck kam. Dann jedoch zweifelte sie: „Ich werde vor deinem Vater den Eindruck erwecken müssen, als wollte ich dich heiraten. Deine Familie wird das mitbekommen, und wenn ich dich dann doch nicht heirate? Wie viele Familienmitglieder gibt es denn sonst noch, die mich dann als wortbrüchig betrachten würden?“

„Na ja, meine Mutter ist natürlich da, und mein älterer Bruder Francisco, der mit seiner Familie bei meinen Eltern wohnt und das Hotel mit ihnen zusammen leitet. Dann gibt es noch meine ältere Schwester Lucia; sie arbeitet als Lehrerin im Nachbarort, wo sie mit ihrem Mann lebt. Aber sie alle würden dich nicht für wortbrüchig halten, denn ich würde es ihnen erklären.“

Nora holte tief Luft und blickte eine Zeit lang stumm vor sich hin. Dann hob sie den Kopf und lächelte ihn an. „Weißt du, das alles ist nicht wirklich ein Problem. Es ist doch selbstverständlich, dass ich mitkomme. Außerdem ist es offenbar die letzte Gelegenheit, deinen Vater kennenzulernen. Die lasse ich mir nicht entgehen. Auch wenn ich es eigentlich nicht mag, ihn oder deine Mutter anzulügen.“

Er lächelte ein wenig, sie spürte seine Erleichterung. Er nahm ihre Hand und führte sie an seine Lippen. „Ich danke dir sehr. Dass ich mich freue, dich meinen Eltern vorzustellen, kannst du dir denken. Ich hätte nur gern gewartet, bis …“ Er zögerte und verstummte.

„Mach dir darüber keine Gedanken. Im Augenblick ist dein Vater wichtiger. Und vielleicht hilft dieser Besuch mir ja bei der Entscheidungsfindung.“ Sie zwinkerte ihm zu. Er lächelte scheu.

„Wir müssten sehr schnell abreisen“, sagte er, „aber es wird auch nicht lange dauern. Ich bezahle selbstverständlich für deinen Flug und alle Kosten. Gebucht habe ich schon. Für heute Abend.“

Ohne weitere Umstände stand sie auf, rief ihren Chef an und ersuchte ihn um einige Tage Urlaub wegen „dringender Familienangelegenheiten".

Dann bat sie in einer E-Mail die Institutssekretärin, den Ausfall ihrer Lehrveranstaltungen für die kommenden Tage auf der Institutshomepage bekannt zu geben.

Am Abend saß sie mit ihm in der Maschine nach Delhi.

Kapitel 11

Goa, indische Westküste,
Mai 2008

Nora öffnete die Tür ihres Zimmers zu dem kleinen Balkon und trat hinaus. Vor ihr lag dunkelblau der Arabische Ozean, gesäumt von Palmen und grünem Unterholz. Die Sonne näherte sich dem Horizont und goss ein glitzerndes Band auf das kaum bewegte Wasser. Das Hotel gehörte Fernandos Eltern, die es zusammen mit seinem älteren Bruder Francisco und dessen Frau Maria betrieben. Francisco hatte sie vorhin am Flughafen abgeholt. Er hatte ein ansprechendes, offenes Gesicht und sah Fernando ähnlich. Nora mochte ihn sofort, was auf Gegenseitigkeit zu beruhen schien.

Als sie nach einer etwa einstündigen Fahrt vor Fernandos Elternhaus angekommen waren, hatten seine Mutter, eine noch immer attraktive Endsiebzigerin in einem dunkelblauen Sari mit Goldborte, und seine Schwester Lucia sie willkommen geheißen. Herzlich hatten sie Nora begrüßt, ihr das wunderschöne Zimmer im Hotel angeboten, in dem sie jetzt wohnte, und den beiden Ankömmlingen sodann Tee servieren lassen.

Eine Weile hatten sie mit Lucia zusammengesessen. Nora hatte sich zu der im Vergleich zu ihr nur wenig älteren Frau im goanischen Kleid, die einen intelligenten und selbstständigen Eindruck machte, sofort hingezogen gefühlt, und es hatte sich schnell ein angeregtes Gespräch zwischen den beiden entwickelt. Später war die Mutter dazugekommen, der man die Freude über Noras Besuch anmerkte. Das schlechte Gewissen, in einer Rolle aufzutreten, die nicht die ihre war, hatte Nora bei so viel Herzlichkeit schnell verloren.

Es klopfte, und Fernando kam herein. „Wärest du jetzt bereit, zu meinem Vater mitzukommen?“

„Ja, gern“, erwiderte Nora.

Er umfasste sie von hinten und drehte sie in seinen Armen zu sich herum. „Du weißt nicht, wie viel es mir bedeutet, dass du bei mir bist“, sagte er.

„Vielleicht doch. Ich habe meinen Vater vor einem guten Jahrzehnt verloren und trauere noch immer um ihn. Von daher kann ich mir gut vorstellen, wie es dir jetzt geht. Übrigens wäre ich auch mitgekommen, wenn ich … wenn ich nicht …“, sie stockte.

„Wenn du nichts für mich empfändest? Hast du das gemeint?“

Sie sah ihn an und nickte langsam. Er tat nichts, stand einfach nur entspannt da und erwiderte ihren Blick. Ganz langsam, sie nicht aus den Augen lassend, hob er die Hand und strich ihr über die Wange. Nora spürte glühendes Eis auf ihrer Haut.

Sie wandte sich zur Tür. „Lass uns jetzt gehen“, forderte sie ihn auf.

* * *

Antonio Soares lag in einem leicht abgedunkelten, klimatisierten Raum im Erdgeschoss seines Hauses. Als Nora mit Fernando an sein Lager trat, sah sie ein blasses und eingefallenes, aber immer noch von Hunderten von Lachfältchen durchzogenes Gesicht, das sich ihr lächelnd zuwandte.

„Du bist also Nora?", brachte er mühsam hervor. „Ich bin so froh, dass ich dich noch sehen darf, bevor ich gehe. Gott ist sehr gut zu mir."

„Ich freue mich, Sie kennenzulernen, Mister Soares", erwiderte Nora höflich.

„Fernando", bat sein Vater, „sei so gut und hol mir etwas Wasser."

Als der Angesprochene sich entfernt hatte, ergriff der alte Mann Noras Hand. „Versprich mir … versprich, dass du ihn glücklich machen wirst. Er hat so schwere Zeiten durchgemacht, Frau und Kind verloren …" Antonio atmete heftig, dann begann er zu husten. „Versprichst du mir das?"

Nora verbot sich selbst, nachzudenken. „Ich will es versuchen. Das verspreche ich." In dem unbestimmten Bedürfnis, ihre Unehrlichkeit abzumildern, setzte sie hinzu: „Ob es mir allerdings gelingen wird, weiß ich nicht."

„Vertrau auf die Gnade Gottes, Tochter!" Fernandos Vater sah sie an, und sie erkannte, dass sein Sohn den intensiven Blick von seinem Vater geerbt hatte. Die braunen Augen des alten Mannes leuchteten. Zu Fernando, der gerade mit einem Glas frischen Wassers wiedergekommen war, sagte er: „Gut, dass du mit ihr da bist, Sohn. Deine künftige Frau gefällt mir! Nun lasst mich schlafen, ich bin müde. Und kommt noch einmal zu mir, bevor sie wieder fährt."

* * *

Der Zustand von Fernandos Vater verbesserte sich über Nacht etwas. Daher schlug Fernando Nora am nächsten Morgen vor, einen Ausflug nach Alt-Goa zu machen, dem

Zentrum der verflossenen portugiesischen Kolonialkultur mit seinen schönen alten Kirchen.

Vorher ging sie noch schnell an den Gästecomputer des Hotels. Eine Nachricht kam von Susanne Kreuzberger, die noch immer in Dharamsala war:

Liebe Nora,
vor etwa einer Woche habe ich herausgefunden, in welches Kloster Damian aus dem Zimmer in der Temple Road umgezogen ist. Der Abt des Klosters heißt Kelsang Tsering und scheint ziemlich bedeutend zu sein. Der Mann mit den blonden Haaren, den der tibetische Vermieter beschrieb, hat den Namen Hugh Fisher. Leider ist er schon seit längerer Zeit nicht mehr in Dharamsala, so dass ich ihn noch nicht befragen konnte.

Wie geht es Dir? Was machst Du gerade? Falls Du noch mal nach Dharamsala kommst, gib mir bitte Bescheid!
Liebe Grüße von Deiner Susanne

Schnell schrieb Nora eine Antwort:

Liebe Susanne,
zu Hugh Fisher kann ich Dir eine Menge sagen: Ich habe ihn in Bodh Gaya kennengelernt. Er war auch dabei, als wir Deinen bewusstlosen Bruder fanden, hat aber erstaunlicherweise weder zu diesem Zeitpunkt noch nach Damians Tod zu erkennen gegeben, dass er, wie ich Deiner E-Mail entnehme, wusste, wer Damian war. Daher hat keiner von uns, d.h. von seinen Freunden und mir, mitbekommen, dass die beiden sich kannten. Das ist reichlich merkwürdig, oder? Du solltest vorsichtig sein, wenn Du mit Hugh redest.

Ich bin gerade in Goa, wo der Vater eines Freundes im Sterben liegt. Trotz des eher traurigen Anlasses bin ich be-

geistert von der Schönheit dieses Landesteiles, den ich zum ersten Mal sehe. Bist Du schon einmal hier gewesen? Heute werde ich das portugiesische Alt-Goa kennenlernen und bin schon sehr gespannt.

Natürlich sage ich Dir Bescheid, wenn ich nach Dharamsala komme. Allerdings nicht jetzt; ich muss in wenigen Tagen nach Deutschland zurück, es ist ja mitten im Semester.

Wie lange bleibst Du denn noch in Dharamsala?
Herzlichst Deine Nora

Nora traf Fernando in der Hotellobby, wo er sich gerade lebhaft mit dem Geschäftsführer des Hotels unterhielt. Zusammen verließen sie das Gebäude. Draußen wartete ein geräumiges Fahrzeug mit Fahrer. Sie setzten sich nach hinten in den Wagen, und Fernando legte den Arm um Nora.

Sie konnte es kaum erwarten, ihm von den seltsamen Neuigkeiten aus Dharamsala zu berichten. „Hast du irgendwas davon gewusst, dass Hugh und Damian sich kannten?"

Fernando schüttelte den Kopf. „Nein, und ich kann mir auch keinen triftigen Grund denken, warum er uns das verschwiegen hat. Merkwürdig!"

„Es sei denn, er hatte etwas zu verbergen", murmelte Nora.

* * *

Den ganzen Vormittag liefen sie in Alt-Goa herum, und Fernando zeigte Nora die alten portugiesischen Kirchen: die Basilica Bom Jesus, die Kathedrale, die Franziskuskirche. In der Basilika Bom Jesus staunte Nora über die fromme Verehrung der Überreste des heiligen Franziskus Xavier durch zahlreiche Pilger. Immerhin hatte dieser Geistliche in Goa die Einführung einer Inquisition angestoßen, die als eine der schrecklichsten überhaupt in die Geschichte der Christenheit eingehen sollte. Trotzdem war sein hoch oben an der Kirchenwand angebrachter, durchsichtiger Sarg, in dem man seine Gebeine sehen konnte, von einer großen Menge betender Gläubiger umgeben.

Als Nora und Fernando gerade dabei waren, über einen großen freien Platz von der Basilica Bom Jesus zur Kathedrale zu laufen, kam ihr das Gespräch in den Sinn, das sie in Bhagsu geführt hatten. „Gibt es eigentlich noch das Gebäude der Inquisition von Goa?"

„Nein", entgegnete Fernando. „Es wurde abgerissen, als die Inquisition 1774 abgeschafft worden war. Offenbar konnte man das Haus für nichts anderes mehr verwenden, es war ein zum Gefängnis umgebauter Palast. Schau, da vorne hat es gestanden." Er wies auf den noch vor ihnen liegenden Teil des großen Platzes vor der Kathedrale.

„Was bin ich froh, dass ich nicht damals gelebt habe", stellte Nora mit einem Schaudern fest, während sie den ehemaligen Standort des Inquisitionspalastes überquerten. Fernando wies ihr den Weg zum Eingang in die Kathedrale, in deren kühlem, hohem Raum sie sich ein wenig von der immer stechender werdenden Hitze erholen konnten.

Dann besichtigten sie das Museum, in dem neben christlichen viele hinduistische Kunstwerke verschiedener Zeiten ausgestellt waren. Auch hier gab es Zeugnisse religiöser Gewalt: Witwensteine erinnerten an Frauen, die – mehr oder weniger freiwillig – ihrem Mann auf dem Scheiterhaufen in den Tod gefolgt waren.

„Eine Frau, die den Scheiterhaufen ihres Mannes bestiegen hat, wird von vielen Hindus bis heute verehrt", erklärte Fernando. „Auch im zwanzigsten und sogar im einundzwanzigsten Jahrhundert hat es immer noch solche Fälle gegeben, und da strömten wirklich Hunderttausende zu den Schauplätzen und verehrten die neue Göttin."

„Ist das nicht längst verboten?"

„Ja, natürlich, schon seit fast zweihundert Jahren. Aber was bewirkt schon ein Verbot gegen festsitzende religiöse Überzeugungen? Das Kastensystem und die viel zu hohen Mitgiftzahlungen bei Hochzeiten hat man ja auch durch Verbote nicht abschaffen können."

* * *

Nach der Rückkehr saßen sie, an kühlen Getränken nippend, auf der Terrasse des Hotels und beobachteten den farbenprächtigen Sonnenuntergang, der den ganzen westlichen Himmel in leuchtende Farben tauchte. Sie hatten einige Zeit bei Fernandos Vater verbracht und sich darüber gefreut, dass es ihm besser ging als am Abend zuvor. Fernando wusste allerdings, dass dies keine langdauernde Besserung sein konnte, die, wie er traurig meinte, angesichts seiner Krankheit auch nicht zu erwarten sei. Sie legte die Hand auf sein Knie.

„Es tut mir so leid für dich", sagte sie.

Er blickte sie lange an. „Ich bin sehr froh, dass du da bist", wiederholte er.

Gayatri kam auf die Terrasse, um sie zum Essen zu holen. Es gab frischen Fisch mit Kartoffeln und Gemüse, und Nora war begeistert von der goanischen Küche. „Vielen Dank für das wunderbare Mahl", sagte sie zu Fernandos Mutter, die erfreut lächelte.

„Und ich danke Ihnen sehr, dass Sie gekommen sind."

„Das war selbstverständlich", erwiderte Nora.

„Wirklich? Nun, ich glaube nicht", meinte Gayatri. „Ich finde, dass es eine besondere Freundlichkeit von Ihnen ist, das für meinen Mann zu tun."

Nora blickte Gayatri nachdenklich an. Hieß das, dass die Mutter ihr Theaterspiel durchschaut und das uneindeutige Verhältnis zwischen Fernando und ihr erkannt hatte? Noras Blick wanderte zu Fernando, der ihr gegenübersaß und noch mit seinem Essen beschäftigt war. Und ganz plötzlich fiel aller Zweifel von ihr ab. Sie fasste einen Entschluss.

* * *

Später am Abend – es war schon stockfinster und die Grillen sangen so laut wie Vögel – begleitete Fernando sie zu ihrem Hotelzimmer.

„Magst du mit reinkommen?“, lud Nora ihn ein. „Ich würde gern noch etwas mit dir besprechen.“ Telefonisch bat sie um gekühlten Weißwein, der umgehend gebracht wurde. Dann saßen sie auf den bequemen Sesseln bei Kerzenschein am Balkoneingang. Nicht weit entfernt rauschte das Meer.

„Was wolltest du mit mir besprechen?“ Fernando trank einen Schluck Wein, dann beugte er sich nach vorn und nahm Noras Hand in die seine. Sie spürte, wie sich ihre Nackenhaare aufrichteten.

Sie sah ihn lange und nachdenklich an. „Es ist wunderbar hier. Dies ist einer der schönsten Teile Indiens, die ich bisher kennengelernt habe. Deine Familie ist sehr nett, deine Mutter liebenswert, und ich bin froh, ein wenig zum Glück deines sterbenden Vaters beitragen zu dürfen. Aber es gibt etwas, das mich stört.“

„Was denn?“ Fernando sah ein wenig betroffen aus.

„Nun, ich sagte es dir ja schon, es ist die Unehrlichkeit gegenüber deinem Vater. Es stört mich, dass ich ihm und deiner Mutter gegenüber so tun muss, als ob …“

„Du willst ihnen jetzt aber nicht etwa sagen, dass du mich nicht …“, unterbrach Fernando sie, seinerseits den Satz unvollendet lassend.

Sie lächelte. „Deine Mutter hat es ohnehin schon gemerkt. Aber wäre das denn die einzige Möglichkeit, das Problem zu lösen?“

Er hob den Kopf, sein Blick war ungläubig. „Willst du damit sagen, dass du … dass du dir vorstellen könntest, meine Frau zu werden?“

Sie drehte sich zu ihm hin, beugte sich zu ihm und küsste ihn sanft. „Zumindest könnte ich mir vorstellen, dich zu lieben“, stellte sie ruhig fest. „Oder, um genau zu sein: Ich liebe dich. Ich liebe dich sehr. Ich kann mir kein Leben mehr ohne dich vorstellen. Die Frage ist nicht, ob ich dich heirate, sondern vielmehr, ob es mir überhaupt möglich wäre, dich nicht zu heiraten.“

Er saß ganz still und blickte sie an, seine Augen leuchteten. Die Kerze flackerte und spielte mit den Schatten auf seinem Gesicht. Dann erhob er sich, trat langsam auf sie zu und zog sie an sich, zögernd, jeden Zentimeter, den sie sich näher kamen, auskostend. Wieder war seine Berührung Feuer, und noch nie, auch nicht zu ihren besten Zeiten mit Michael, hatte eine bloße Umarmung solch intensive Empfindungen in ihr ausgelöst.

„Du“, er hielt sie ein wenig von sich weg, um ihr ins Gesicht sehen zu können. „Ich liebe dich aus ganzem Herzen. Ich begehre dich, wie ich noch nie eine Frau begehrt habe. Was du gesagt hast, hat mich sehr glücklich gemacht.“ Er hielt einen Moment inne und sah sie nur an. Dann sagte er: „Wirst du mir verzeihen, wenn … wenn ich dich jetzt allein lasse?“

Sie stutzte einen Moment, dann sagte sie: „Wenn du gehen musst, mein Liebster, dann geh.“ Sie hoffte, dass er nicht mitbekam, wie schwer ihr diese Worte fielen.

Er meinte: „Morgen Abend …“ Dann küsste er sie voller Zärtlichkeit und war im nächsten Augenblick fast lautlos durch die Tür verschwunden.

* * *

Nora erwachte früh von Vogelstimmen und anderen Tierlauten. Sofort waren ihr die Geschehnisse der gestrigen Nacht gegenwärtig, und bei dem Gedanken an den bevorstehenden Abend fühlte sie eine leichte Spannung in der Magengegend, die den ganzen Tag nicht weggehen wollte. Aber als sie beim Frühstück im Hotelgarten Fernando auf sich zukommen sah, wusste sie, dass sie sich richtig entschieden hatte.

Einen Teil des Vormittags, während Fernando für seinen Verlag am Computer saß, verbrachte sie bei Antonio. Der alte Mann lächelte erfreut, als er sie kommen sah. „Schwiegertochter!“, sagte er.

Sie setzte sich auf einen der niedrigen Stühle neben seinem Bett und blickte ihn an. „Darf ich Sie etwas fragen, Vater?“, erkundigte sie sich.

„Aber gern, mein Kind. Was willst du wissen?“

„Wie war es damals, als Sie Fernandos Mutter geheiratet haben? Sie als Christ …“

„Und Gayatri als Hindu? Ja, das war nicht ganz einfach. Es war kurz bevor Indien unabhängig wurde. Gayatri und ich waren sehr jung, und wir gehörten zur Gefolgschaft Mahatma Gandhis. Dort haben wir uns kennengelernt, bei einer Protestaktion gegen die Engländer. Gayatri war umwerfend, voller Energie, Widerstandswillen und Liebe zu unserem Land. Für mich stand sofort fest, dass sie die Frau für mich war, fast noch bevor ich wusste, welcher Religion sie angehörte. Zum Glück waren ihre Eltern auch Anhänger Gandhis. Sie glaubten an die Gemeinschaft aller Inder und verabscheuten die Religionskämpfe, die es damals zwischen Hindus und Muslimen gab und die ja nachher zu der fürchterlichen Teilung unseres Landes führten. Daher waren sie nach einiger Zeit auch bereit, mich als Ehemann für ihre Tochter zu akzeptieren."

„Und Ihre eigenen Eltern?"

„Mit denen war es etwas schwieriger. Wir Christen waren in Indien ja lange eine winzige Minderheit und haben als Gemeinschaft nur überlebt, weil wir zusammengehalten und nur unter uns geheiratet haben. Aber als meine Mutter Gayatri zum ersten Mal gesehen hatte, war sie beeindruckt von ihr, und nach einiger Zeit hat auch mein Vater zugestimmt."

„Haben Sie christlich oder hinduistisch geheiratet?"

Er lächelte. „Beides! Wir waren erst in der Kirche, und dann sind wir zu Gayatris Eltern gefahren, die die Hindu-Hochzeit ausgerichtet hatten. Ich habe also ganz traditionell meine Frau mit verknoteten Kleidern siebenmal um das Feuer begleitet, habe Rezitationen von Sanskrit-Mantras durch den Priester gehört und Räucherwerk eingeatmet. Und meine Liebe hat mir gezeigt, dass ‚Vishnu' und ‚Shiva' und ‚Kali' auch nur andere Namen für den Gott Jesu Christi sind."

Nora hörte ihm nachdenklich zu, und fühlte sich erneut an Bhagsu erinnert, wo Fernando Ähnliches gesagt hatte. Würde auch sie eines Tages siebenmal um ein Ritualfeuer laufen? Der Gedanke hatte etwas Unwirkliches, Exotisches. Sie konnte es sich noch nicht so richtig vorstellen.

* * *

Mit Fernando unternahm sie tagsüber nichts außer einem Badebesuch am Strand, den man vom Hotel aus in wenigen Schritten erreichen konnte. Das Wasser war warm und bewegte sich in leisen Wellen. Still schwammen sie miteinander in die Bucht hinaus, und die Erwartung dessen, was in der Nacht geschehen würde, verband sie jenseits aller Worte. Nora hatte plötzlich das Gefühl, zu verstehen, warum er in der Nacht zuvor gegangen war.

Am Abend lud er sie in ein Tanzlokal am Strand ein, wo – ganz untypisch für das laute Indien – dezente Musik gespielt wurde, die den Gesang der Grillen nicht übertönte. Sie tanzten zu gängigen lateinamerikanischen und indischen Melodien. Im Arm Fernandos, dem die heimischen Rhythmen im Blut lagen, erschien es Nora, als verwandelte sich die Musik über ihre Körper nahezu mühelos in elegante Bewegungen, die sie entzückten, ja berauschten und sich einfügten in die erwartungsgeladene Harmonie des Abends.

Zurück im Hotel führte er sie an einen der Tische im Garten und bestellte Wein. Sie saßen nebeneinander auf einer Bank, ihre Hand in der seinen, und blickten in die Dunkelheit, in der nicht weit entfernt das Meer rauschte. Seine Finger wanderten über ihre Handinnenfläche und ihr Handgelenk und setzten sie in Brand. Die Spannung zwischen ihnen war mittlerweile fast mit Händen zu greifen, ließ für nichts anderes mehr Raum. Er goss den letzten Wein in die Gläser und verschwand mit einer gemurmelten Entschuldigung. Sie wartete, von leiser Unruhe erfüllt.

Da war er plötzlich wieder, setzte sich zu ihr, das Gesicht voll stiller Freude.

„Was hast du denn, was ist?“, wollte sie wissen, aber er lächelte nur, legte den Arm hinter sie auf die Lehne der Bank und begann, mit einer Locke ihrer Haare zu spielen.

Als sie den Kopf wandte, um ihn anzusehen, lag sein ganzes Gefühl für sie in dem Blick, mit dem er den ihren erwiderte. Dann waren die Gläser leer, und sie standen auf. Schweigend begleitete er sie zu ihrem Hotelzimmer.

„Wirst du denn heute bei mir bleiben?", wollte sie fragen und wusste in demselben Augenblick, dass sie ihn diesmal nicht gehen lassen würde, ganz gleich, wie seine Reaktion ausfiel. Doch als sie den Schlüssel herumgedreht hatte, vergaß sie ihre Frage. Der schöne Raum war über und über mit Blumen geschmückt, zwischen denen kleine, mit Kerzen bestückte Laternen leuchteten.

„Reicht dir das als Antwort?", fragte er leise, während er die Tür zudrückte und sie an sich zog.

Kapitel 12

Goa, Indien,

Mai 2008

Am nächsten Morgen schon vor dem Frühstück erhielt Nora eine weitere Nachricht von Susanne:

Liebe Nora,
endlich habe ich diesen Hugh treffen können, von dem Du sagst, dass Du ihn in Bodh Gaya gesehen hast. Er hat tatsächlich zugegeben, meinen Bruder gekannt zu haben. Allerdings wisse er nichts über Damians Tod. Deiner Warnung folgend, habe ich ihn nicht danach gefragt, warum er Dir bzw. Euch nichts gesagt hat über Damian. Er weiß also nicht, dass ich Dich kenne.

Als ich nach dem Gespräch in einen der Tempel des Klosters gegangen bin, ist etwas ganz Merkwürdiges passiert: Ich habe in einem Nebenraum einen Stupa gesehen, der so sehr dem goldenen Stupa meines Großvaters glich, dass ich schon geglaubt hätte, er sei es, wenn ich nicht wüsste, dass er in Marburg ist. Allerdings konnte ich den Stupa nur ganz kurz sehen, dann hat mich ein Mönch regelrecht hinausgeworfen und die Tür zu dem Raum abgeschlossen. Irgendwie verwirrt mich dieses Erlebnis, weil es mir nun fast so scheint, als hätten Deine Suche nach dem Stupa und meine nach dem Mörder meines Bruders irgendetwas miteinander zu tun.

Ich habe das Gefühl, festzustecken. Ich weiß nicht so recht, ob und wo ich weitersuchen soll. Ich bleibe nur noch wenige Tage, dann ist mein Urlaub vorbei. Wahrscheinlich war es eine Schnapsidee, zu erwarten, dass ich mehr herauskriegen könnte als die Polizei.

Was meinst Du? Hast Du noch eine Idee für mich?
Deine Susanne

Nora schrieb zurück:

Liebe Susanne,
leider hast Du unrecht mit der Annahme, dass der Stupa in Marburg ist, er wurde am Tage meines Besuches dort gestohlen, und ich vermute, dass der Dieb mich gekannt hat, weil er mich mit meinem Namen weggelockt hat, um den Stupa stehlen zu können. Das war vor ziemlich genau einem Monat. Wenn der Stupa jetzt in Dharamsala auftaucht, dann bedeutet das möglicherweise, dass Kelsang Tsering oder Hugh hinter dem Diebstahl stecken. Also sei vorsichtig! Auch der Stupa könnte eine Gefahr für Dich sein.

Ich kann leider demnächst nicht kommen, ich muss nach Deutschland zurück. Wenn Du noch Urlaubstage und Geld übrig hast, dann komm doch im Sommer mit. Ich werde wohl gleich nach Abschluss des Semesters wieder nach Dharamsala aufbrechen.
Herzlichst Deine Nora

* * *

„Ich denke, ich sollte noch einmal nach Dharamsala“, sagte Nora beim Frühstück, nachdem sie Fernando von Susannes Nachricht erzählt hatte. „Gerade erst ist der Stupa in Deutschland gestohlen worden, da wird er auch schon in Indien gesehen, noch dazu an einem Ort, wo ich Leute vermute, die Interesse an ihm haben!“

„Wer weiß, ob es überhaupt derselbe Stupa ist.“

„Natürlich ist das eher unwahrscheinlich“, pflichtete Nora ihm bei. „Aber das kann ich nur rausbekommen, wenn ich hinfahre.“ Sie trank ihren letzten Schluck Kaffee und schob den Teller fort.

„Wann willst du fahren?“ Sie spürte eine gewisse Unruhe in Fernandos Stimme. Sie blickte ihn an und sah seine dunklen Augen mit einem undefinierbaren Ausdruck auf sie gerichtet – war es Traurigkeit? Distanz? Leidenschaft? Sie erinnerte sich an die Nacht, und heftiges Begehren loderte so plötzlich in ihr hoch, dass es ihr schwerfiel, sich nichts anmerken zu lassen. Immerhin war dies ein indischer Hotelgarten, und sie saßen im Blickfeld vieler Gäste. Abrupt senkte sie den Blick. Einen Augenblick lang war sie sich selbst ein Rätsel. Wie konnte sie von Abreise sprechen, während sie gerade dabei war, die Liebe ihres Lebens zu erkunden?

„Ich weiß noch nicht. Sicherlich nicht diesmal, ich habe doch jetzt gar keine Zeit. Vielleicht im Sommer.“

Er hatte die Veränderung in ihrem Gesicht wahrgenommen und erhob sich. „Komm mit“, forderte er sie auf.

„Wohin?“

Er reagierte nicht, sondern zog sie am Handgelenk mit sich fort, durch den Garten zum Hoteleingang und dann unerbittlich die Treppe hinauf zu ihrem Zimmer. Das Zimmermädchen war schon da gewesen, denn das Bett war frisch gemacht. Die Blumen verströmten den schweren Duft überreifer Blüten. Er griff nach ihr, und ihre Kleidung fiel schneller, als wenn sie sie selbst abgestreift hätte. Sie schauderte und überließ sich seinen suchenden Händen, seinem brennenden Körper, ihrer gemeinsamen Leidenschaft. Nie hatte sie geahnt, nie zuvor erfahren, dass Liebe so verzehrend, so allumfassend, so stillend sein konnte.

* * *

Erschöpft und glücklich lagen sie beieinander. Der Deckenventilator blies ihr das Haar aus dem Gesicht. Die Mittagszeit nahte, die trotz der ständigen Meeresbrise große Hitze mit sich zu bringen versprach. Auch Goa war Indien, subtropisch und heiß.

Fernando lag auf der Seite und betrachtete ihr Profil. Mit einem Finger zeichnete er die Kontur ihres Gesichtes nach. Seine Berührung ließ sie erneut erschaudern.

„Was machst du mit mir?“ Sie drehte sich zu ihm hin und fasste sein Gesicht mit beiden Händen.

„Ich liebe dich, das ist alles“, sagte er einfach, während er seine Hand auf die ihre legte. Einige Augenblicke verharrten sie so, die Blicke ineinander versenkt, in wortloser, körperloser Einheit.

Vor der Tür entstand Unruhe, sie hörten Schritte, und dann wurde nach Fernando gerufen. Er erhob sich und streifte seine Kleidung über. Eilig verließ er den Raum. Gleich darauf war er wieder da: „Mein Vater …!“ Seine Stimme klang erstickt.

Nora trug schon wieder ihr Kleid: „Komm!“ Im Laufschritt durchquerten sie zusammen den Gang und den Garten.

Schmal und trotz seiner dunklen Haut blass lag der Sterbende auf seinem Lager. Gayatri saß neben ihm und hatte seinen durch ein Kissen abgestützten Oberkörper umfasst, daneben knieten Francisco und Maria, ihre beiden Kinder zwischen sich. Lucia war dabei, die Stirn ihres Vaters mit einem feuchten Tuch abzutupfen. Ein älterer Priester in Soutane und mit Stola setzte soeben zum Ritual der Krankensalbung an. Ab und zu erschütterte ein trockener Husten Antonios fragilen Körper. Es war zu sehen, dass seine Minuten gezählt waren.

Wie eng Tod und Leben doch zusammenhängen, dachte Nora, sich an die vergangene Stunde erinnernd. Während sie in ungeahnte Tiefen der Leidenschaft entführt worden war, die in ihr das Gefühl geweckt hatten, noch nie zuvor im Vollsinne des Wortes gelebt zu haben, hatte sich hier ein anderes Leben auf sein Ende zubewegt, das Leben eines Menschen mit all seinen Erfahrungen, Freuden, Lüsten, Leiden und Erkenntnissen, die mit ihm für immer verschwinden würden, als hätten sie nie existiert.

Fernando kniete am Bett und hatte, während der Priester ein gemeinsames Vaterunser begann, mit Tränen in den Augen die Hände seines Vaters umfasst. Antonio hielt seinen liebevollen, schwächer werdenden Blick auf seinen jüngeren Sohn gerichtet.

Nora hatte sich neben Fernando auf die Knie niedergelassen. „Vater“, sagte sie leise zu Antonio, „wollen Sie Fernando und mich segnen?“

Fernando wandte ihr mit einer schnellen Bewegung den Kopf zu, und auf der anderen Seite des Bettes hob auch Gayatri überrascht den Blick.

Während Antonio mit Gayatris Hilfe die zitternden Hände auf die gesenkten Köpfe des Paares legte, lächelte er mühsam. „Ich wünsche euch Gottes Segen für eine lange, glückliche Ehe“, sagte er langsam und stockend. „Möge der Herr euch Kinder und Enkel schenken, und vergesst niemals …“ Weiter konnte er nicht sprechen, weil ein letzter Hustenanfall seinen ausgemergelten Körper schüttelte. Er wandte den Blick seiner Frau zu, die ihn in ihre Arme schloss. So starb Antonio Soares.

* * *

Nora saß mit Gayatri bei einer Tasse Tee im Hotelgarten. Gerade erst hatten die letzten Trauergäste das Haus verlassen. Die alte Frau sah müde aus. Müde vom Weinen und Trauern, vom Bewirten der Gäste und Entgegennehmen der Beileidsbekundungen. Die kirchliche Trauerfeier vor drei Tagen hatte am Morgen nach Antonios Tod stattgefunden, denn bei den indischen Christen war es, wie auch bei den Hindus, üblich, Tote innerhalb von vierundzwanzig Stunden zu bestatten. Eine sehr sinnvolle Sitte angesichts der Mordshitze, die hier herrscht, hatte Nora gedacht.

In der Zeitung war, wie üblich, eine Traueranzeige mit Foto des Verstorbenen erschienen. Zur Beerdigung hatten sich mehrere Hundert Leute versammelt. Es war überwältigend und erschöpfte alle Mitglieder der Familie, der sich die junge Deutsche schon so gut wie zugehörig fühlte.

Während Nora so ihren Gedanken nachhing, spürte sie plötzlich, dass Gayatri sie musterte: „Darf ich Sie etwas fragen?“

„Natürlich“, erwiderte Nora freundlich.

„Haben Sie wirklich die Absicht, meinen Sohn zu heiraten?“

„Ich liebe Fernando über alles“, erwiderte Nora einfach. „Und ich hätte seinen Vater nicht um den Segen gebeten, wenn es anders wäre.“

Das abgehärmte, erschöpfte Gesicht von Fernandos Mutter überzog sich mit stiller Freude. „Ich bin so glücklich, meine Tochter! Sei willkommen in der Familie.“

„Danke, Mutter“, lächelte Nora zurück.

„Ich glaube, dass du ein Segen für Fernando bist.“ Gayatri beugte sich nach vorne und umfasste Noras Hände. „Er hat so viel Leid in seinem Leben erfahren und ich wünsche mir sehr, dass er endlich das Glück findet, das er verdient. Als er uns das erste Mal von dir erzählte, wirkte er sehr glücklich. Und doch – als ihr beide hier ankamt, hatte ich zuerst das Gefühl, dass das alles nicht real war, nicht wirklich wahr sein konnte.“

Nora bewunderte den Scharfblick der älteren Frau, sagte aber nichts. Was bis vor einigen Tagen vielleicht noch gegolten hatte, war unerheblich geworden, verbrannt in der Flamme einer Liebe, zu der sie nach langem Zögern endlich Ja gesagt hatte.

* * *

Während der drei Tage nach der Beerdigung hatte Fernando viel Zeit mit seiner Mutter, seinen Geschwistern und den Trauergästen zugebracht. Nora war manchmal dabei gewesen, hatte sich aber bemüht, sich der trauernden Familie nicht aufzudrängen. Ihr war bewusst, dass es für ein intensiveres gegenseitiges Kennenlernen nicht die geeignete Zeit war. Abends, wenn seine Mutter sich zurückgezogen hatte und sein Bruder und seine Schwester zu ihren Ehepartnern zurückgekehrt waren, war Fernando zu ihr gekommen, und sie hatten auf dem Balkon gesessen und miteinander gesprochen. Nora hatte viel aus dem Leben ihres Schwiegervaters erfahren, und Fernando hatte es gutgetan, sich sein Leid von der Seele zu reden. Manchmal hatte er geweint, und dann hatte sie ihn umarmt und getröstet. Berührt hatte er sie in diesen Tagen der Trauer nicht.

„Wir werden mit der Hochzeit noch warten müssen", meinte Fernando am zweiten Abend. „In Goa ist man streng mit den Trauerzeiten. Macht dir das etwas aus?"

„Aber nein", wehrte Nora ab. „Lass uns das mal ganz in Ruhe angehen. Wenn wir ein richtig schönes Hochzeitsfest haben wollen, zu dem unsere Verwandten und Freunde von beiden Kontinenten kommen, dann müssen wir ohnehin vorher viel Zeit einplanen." Sie dachte an ihre alte und nicht besonders gesunde Mutter in Deutschland, für die eine Indienreise wohl gar nicht mehr infrage kam. Und würde Fernandos Mutter samt seinem Bruder und dessen Familie das Hotel für mehrere Tage allein lassen können?

„Vielleicht sollten wir einfach zweimal feiern", sagte sie und dachte dabei an Antonio. „Einmal christlich mit meiner Mutter in Deutschland und einmal hinduistisch mit deiner Familie in Indien. Was meinst du? Schließlich brauchen wir bei einer Verbindung über Kontinentalgrenzen den Segen aller Götter, nicht wahr?"

Er lächelte. „Eine gute Idee. Lass uns bei Gelegenheit weiter darüber nachdenken." Und dann zog er sie an sich und küsste sie mit einer Zartheit, die sie an seinen allerersten Kuss erinnerte.

* * *

Am vierten Tag nach der Trauerfeier überließen sie Gayatri der Fürsorge Franciscos, Marias und Lucias. Fernando musste wieder zu seiner Arbeit nach Delhi und Nora zu der ihren nach Heidelberg zurück. Sie flogen nach Delhi, von wo Nora in den frühen Morgenstunden des folgenden Tages den Rückflug nach Frankfurt antrat.

Die wenigen Stunden bis zur Abreise verbrachten sie in einem Hotel direkt am Flughafen. „Ich will keine Zeit mit dir durch nutzlose Hin- und Herfahrerei vergeuden“, war Fernandos Ansicht zu diesem Thema.

Er begleitete sie in der morgendlichen Dunkelheit bis an einen der Eingänge des Flughafens, und es tat ihr schon vorher weh, ihn dort stehenlassen zu müssen, da in Indien nur die eigentlichen Fluggäste das Flughafengebäude betreten durften.

„In nicht einmal zwei Monaten bin ich wieder da“, sagte sie zum Abschied, aber ein richtiger Trost war das nicht.

Kapitel 13

Dharamsala, Indien,
Juli 2008

Wieder einmal stand Nora frühmorgens mit einer Tasse frisch gebrühten südindischen Kaffees auf dem Dach des *Nikhil.* Es war Regenzeit, und alles triefte vor Feuchtigkeit, aber momentan regnete es nicht, sondern die Sonne brach zwischen den Wolken durch und brachte mit ihrer sommerlichen Wärme den feuchten Boden zum Dampfen. Alles war grün und roch nach Leben. Nora trank einen Schluck heißen Kaffee und spürte das Glück bis in die Zehenspitzen. Ihre Gedanken wanderten zurück zu den letzten beiden Tagen seit ihrer diesmaligen Ankunft in Indien.

Gestern war sie mit Fernando nach einer Nachtfahrt mit der Bahn und vierstündiger Taxifahrt in Dharamsala angekommen. Javed, der Manager des *Nikhil*, kam erfreut auf sie zu, als er sie sah. Er schien nicht unbedingt überrascht darüber, dass Nora und Fernando zusammen auftauchten, und vermietete ihnen das schöne Zimmer mit dem Panoramablick und einen weiteren Raum direkt daneben.

„Weißt du noch …?“, hatte Nora gemurmelt, als sie ihr früheres Zimmer betrat. Als wäre es gestern gewesen, hatte ihr jener Tag von Fernandos plötzlicher Abreise vor Augen gestanden, ihre erste leidenschaftliche Umarmung und der nachfolgende Abschiedsbesuch im Tempel des Dalai Lama.

Dann hatte sie Susanne, die schon vor ihnen in Dharamsala angekommen war und ebenfalls im *Nikhil* wohnte, mit Fernando bekanntgemacht. Susanne hatte Fernando einen Moment lang aufmerksam gemustert und ihn dann herzlich begrüßt.

„Fernando war in Bodh Gaya dabei, als wir deinen Bruder fanden“, hatte Nora erklärt. „Ich habe Hugh durch ihn kennengelernt.“

„Kennst du Hugh schon lange?“, hatte Susanne sich an Fernando gewandt.

Dieser hatte überlegt. „Nun, ein paar Jahre sind es schon. Ich traf ihn zum ersten Mal, als er mit seiner Freundin Claudia im Hotel meiner Eltern in Goa Urlaub machte, das muss so ungefähr um das Jahr zweitausend gewesen sein. Sie kamen ein oder zwei Mal wieder, und später war er auch mein Kunde in Delhi, das heißt in der Buchhandlung des Verlages, in dem ich arbeite. Ich bin mit ihm befreundet, wenn auch nicht sehr intensiv. In Bodh Gaya haben wir uns eigentlich eher zufällig getroffen. Er war dort mit Claudia, seiner neuen Freundin Sarah sowie Günter, einem Freund aus München. Sie sind alle Buddhisten. Ich war aus Neugierde hingefahren, weil ich den Dalai Lama sehen wollte.“

„Hältst du es für möglich, dass Hugh etwas mit Damians Tod zu tun haben könnte?“

Fernando hatte gezögert. „Nein, eigentlich nicht. Natürlich habe ich keine Ahnung, warum er uns seine Bekanntschaft mit Damian verschwiegen hat. Aber reicht das schon, um ihn zu verdächtigen?“

„Wohl nicht“, hatte Susanne gemeint. „Es ist ja auch nur, weil es sonst keinen Ansatzpunkt gibt, wer es getan haben könnte. Hugh ist einfach der Einzige, von dem wir wissen, dass er Damian kannte. Jemand, der ihn nicht kannte, kommt ja wohl noch weniger als Verdächtiger infrage, oder?“

Schritte ertönten auf der Metalltreppe, und dann spähte Fernando über den Rand des Flachdaches und weckte Nora aus ihrem Tagtraum. „Ach, hier bist du! Wollen wir nicht frühstücken gehen?“

* * *

„Wissen Sie schon“, Javed betrat die Terrasse, wo Nora, Susanne und Fernando die Regenpause für ein Frühstück im Freien nutzten, „dass in drei Tagen hier ein großes Ritual für das lange Leben des Dalai Lama und für die Befreiung Tibets stattfinden wird? Es wird von Kelsang Tsering veranstaltet und findet in seinem Kloster statt.“

„Danke für den Hinweis!“, entgegnete Nora. „Nein, das wussten wir noch nicht, aber wir werden bestimmt hingehen!“

Als sie wieder allein waren, ergänzte sie: „Unser erster Programmpunkt ist sowieso dieses Kloster. Wir müssen herausbekommen, ob der Marburger Stupa tatsächlich dort ist.“

Sie trank einen Schluck Kaffee und fügte, an Susanne gewandt, hinzu: „Wenn der Stupa im Kloster der deines Großvaters ist, dann heißt das, dass jemand sehr viel Aufwand betrieben hat, um das Stück zu stehlen und illegal nach Indien zurückzubringen. Kelsang Tsering selbst kann das wohl kaum gewesen sein, denn mit seiner Robe wäre er in Marburg viel zu sehr aufgefallen. War es Hugh? Und aus welchem Grund wurde der Stupa gestohlen? Einfach weil man eine Buddha-Reliquie haben wollte? Oder steckt noch mehr dahinter?"

„Was könnte denn sonst dahinterstecken?", erkundigte sich Susanne.

„Vielleicht hat die Buddha-Reliquie eine kultische Bedeutung?", überlegte Nora. „Das kann uns wohl am besten ein Tibeter erklären. Und ich weiß auch schon, wer: Tenzing Dölkar."

„Wer ist das?", erkundigte sich Fernando.

„Ein Bibliothekar in der Library of Tibetan Works and Archives. Er hat mir schon einmal sehr geholfen. Ich nehme an, dass er auch diesmal eine Idee hat. Wir sollten ihn aufsuchen."

* * *

„Heute ist Vollmond und ganz klarer Himmel", stellte Fernando beim Abendessen fest. „Hättest du Lust auf einen Mondscheinspaziergang?"

„Oh ja! Das wäre eine schöne Abwechslung. Lass uns bald losgehen. Und wir wollen ausnahmsweise mal nicht über unser Stupa-Thema reden, ja?"

Miteinander machten sie sich auf den Weg. Als sie das bebaute Gebiet verließen, hatten sich ihre Augen so sehr angepasst, dass sie den Weg auch ohne Beleuchtung gut sehen konnten. Nur wenige Menschen waren unterwegs. Fernando legte den Arm um Nora. Leise unterhielten sie sich über alles Mögliche, nur Stupas und Reliquien kamen in ihrem Gespräch nicht vor.

Doch als sie eine halbe Stunde später um sich blickten, stellten sie fest, dass sie offenbar doch ihr Thema weiter mit sich herumgetragen hatten: Sie waren, ohne es zu beabsichtigen, bei Kelsang Tserings Kloster gelandet, das auf einer Hochebene zwischen dem Berghang und einem Wäldchen im Mondlicht lag. Die beiden standen am Straßenrand, im Schatten des Wäldchens, das die Straße säumte.

Fernando zog Nora noch ein wenig mehr unter die Bäume und begann, sie zu küssen. Nach kurzer Zeit hatten sie ihre Umgebung vergessen und waren allein auf der Welt. Er drängte sie hinter einen hohen Felsen, der zwischen den Bäumen herausragte. Dort gab es, von der Straße aus uneinsehbar, einige Quadratmeter weichen, bewachsenen Waldbodens, gerade genug für ein Liebespaar, dessen Welt dabei war, zu einem einzigen, allumfassenden Punkt zu verschmelzen.

Später saßen sie beisammen, an den Felsen gelehnt, immer noch im Mondschatten. Keine Menschenseele hatte sich in der letzten Stunde hierher verirrt, und das Kloster lag ruhig da. Es war kurz nach Mitternacht. Da plötzlich hörten sie in der Stille ein Motorengeräusch, das sich langsam näherte. Ohne Licht fuhr ein kleiner Lieferwagen an ihnen vorbei auf den Klostereingang zu.

„Warum benutzt der kein Licht?“, murmelte Fernando.

„Vielleicht ist es kaputt, das passiert ja durchaus des Öfteren hier“, vermutete Nora versonnen.

Auch das Motorengeräusch erstarb jetzt, und das Auto rollte die letzten Meter auf das Kloster zu. Vor dem Eingang hielt es, und zwei unerkennbare Gestalten bewegten sich von den Autotüren zur Ladefläche.

„Sieht irgendwie so aus, als wollten die nicht gesehen und gehört werden“, überlegte Fernando.

Die beiden Gestalten waren mittlerweile dabei, irgendwelche sperrigen Gegenstände vom Auto abzuladen und zum Klostereingang zu befördern, wo sie wohl von jemandem in Empfang genommen wurden, aber das konnten die heimlichen Beobachter nicht erkennen. Zehn Minuten später rollte das Auto zwanzig Meter weiter, drehte und machte sich mit knatterndem Motor auf den Rückweg. Nur in geringem Abstand kam es auf der Straße an den beiden vorbei und verschwand. Kurz danach war auch der Motor nicht mehr zu hören.

„Was war das jetzt?", fragte Fernando.

„Wer weiß! Eine verspätete Nahrungsmittellieferung oder die neuesten Ritualgegenstände? Ich glaube nicht, dass uns das beschäftigen muss."

„Und warum hat er Licht und Motor abgestellt?"

„Ja, das ist in der Tat merkwürdig. Den Motor abstellen, das tun die Fahrer hier ja öfter, um Benzin zu sparen, aber Licht und Motor? Schon komisch."

„Lass uns noch eine Viertelstunde bleiben und dann zurückgehen", schlug Fernando vor.

Der Vollmond war schon ein Stück in den Westen gewandert. Sein warmes gelblichweißes Licht begann, auf die Liebenden zu fallen, und binnen Kurzem würden sie nicht mehr im Schatten sitzen. Die kleine Talsenke zwischen ihnen und dem Kloster sah im hellen Mondlicht wie ein Teppich aus, ausgebeult von kleinen Büschen und Steinen. Das Kloster lag jetzt genauso still und schlafend da wie vor der Ankunft des Autos. Wer auch immer die Gegenstände am Klostereingang in Empfang genommen hatte, hatte sie an Ort und Stelle untergebracht und war schlafen gegangen.

Die beiden machten sich auf den Rückweg.

* * *

An den folgenden Tagen bemühte sich Nora vergeblich um einen Termin bei Tenzing Dölkar. Er war, wie sie schließlich erfuhr, nicht in Dharamsala, sondern nach Delhi gereist.

Am dritten Tag fand das Ritual statt, zu dem Kelsang Tsering geladen hatte. Als die drei Freunde ankamen, befanden sich schon mehrere Hundert Gläubige in dem großen Schreinraum des Klosters. In den rechts und links parallel zum Mittelgang angeordneten Reihen saßen einige Dutzend Mönche und Nonnen, dahinter die Laien: Tibeter, Westler und wenige Inder.

Auf dem altarnächsten, erhöhten Sitz in der ersten rechten Reihe erkannte Nora Kelsang Tsering. Unter den Laien rechts hinter ihm saß Hugh und nahe bei ihm Sarah, die Nora jetzt das erste Mal seit Bodh Gaya wiedersah.

Offenbar waren sie und Hugh also noch immer … Susanne stieß Nora an und riss sie aus ihren Überlegungen. „Sieh mal zum Altar“, flüsterte sie aufgeregt.

Nora folgte der Aufforderung. Im ersten Moment sah sie nichts, außer den üblichen Buddha- und Gottheitenfiguren, Butterlampen und Opfergaben. Und einem Dalai-Lama-Bild im Schoß des zentralen goldenen Buddha.

„Ist da irgendetwas Besonderes?“, rätselte sie mit unterdrückter Stimme.

„In der Mitte! Direkt vor dem großen goldenen Buddha, unter dem Dalai-Lama-Bild, guck genau hin!“ Susannes Stimme klang nervös.

Nora strengte ihre Augen an, sah aber nichts Auffallendes. „Sag’s mir bitte, ich sehe nichts“, flüsterte sie.

„Der Stupa, er ist da!“

„Wo?“ Nora hatte auch jetzt noch Schwierigkeiten, den goldenen Stupa vor dem gleichfarbigen Buddha wahrzunehmen, von dem er sich kaum abhob. Doch dann plötzlich entdeckte sie ihn. Um ihn genau zu erkennen, war sie allerdings zu weit vom Altar entfernt. Nora schaltete rasch.

„Fernando, da vorne sind Sarah und Hugh. Wollen wir hingehen und sie begrüßen?"

Fernando, der ihr Gespräch mit Susanne mitbekommen hatte, verstand ohne weitere Erklärung, was sie im Sinn hatte. „Warum nicht?", erwiderte er und ging mit ihr an der linken Wand des Tempels auf den Altar zu.

Aber ganz vorne hielten zwei Mönche sie auf, die eine Art Ordnerdienst zu versehen schienen. „Bitte gehen Sie zurück", baten sie freundlich, aber bestimmt. „Es fängt gleich an, und Sie sollten Ihre Plätze einnehmen."

Während Fernando es geistesgegenwärtig übernahm, den Mönchen höflich zu antworten und sich zu entschuldigen, versuchte Nora, den Stupa auf dem Altar zu erkennen, von dem sie sich jetzt nur noch wenige Meter entfernt befand. Um unauffällig ein wenig mehr Zeit zu gewinnen, verbeugte sie sich mit zusammengelegten Händen vor dem auf der anderen Seite des Mittelgangs sitzenden Kelsang Tsering, der mit einem leichten Kopfnicken reagierte. Dann warf sie noch einen schnellen Blick zum Altar. Zwei Sekunden später befanden Fernando und sie sich schon wieder auf dem Rückweg zu ihrem Sitzplatz hinten im Saal.

„Und?" Susanne sah sie fragend an.

Nora nickte. „Er ist es. Zumindest wenn es nicht noch einen anderen, genau gleichen Stupa gibt. Ich habe sogar die kleinen roten Schmucksteine gesehen, die ich aus Marburg kenne."

In diesem Moment begann die Rezitation der Mönche und Nonnen. Rhythmisch schwangen die Worte des Gebets durch den Raum, angeführt von der tiefen, vollen Stimme des *Úmdze-la* oder Vorsängers. Sofort fühlte Nora sich zurückversetzt zu jenem unvergesslichen Abschiedsbesuch im Tempel des Dalai Lama, als sie mit Fernando unter den Gläubigen gesessen und den Gebeten gelauscht hatte. Sie suchte Fernandos Blick und erkannte, dass ihm derselbe Gedanke gekommen war. Fast unmerklich lächelte er sie an. Seine Hand suchte und fand die ihre. Wieder schauderte sie ein wenig.

Das Ritual nahm seinen Verlauf. Nora fühlte sich aufgehoben im monotonen Rhythmus der Rezitationen. Gerade als sie anfing, das Sitzen auf dem harten Boden als unbequem zu empfinden, sah sie, dass Kelsang Tsering zum Altar getreten war und den Stupa ergriffen hatte. Er stand zur Gemeinde gewandt und erhob das heilige Gefäß mit beiden Händen. Vor ihm hatten sich die Menschen in einer Reihe aufgestellt, und einer nach dem anderen traten zuerst die Mönche und Nonnen vor Kelsang Tsering, der mit der Bodenfläche des Stupas jeden Scheitel kurz berührte. Nora kannte das als eine häufig zu beobachtende rituelle Geste, um Menschen ganz materiell am Segen eines Gegenstandes teilhaben zu lassen. Hier also wurde offenbar der Segen der Buddha-Reliquie den Menschen weitergegeben.

Als die Mönche und Nonnen alle ihren Stupa-Segen erhalten hatten, kamen auch die Laien dran. Nora reihte sich mit Susanne und Fernando in die lange Schlange ein. Langsam rückte sie nach vorn und spürte, während sie mit zusammengelegten Händen den Kopf vor Kelsang Tsering senkte, den Stupa auf ihrem Scheitel. Danach hob sie die Augen und versuchte, unauffällig einen Blick auf die Unterseite des Reliquiars zu werfen, bevor dieses zum nächsten Kopf wanderte. Dabei fiel ihr ein mittelgroßer heller Fleck am Rand der Stupabasis auf, der schwarze Zeichen aufwies – Buchstaben oder Zahlen? Näheres konnte sie nicht erkennen. Der Tibeter hinter ihr drängte sie weiter, und sie kehrte mit den beiden Gefährten an ihren Sitzplatz zurück.

Die Mönche und Nonnen rezitierten schon wieder. Eine halbe Stunde später war Mittagspause, und Ordensleute und Laien strömten aus dem Schreinraum, um sich bei mobilen Momo-Händlern oder in einem der vielen kleinen Restaurants des Ortes zu stärken.

„Ich habe etwas Merkwürdiges gesehen", äußerte Susanne, als sie einen kleinen Tisch in einem Restaurant ergattert und ihre Bestellung bei einem sehr geschäftigen und flinken Kellner aufgegeben hatten. „Der Stupa hatte an der Unterseite einen hellen Fleck mit Zeichen darauf. Habt Ihr eine Idee, was das sein kann?"

„Nein, keine Ahnung", gab Fernando zu.

„Das habe ich auch gesehen. Vielleicht war es die Inventarnummer des Museums", vermutete Nora. „Ein solches Schild würde sich normalerweise nicht an der Seite, sondern nur unten befinden, wo man es nicht sieht."

„Wenn das stimmt", fügte Fernando hinzu, „dann wäre es der Beweis dafür, dass es tatsächlich der Stupa aus Marburg ist."

„In dem Katalogbeitrag, den du mir gezeigt hast, war die Inventarnummer enthalten", erinnerte sich Susanne. „Wenn wir den Stupa nochmal zu Gesicht bekommen, würden wir sie vielleicht vergleichen können. Wir sollten uns die Nummer merken."

„Auf jeden Fall wissen wir jetzt, wozu Kelsang Tsering den Stupa benutzt", sagte Nora nachdenklich. „Allerdings ist mir unklar, wieso er für ein so relativ einfaches Ritual eine Buddha-Reliquie braucht. Ich kenne dieses Ritual, es wird auch häufig mit Gottheitenfiguren gemacht, zum Beispiel mit einer Tara-Figur. Es ist ein gebräuchliches, kein aufwendiges Ritual, und dafür würde wohl auch etwas anderes als ein so seltener Gegenstand ausreichen."

„Vielleicht ist die Buddha-Reliquie mächtiger?", gab Susanne zu bedenken.

„Mag sein. Trotzdem: Das Ganze ist mir ein Rätsel. Um ein einfaches Segnungsritual durchzuführen und für das Wohl des Dalai Lama zu beten, muss man doch keinen Stupa aus einem deutschen Museum stehlen. Was wollen die damit?"

Fernando zuckte die Schultern. „Das ist wirklich eigenartig, das finde ich auch. Ich denke, dazu musst du Fachleute fragen. Was ist mit diesem Bibliothekar, den wir treffen wollten?"

„Tenzing Dölkar? Er ist morgen wieder da, sagte man mir in der Bibliothek. Ob er bereit ist, dieses Rätsel zu lösen, ist aber noch die Frage."

„Einer, der es uns genau erklären könnte, ist Kelsang Tsering", sagte Susanne. „Aber der wird nichts sagen, sonst wäre er bei deinem ersten Besuch nicht so zugeknöpft gewesen."

„Ja, das ist zu vermuten. Wenn wir wüssten, wozu man den Stupa verwenden kann, dann wäre wahrscheinlich auch klar, warum sie ihn gestohlen haben."

* * *

Abends saßen Nora und Fernando in der Hotellobby auf dem Sofa und tranken Bier, das ihnen Javed besorgt hatte.

„Jetzt bin ich zur Abwechslung froh, dass du bei mir bist." Nora schmiegte sich an Fernandos Schulter. „Irgendwie wird mir diese Stupageschichte immer unheimlicher, je weniger ich verstehe, was eigentlich dahintersteckt."

„Solange wir hier sind, werde ich dich nicht aus den Augen lassen", meinte Fernando ernst und legte den Arm um sie.

„Die ganze Sache scheint mir nicht ungefährlich zu sein, und ich bin nicht bereit, zuzusehen, wie du dein Leben aufs Spiel setzt. So, und jetzt ist Schluss für heute! Morgen hast du noch genug Zeit, Tenzing Dölkar mit deinen Fragen zu löchern. Jetzt hör mal auf, ständig darüber nachzudenken. Es gibt auch noch andere Dinge im Leben als Stupas und Lamas."

„So? Zum Beispiel?"

Er sagte nichts, sondern sah sie nur an.

Sie spürte, wie ihr Körper reagierte und zu ihm hindrängte, wie auch Fernando jetzt, fast unmerklich angesichts des öffentlichen Raumes, in dem sie sich befanden, näher an sie heranrückte. Sie fühlte seine Hand an ihrem Hals und eine scheue, schnelle Berührung seiner Lippen auf ihrer Wange. Und sie spürte, wie sehr sie ihn liebte.

Kapitel 14

Dharamsala, Indien,
Juli 2008

Am nächsten Vormittag liefen die drei Freunde zur Bibliothek, um Tenzing Dölkar zu treffen. Zwischen tibetischen Kanonsammlungen und Bücherstapeln sitzend, blickte der Bibliothekar sie erwartungsvoll an.

„Ich würde gern noch eine Frage zu dem goldenen Stupa stellen, über den ich mit Ihnen schon gesprochen habe", begann Nora. „Können Sie mir sagen, wozu man einen solchen Stupa mit einer Buddha-Reliquie benutzen könnte, außer ihn auf einen Altar zu setzen und zu verehren? Gibt es Rituale, zu denen man ihn brauchen könnte oder bei denen er vielleicht sogar unentbehrlich wäre?"

„Was ist der Grund für Ihre Frage?", wollte Tenzing Dölkar wissen.

„Ich erzähle Ihnen, was ich inzwischen herausgefunden habe. Der Stupa war bis vor Kurzem in einem Museum in Deutschland. Der Großvater meiner Freundin hier“, Nora wies auf Susanne, „hat ihn 1964 in Sikkim von einem tibetischen Flüchtling, der ihn wahrscheinlich einem anderen Flüchtling gestohlen hatte, gekauft und später diesem Museum vererbt. Vor einigen Monaten ist der Stupa aber nun aus dem Museum gestohlen worden, und wir haben Anlass zu der Vermutung, dass der Grund nicht sein künstlerischer Wert ist, sondern ein religiöser oder ritueller Zweck, für den man ihn braucht.“

„Sie meinen also, dass der Dieb ein Buddhist war oder im Auftrag von Buddhisten oder vielleicht sogar von Tibetern gehandelt hat?“

Nora bejahte. „Es ist sogar möglich, dass der Stupa sich wieder hier in Indien befindet.“ Sie verzichtete absichtlich auf die Nennung von Kelsang Tserings Namen. Vielleicht würde Tenzing Dölkar sonst aus Hochachtung vor dem alten Lama nichts sagen.

Der Bibliothekar überlegte einen Augenblick. „Es ist ein heiliger Gegenstand, der im Prinzip für alle vier Arten von Ritualen verwendbar wäre und die magische Kraft jedes Rituals enorm erhöhen könnte. Sie wissen vermutlich, dass es bei uns vier Kategorien von Ritualen gibt? Es sind Rituale zur Befriedung, Vermehrung, Unterwerfung und Tötung.“

„Ja“, bestätigte Nora. „Die vier Rituale sind mir bekannt.“

„Am besten würde man einen Stupa mit Reliquien natürlich für glückverheißende Rituale brauchen können“, fuhr Tenzing Dölkar fort. „Für Langlebensrituale, für Rituale zur Verstärkung und Erhaltung glücklicher Umstände …“ Er dachte nach und fügte dann hinzu: „Aber auch für die Abwehr von Übeln und Hindernissen.“

„Das heißt, auch für Unterwerfungs- und Tötungsrituale?"

„Ja, auch dafür. Allerdings werden diese, vor allem die Tötungsrituale, von den meisten Lamas abgelehnt. Sie sagen, dass es nicht gut sei, anderen zu schaden, und dass solche Rituale nur in ganz seltenen Fällen angewendet werden dürfen, nämlich dann, wenn man durch die Schädigung oder Tötung eines Einzelnen eine große Menge von Menschen retten kann."

„Kennen Sie Anweisungstexte für die Benutzung von Reliquien im Ritual?", erkundigte sich Nora.

Tenzing Dölkar verneinte. „Ich bin aber sicher, dass es welche gibt. Ich müsste mal nachschauen. Haben Sie ein, zwei Stunden Zeit? Wollen Sie vielleicht inzwischen unser Museum besichtigen? Es ist im Obergeschoss der Bibliothek. Ich würde nachsehen und Ihnen dann Bescheid geben."

Nora bedankte sich für das Angebot, und die drei stiegen die Treppe zum Museum hinauf, wo es Kultfiguren, Bilder und andere Tibetica zu besichtigen gab. Noch bevor sie alles angesehen hatten, ließ der Bibliothekar sie wieder nach unten rufen. Er empfing sie mit sehr ernstem Gesicht.

„Ich habe Texte gefunden", teilte er ihnen mit, als sie wieder beisammensaßen. „Es gibt tatsächlich ganze Sammlungen von Werken zur rituellen Verehrung von Reliquien und zu ihrer Verwendung in Ritualen. Die meisten sind, wie ich schon vermutet habe, Befriedungs- und Vermehrungsritualen gewidmet. Es gibt aber auch eine kleine Sammlung dunkler Rituale. Sie sind mit der Schutzgottheit Mahakala verbunden. Sie wissen bestimmt, dass Mahakala ein äußerst mächtiger Schützer ist, der Feinden der Religion sehr gefährlich werden kann? Die Textsammlung enthält einige sehr machtvolle Rituale."

„Woher stammt sie, wissen Sie das?", fragte Fernando.

„Aus dem Kloster Gönpoling in Zentraltibet", erklärte Tenzing Dölkar. „Das ist das Hauptkloster der Gönlingpa-Schule, die im siebzehnten Jahrhundert unter dem Fünften Dalai Lama verboten wurde. Die Druckstöcke der meisten Gönlingpa-Texte wurden damals versiegelt, und die in unserer Bibliothek vorhandene Ausgabe ist eines der letzten bekannten Exemplare der Sammlung."

„Ist es möglich, eine Kopie zu bekommen?"

„Ja, Sie können eine Kopie erhalten, allerdings nur zur privaten Lektüre." Tenzing Dölkar gab einem in der Nähe sitzenden Mitarbeiter eine kurze Anweisung, und dieser erhob sich und verschwand.

„Publikationserlaubnisse müssen bei uns beantragt werden, und ich sage Ihnen gleich, dass es für diese Texte nahezu unmöglich sein wird, eine zu bekommen. Sie wissen sicherlich, dass Seine Heiligkeit Wert darauf legt, vor allem den friedlichen Charakter unserer Religion weiterzuentwickeln? Diese Texte können für das Gegenteil verwendet werden und sollten daher nicht in die falschen Hände kommen. Sie werden sich also mit Unterschrift verpflichten müssen, die Texte nicht zu publizieren oder weiterzugeben, und wir gehen davon aus, dass Sie sich an diese Verpflichtung auch halten!"

„Das ist selbstverständlich", versicherte Nora. „Mir reicht es für meine Forschungsarbeit völlig, wenn ich die Texte kenne und ihren Inhalt in meinem Buch kurz erwähnen kann. Wenn Sie wünschen, durchaus auch mit unkenntlich gemachten Details."

„Ich würde Ihnen den Text nicht geben, wenn ich Sie nicht als ernsthafte und verantwortungsvolle Forscherin einschätzen würde", betonte der tibetische Gelehrte. Sein Mitarbeiter erschien wieder und händigte Nora einen kleinen Stapel Fotokopien aus.

Diese blätterte die Seiten durch. Es waren fünf kürzere und ein längerer Text, zusammen vielleicht zwanzig eng beschriebene Blockdruckseiten.

Nora las und nickte: „Ja, das ist ziemlich eindeutig." Sie dachte einen Augenblick nach. „Ist die Traditionslinie dieser Textsammlung ausgestorben oder wissen Sie von heutigen Praktizierenden?"

„Es ist nicht ausgeschlossen, dass es welche gibt", meinte Tenzing Dölkar. „Aber wer immer diese Rituale kennt oder praktiziert, wird das auf jeden Fall geheimhalten, um nicht in Verruf zu kommen. Um solche Lamas zu finden, müsste man die Wirkungsgeschichte der Gönlingpas untersuchen. Denn natürlich hat der Große Fünfte, also der fünfte Dalai Lama, es nicht geschafft, alle Anhänger von Gönlingpa-Lehren restlos zu bekehren oder an der Weitergabe dieser Rituale zu hindern. Es ist sehr gut möglich, dass es heute noch Anhänger dieser Überlieferungslinie oder einzelner ihrer Lehren gibt."

„Können Sie mir bitte auch die anderen – ich meine die friedlichen – Ritualtexte nennen und mir sagen, wie ich sie hier einsehen kann?"

„Selbstverständlich." Tenzing Dölkar ergriff ein auf dem Schreibtisch liegendes Papier und überreichte es Nora. Es war eine Liste von tibetischen Texten und Textsammlungen mit LTWA-Signaturen.

„Vielen Dank, das ist eine wirklich große Hilfe für meine Arbeit", sagte Nora. „Und ich habe noch eine letzte Frage: Würden Sie mir den Bereich der Bibliothek benennen, in dem ich Materialien zur Wirkungsgeschichte der Gönlingpas und vielleicht auch zum Kloster Gönpoling finden kann?"

„Mein Mitarbeiter wird Sie dorthin führen." Tenzing Dölkar erhob sich.

* * *

Bevor Nora und Fernando sich den gewünschten Bereich der Bibliothek zeigen ließen, verabschiedete sich Susanne, die früher ins Hotel zurückkehren wollte, weil sie ihre Abreise vorbereiten musste. Sie hatte nur noch wenige Urlaubstage gehabt, die sich jetzt ihrem Ende zuneigten.

Nora suchte zunächst nach einer Klostergeschichte von Gönpoling, fand aber keine. Mithilfe einiger italienischer Werke zur Geographie Tibets gelang ihr lediglich eine Lokalisierung des Klosters, dessen Ruinen nicht weit entfernt vom Gelugpakloster Tashilhünpo in einem abgelegenen Bergtal lagen.

Dann kam ihr die Idee, es von der anderen Seite her zu versuchen. Sie nahm Kelsang Tserings Kloster in Dharamsala unter die Lupe. Bei der Durchsicht der umfangreichen Literatur zu Dharamsala fand sie schließlich einen Artikel eines amerikanischen Wissenschaftlers über Kelsang Tserings Kloster, und als sie diesen überflog, stockte ihr der Atem: Kelsang Tsering hatte einen Teil seiner Tantra-Ausbildung bei einem Schüler des Gelehrten Püntsog Kongtrül absolviert. Dieser wiederum war Mitte des zwanzigsten Jahrhunderts der letzte Abt von Gönpoling gewesen, bevor das Kloster von chinesischen Soldaten niedergebrannt und dem Erdboden gleichgemacht wurde. Püntsog Kongtrül selbst war von einem chinesischen Soldaten erschossen worden. Der amerikanische Kollege beschrieb den unglücklichen Abt als großen Mahakala-Kenner.

„Bingo!“, flüsterte sie Fernando zu, um die anderen in der Bibliothek Arbeitenden nicht zu stören. „Das ist einfach nicht zu fassen! Ich habe tatsächlich eine Verbindung von Gönpoling zu Kelsang Tsering gefunden. Er ist der Enkelschüler eines Mahakala-Lehrers von Gönpoling. Wir können also vermuten, dass Kelsang Tsering unsere Mahakala-Ritualsammlung kennt, vielleicht auch praktiziert."

„Herzlichen Glückwunsch", erwiderte Fernando ebenso leise. „Na also! Die Angelegenheit entwickelt sich doch!"

Nora blätterte noch ein wenig in dem Artikel und gab ihn dann einem Angestellten der Bibliothek mit der Bitte, ihn für sie zu kopieren. „Ich glaube, das reicht schon. Was ich jetzt noch brauche, sind ein paar zusätzliche Informationen von Hugh. Vielleicht kriege ich aus ihm raus, was Kelsang Tsering mit dem Stupa will."

„Das solltest du besser nicht versuchen", meinte Fernando. „Denk dran, wenn er der Dieb des Stupas ist, und wenn er vielleicht auch etwas mit Damians Tod zu tun hat, dann ist es gefährlich, wenn er erfährt, was du weißt."

„Wer sagt denn, dass ich vorhabe, ihn das wissen zu lassen? Ich werde ihn allgemein zu Ritualen befragen, insbesondere zu dem Stupa-Ritual von neulich. Ich muss ihm weder mitteilen, dass ich den Stupa wiedererkannt habe, noch, dass ich von den Gönpoling-Ritualen etwas weiß. Mein Interesse an dem Stupa-Ritual wird er normal finden, da er ja weiß, dass ich über Reliquien und Stupas forsche. Lass mich mal machen, ich werde schon nicht in Gefahr geraten."

„Ich kann aber dabei sein, oder?"

„Warum denn nicht?" Nora lächelte ihn an. „Hattest du nicht gesagt, du wolltest mich nicht mehr aus den Augen lassen, solange ich hier bin? Vielleicht kannst du ja auch einen Teil der Fragen stellen, damit er diese gar nicht so sehr mit mir assoziiert. Wir müssen mal sehen. Jetzt gehen wir erst mal zum Hotel zurück und erzählen Susanne von unserem Erfolg."

„Deinem Erfolg", betonte Fernando.

„Nein, unserem. Ohne dich hätte ich doch gar nichts von dem Stupa erfahren und wäre niemals auf diese interessante Geschichte gestoßen. Und ohne dich würde ich jetzt vielleicht auch nicht den Mut aufbringen, Hugh anzusprechen. Du hast nämlich recht, mir ist doch etwas mulmig bei dem Gedanken."

„Na, dann komme ich auf alle Fälle mit", schloss Fernando.

* * *

„Ich hoffe, ihr schafft es noch, das Stupa-Problem zu lösen", wünschte Susanne ihnen am selben Abend beim Abschied, nachdem sie sich von Nora und Fernando auf den neuesten Stand hatte bringen lassen. „Mit der Recherche zu meinem Bruder bin ich ja nicht so weit gekommen. Ich habe keine große Hoffnung, dass sich noch etwas ergibt. Wer weiß, ob die indische Polizei überhaupt ein Interesse daran hat, diesen Mord aufzuklären."

„Ich habe irgendwie das Gefühl", sagte Nora, „dass wir, wenn wir die Stupa-Frage gelöst haben, auch den Mörder deines Bruders kennen werden."

„Komischerweise habe ich dasselbe Gefühl", stimmte Susanne zu.

„Man kann nur hoffen, dass Nora und ich, wenn wir den Mörder kennen, noch lange genug leben werden, um es dir zu erzählen", meinte Fernando ironisch zu Susanne. „Was mich betrifft, so würde ich gern ebenfalls abreisen."

„Kommt nicht infrage", protestierte Nora. „Jetzt, wo wir endlich einen roten Faden sehen! Außerdem fühle ich mich unter deinem Schutz sicher."

„Fragt sich bloß, ob dein Beschützer sich ebenso sicher fühlt", spottete Fernando.

Nora wurde ernst. „Ich habe nicht vor, dir Angst zu machen. Wenn es dir zu viel wird, brechen wir das Ganze wirklich ab."

„Ist schon in Ordnung. Noch geht es. Ich sag dir Bescheid, wenn ich anfange, vor Angst zu schlottern." Er zwinkerte ihr zu.

„Ich gebe euch meine Telefonnummern, auch die Mobilnummer", sagte Susanne. „Falls irgendein Problem auftaucht, ruft mich an, jederzeit! Ich versuche dann, euch zu helfen, egal wo ihr seid und wo ich bin. Und sorgt dafür, dass die Handys immer schön aufgeladen sind!" Sie erhob sich. „Ich muss jetzt meine Sachen holen, das Taxi wird gleich da sein. Euch beiden alles Gute, und seid vorsichtig! Ich warte auf eure Nachricht!"

Kapitel 15

Dharamsala, Indien,
Juli 2008

„Sag mal, was war das eigentlich genau für ein Ritual mit dem Stupa neulich?", wandte Fernando sich fragend an Hugh. Sie saßen zu viert in einem der kleinen Cafés in der Temple Road. Fernando und Nora hatten Hugh und Sarah am Morgen im Kloster aufgesucht, und nun feierten sie ihr Wiedersehen bei einer Tasse Tee.

Hugh zuckte die Schulter. „Ein einfaches Segensritual. Für Tibet, für die Menschen, die dort unterdrückt werden, für die Gesundheit des Dalai Lama und aller anderen Menschen."

„Und wieso mit einem Stupa?", wollte Nora wissen. Hugh warf ihr einen Blick zu. „Ach ja, der Stupa! Der Stupa ist einfach ein sehr heiliger Gegenstand, der es ermöglicht, den Segen des Rituals auf alle Anwesenden zu übertragen; ihr habt die Abschlusszeremonie ja mitgemacht."

„Was meinst du mit ‚Segen übertragen'?", fragte Fernando. „Geht der Segen vom Lama aus, der den Stupa benutzt, oder vom Stupa? Wie funktioniert das genau?"

„Der Segen ist im Stupa beziehungsweise in der in diesem eingeschlossenen Reliquie enthalten", erklärte Hugh. „Letztlich kommt er von dem religiösen Leben des heiligen Menschen, dessen Reliquie im Stupa ist. Man glaubt, dass die physische Berührung mit der Reliquie oder mit ihrem Behältnis die spirituelle Energie überträgt, die darin enthalten ist."

„Energie, hm", überlegte Fernando. „Das klingt ethisch ziemlich neutral. Was würde denn passieren, wenn jemand den Stupa für ein magisches Ritual verwenden würde, zum Beispiel um jemanden zu schädigen oder von irgendetwas abzuhalten?"

„Spirituelle Energie ist tatsächlich wertneutral", stellte Hugh fest. „Man kann mit ihr segnen, verfluchen und gegebenenfalls sogar töten. Kennt ihr die Geschichte von Milarepa?"

„Ja, natürlich", nickte Nora.

„So ungefähr", bestätigte Fernando. „Welchen Teil der Geschichte meinst du?"

„Erzähl mal!", forderte Sarah ihn auf, „Wer ist denn Milarepa eigentlich?"

„Milarepa lebte im elften bis zwölften Jahrhundert, war ein Heiliger und Tibets berühmtester Dichter. Ich meine die Geschichte von Milarepas Rache an seinen Verwandten", beantwortete Hugh beide Fragen zugleich. „Wie ihr sicherlich wisst, war sein Vater gestorben, als er noch ein Kind war, und seine Verwandten nahmen seiner Mutter ihr Grundstück und ihr Vermögen weg, so dass sie verarmte.

Als Erwachsener ging Milarepa zu einem Tantriker, der ihm Schadensmagie beibrachte. Er hat dann fünfunddreißig Verwandte durch Schwarze Magie getötet und anschließend noch die Ernte des Dorfes durch einen magisch erzeugten Hagelsturm vernichtet. Diese Art spiritueller oder magischer Energie habe ich gemeint. Er hätte mit derselben Energie auch segnen können, hat sie aber negativ angewandt. Die Motivation und entsprechend die rituelle Einbindung entscheidet, ob magische Kraft schadet oder nützt."

„Glaubst du, dass so etwas, ich meine Schadensrituale, auch heute im tibetischen Buddhismus praktiziert wird?", wollte Nora wissen.

„Natürlich. Immerhin ist es eine Möglichkeit, Feinde ohne Waffen zu besiegen. Wenn man einen wirklich schlimmen und gefährlichen Feind hat, gegen den man anders nicht ankommt – wie viele Menschen würden da nicht auch auf Milarepas Pfad gelangen? Vorausgesetzt natürlich, sie haben den Glauben an die Wirksamkeit schwarzer Magie. Dieser Glaube zumindest ist bei den Tibetern noch sehr weit verbreitet. Was natürlich nicht heißt, dass sie es alle praktizieren. Aber viele haben Respekt oder sogar Angst davor."

„Und die Zielperson eines solchen magischen Angriffs? Muss die auch an die Wirksamkeit solcher Praktiken glauben?", erkundigte sich Fernando.

„Meines Wissens ist das nicht unbedingt notwendig", erwiderte Hugh. „Aber genau weiß ich es nicht. Da der tibetische Buddhismus ja bis vor Kurzem nach außen isoliert war, hat es noch gar nicht so sehr viele Gelegenheiten gegeben, magische Rituale auf Nichtbuddhisten zu richten, und wer so etwas versucht hat, hat wohl kaum darüber gesprochen."

„Da kann man ja froh sein, dass der Dalai Lama und die anderen Führer des tibetischen Buddhismus friedliche Absichten hegen", meinte Sarah.

„Ja, aber wäre das nicht eine Supermöglichkeit? Die Chinesen mit schwarzer Magie aus dem Lande zu werfen?" Fernando gefiel sich in der Rolle des Advocatus Diaboli.

„Wenn das wirklich so einfach möglich wäre, hätte es bestimmt schon jemand gemacht", gab Nora zu bedenken. „Immerhin haben die Menschen auch während des chinesischen Überfalls 1950 überall Gebetsmühlen gedreht, Rituale und Wunschgebete abgehalten. Aber das hat die chinesische Armee nicht im Mindesten aufgehalten."

„Andererseits: Wenn es Wirkungen auf die Chinesen gegeben hätte, hätte sie ja niemand als solche identifiziert", wandte Hugh ein. „Und genauso ist es heute: Wenn plötzlich jemand stirbt, wenn eine politische Entscheidung anders fällt als erwartet – wie können wir denn wissen, ob magische Einflüsse dahinterstecken oder nicht? Ich denke, dass das Potenzial dieser Praktiken vielleicht noch gar nicht ausgelotet worden ist."

„Also du meinst, dass es möglich wäre, das Tibetproblem mit magischen Mitteln zu lösen oder wenigstens zu beeinflussen?", bohrte Fernando.

„Warum nicht? Die Werkzeuge dazu liegen vor. Lamas, die die Fähigkeit haben, gibt es auch. Alles andere wäre eine Frage der praktischen Erprobung."

„Und würdest du das für gut halten?", fragte Nora.

„Gut? Worauf es ankäme, wäre, ob es wirkt. Wer würde sich nicht wünschen, dass die Tibeter wieder frei werden?"

„Aber du vergisst", wandte Fernando ein, „dass Milarepa einen großen Teil seines Lebens mit Bußritualen verbringen musste, weil er seine Verwandten getötet und damit viel Schuld auf sich geladen hatte! Würde das nicht auch heute so sein?“

Hugh zuckte die Schultern. „Vielleicht gibt es Tibeter, die bereit wären, negatives Karma auf sich zu laden, um ihr Volk zu retten. Denen die eigene weiße Weste nicht so wichtig ist wie das Wohl der Menschen, für die sie sich einsetzen.“

* * *

„Was haben wir jetzt eigentlich erfahren?“ Nora hatte sich mit Fernando wieder einmal in der kleinen Konditorei niedergelassen, wo sie sich mit Kaffee und Schokoladentorte stärkten.

„Na, zum Beispiel dies: Hugh glaubt anscheinend an schwarze Magie und hält sie für ein adäquates Mittel gegen die Chinesen“, schlug Fernando vor.

„Und mit den Lamas, die so etwas machen könnten, hat er schätzungsweise auch oder vor allem seinen Lama gemeint“, ergänzte Nora.

„Machen könnten? Vielleicht ist Kelsang Tsering ja längst damit beschäftigt, es zu machen.“

„Das ist nicht auszuschließen.“

Beide tranken nachdenklich ihren Kaffee und erwogen diese Möglichkeit.

„Kelsang Tsering war mir schon irgendwie unheimlich, als ich ihn traf“, sagte Nora nachdenklich. „Wer weiß, vielleicht ist er diese Art religiöser Charismatiker, der die Leute durch sein attraktives Wesen an sich bindet und dann ins Negative zieht.“

„Hat er dann etwas mit Damians Tod zu tun?“

„Und mit dem Diebstahl des Stupas?“ Nora dachte einen Augenblick nach und fuhr dann fort: „Also jetzt mal systematisch: Welche Informationen haben wir? Wir wissen fast sicher, dass der Stupa hier in Kelsang Tserings Kloster ist. Wir wissen, dass man großen Aufwand betrieben hat, um ihn hierher zu bekommen, dass er also sehr wichtig sein muss. Wir wissen, dass man diesen Stupa für schwarzmagische Rituale verwenden könnte. Wir kennen die entsprechenden Texte, und wir wissen von Kelsang Tserings Mitarbeiter Hugh, dass er sich solche Rituale bei seinem Lehrer vorstellen kann. Ist des Rätsels Lösung somit darin zu suchen, dass Kelsang Tsering den Stupa aus Deutschland hat holen lassen, um ein besonders wirkungsvolles schwarzmagisches Ritual gegen die Chinesen zu veranstalten?"

„Das klingt schon abenteuerlich, nicht wahr? Aber danach sieht's aus, würde ich sagen." Fernando leerte seine Kaffeetasse.

„Dann wäre das Friedensritual neulich mit dem Stupa also nur ein Ablenkungsmanöver von dem eigentlichen Ritual gewesen?", überlegte Nora. „Sollte es in Wirklichkeit um so eine Art Geheimritual gehen, von dem nur die direkten Teilnehmer etwas wissen?"

„Das müssten wir herausfinden. Ich glaube, ich könnte Hugh nochmal fragen, ob das, was er gesagt hat, nur allgemeine Überlegungen waren oder ob sein Lehrer so etwas tatsächlich praktiziert. Nach unserem Gespräch wäre eine solche Frage wohl unverfänglich, oder? Was meinst du?"

„Du bist ja schon richtig angesteckt von dieser Stupa-Geschichte, merkst du das?" Nora warf Fernando einen amüsierten Blick zu. „Gestern wolltest du noch abreisen."

„Stimmt. Aber der Hauptgrund bist du. Solange ich nicht weiß, dass du in Sicherheit bist … Immerhin war ich derjenige, der dich auf den Stupa aufmerksam gemacht hat und damit sozusagen verantwortlich für die Gefahr ist, in der du jetzt steckst.“ Er legte kurz den Arm um Nora und drückte einen Kuss auf ihre Wange.

Nora fand die Magie, die Fernando auf sie ausübte, plötzlich viel realer als alle noch so gruseligen schwarzmagischen Rituale. Sie versuchte, sich zu konzentrieren.

„Warum findest du es eigentlich gar nicht mehr gefährlich, Hugh das zu fragen?“

„Ganz einfach. Ich hatte bei dem Gespräch heute Morgen den Eindruck, dass es ihm gar nicht unlieb war, mit uns über dieses Thema zu reden. Ich hatte regelrecht das Gefühl, dass es ihm Spaß machte, als Experte für dunkle Kulte aufzutreten und uns mit Details zu schocken. Gar nicht, als hätte er etwas zu verbergen. Daher denke ich, dass ich ihn gefahrlos nochmal danach fragen kann, wenn ich ihn sehe.“

„Ich hatte ein ähnliches Gefühl heute Morgen.“

„Soso, du hast also ähnliche Gefühle wie ich“, flapste Fernando. „Darf ich das mal genauer nachprüfen?“

„Vielleicht erhältst du die Gelegenheit dazu eher, als du denkst!“ Nora reagierte prompt. „Komm, lass uns gehen.“ Ihr Inneres stand in Flammen.

„Wohin?“

„Keine Sorge, ich werde dir jetzt nicht vorschlagen, ins Hotel zu gehen, um … na ja, du weißt schon“, zitierte Nora grinsend. „Wie wäre es mit einem Ausflug nach Bhagsu?“

* * *

Leise erhob sich Nora aus ihrem Bett im Panorama-Zimmer. Es war fünf Uhr nachmittags. Fernando lag da und schlief. Aber sie war hellwach, und ihr waren gerade die tibetischen Texte aus Gönpoling eingefallen, die sie von Tenzing Dölkar bekommen hatte. Am Abend zuvor hatte sie sie nur flüchtig durchgesehen. Leise streifte sie ihre Kleidung über, denn es begann, schnell kühl zu werden, wie immer, wenn die Sonne hinter den Bergen verschwunden war. Dann knipste sie die Schreibtischlampe an. Den Computer ließ sie unbenutzt, weil sie Fernando nicht wecken wollte.

Die Texte beschrieben Rituale, vermittels derer man Menschen töten, unterwerfen, von Vorhaben abhalten oder nach Belieben schädigen konnte, auch Dinge wie Liebeszauber waren dabei. Es waren jene Rituale, von denen Tenzing Dölkar gesagt hatte, dass die meisten Lamas sie ablehnten. Nach dem Gespräch mit Hugh fand Nora die Abwehr- und Unterwerfungsrituale besonders interessant. Sie übersetzte die entsprechenden Passagen und war gerade beim letzten Absatz, als Fernando plötzlich hinter ihr stand.

„Langsam verstehe ich deinen Mann. Deine Liebe zur Wissenschaft ist ja wirklich wie ein Nebenbuhler.“ Er küsste sie in den Nacken und blickte über ihre Schulter auf die ausgebreiteten tibetischen Texte.

„Bist du etwa eifersüchtig?“ Nora lachte, obwohl sie tief im Innern ein wenig ängstlich war. Die Anspielung auf Michael hatte sie getroffen.

„Du glaubst doch nicht wirklich, dass ich ein paar Seiten Tibetisch als echte Konkurrenz empfinde? So ernst war's nicht gemeint. Allerdings leide ich gerade jetzt an massiven Entzugserscheinungen, was dich betrifft. Und kalt ist mir ohne dich auch.“ Er war schon wieder unter der Decke.

„So? Dann muss ich ja wohl mal vorbeikommen?“

„Ich bitte darum.“

* * *

„Fernando?“ Nora stand vor dem Panoramafenster und starrte nachdenklich auf die dunkle Bergwand gegenüber. Es war Morgen, und die Sonne hatte gerade begonnen, hinter dem Berg hervorzukommen, dessen sonnenabgewandte Seite aber noch in tiefdunklem Schatten lag.

„Ja, meine Liebste?“ Fernando kam vom Nachbarraum herüber.

„Es gibt etwas, das mich sehr beunruhigt.“ Nora sprach langsam und nachdenklich. „Wird nicht ein Unternehmen wie das, das wir Kelsang Tsering unterstellen, die gewaltfreien Aktionen der Tibeter gegen die chinesische Unterdrückung unterminieren? Ist das nicht etwas, das die Moral der Tibeter schädigen könnte? Stell dir doch mal vor, diese Ideen werden bekannt!“

„Meinst du, dass die Mehrheit der Tibeter sich von solchen Aktivitäten anstecken lassen wird? Aber wird Kelsang Tsering sie überhaupt öffentlich zugeben, solange der Dalai Lama so eindeutig für Gewaltlosigkeit in jeder Form eintritt, wie er es tut?“

„Vielleicht werden die Ideen nicht öffentlich propagiert, sondern nur an diejenigen weitergegeben, die man für empfänglich hält. Auch das würde ja die Politik des Dalai Lama unterlaufen.“

„Das stimmt natürlich. Aber was können wir dagegen tun?“

„Meinst du, es hätte Sinn, dem Dalai Lama Informationen über Kelsang Tserings Pläne zukommen zu lassen?“

„Was willst du ihm denn mitteilen? Das Problem ist, dass wir doch gar nichts Genaues wissen. Wir haben lediglich einen Verdacht, der auf den Äußerungen eines einzigen Menschen basiert, nämlich Hugh. Ob er seinen Lama wirklich richtig einschätzt, wissen wir ebenso wenig sicher, wie ob der Stupa in der Tat der aus Marburg gestohlene ist oder nicht. Wenn wir dem Dalai Lama eine Mitteilung zukommen lassen und sich dann alles als Irrtum erweist, nützen wir damit niemandem, sondern säen nur Misstrauen zwischen den Tibetern."

„Da hast du recht", pflichtete Nora ihm bei. „Also müssen wir Beweise suchen. Das Wichtigste ist wohl, den Stupa zu identifizieren. Wollen wir vielleicht nochmal ins Kloster gehen und versuchen, ihn dort zu finden? Wenn die schwarzen Zeichen wirklich mit der Inventarnummer aus Marburg identisch sind, wäre das ein Beweis. Das würde auch unsere anderen Annahmen wahrscheinlicher machen." Sie hatte ihre Mappe mit den Aufzeichnungen in der Hand und prüfte die Nummer nach. „NPG 3681", sagte sie. „Merkst du dir das bitte auch?"

Fernando nickte. „Unter welchem Vorwand wollen wir Hugh aufsuchen?"

„Müssen wir überhaupt direkt zu ihm? Vielleicht reicht es, einen normalen Klosterbesuch zu machen und Hugh erst vorzuschieben, wenn wir gefragt werden, was wir da wollen. Wir wissen ja nicht genau, wo er wohnt, und könnten unter diesem Vorwand zumindest so lange herumsuchen, bis uns jemand anspricht."

* * *

Die Hauptgeschäftsstraße von Dharamsala zeigte die übliche Betriebsamkeit. Autos schoben sich hupend durch die Menschenmassen, und Hunde warteten bis zum letzten Augenblick, um vor einem langsam auf sie zukommenden Fahrzeug das Weite zu suchen. Nora und Fernando waren auf dem Weg zu Kelsang Tserings Kloster. Plötzlich sahen sie Hugh vor sich. Er ging in dieselbe Richtung wie sie und war in Begleitung eines jungen Tibeters in Jeans und mit kurz geschnittenem Haar. Ein paar Meter vor dem Bushalteplatz bogen die beiden nach rechts ab und verschwanden in einem Hauseingang.

„Gut“, sagte Nora. „Wenn wir ihn gleich im Kloster suchen, wird er nicht da sein. Das gibt uns mehr Zeit, uns umzuschauen.“

Zehn Minuten später waren sie am Kloster eingetroffen und begaben sich zuerst zum großen Tempelraum. Nora zog zwei Khataks, weiße tibetische Zeremonialschleier, aus der Tasche und gab Fernando den einen, damit sie beide als einfache fromme Tempelbesucher glaubwürdiger wirkten. Ohne Schuhe durchquerten sie den dämmrigen Versammlungssaal mit seinen roten Säulen. Reihen von Sitzkissen zogen sich durch den Raum, vom Eingangsbereich auf den Altar zu. Neben manchen Plätzen lagen Musikinstrumente, vor anderen standen kleine Tischchen mit aufgeschlagenen tibetischen Texten. Im Altarbereich befand sich der überlebensgroße goldene Buddha, den sie schon bei Kelsang Tserings Stupa-Ritual gesehen hatten, und davor stand ein Reismandala von einem guten halben Meter Höhe, ein pyramidenförmiger Haufen von Reiskörnern, die von konzentrischen, nach oben hin kleiner werdenden Metallringen gehalten wurden. Gläubige hatten Geldscheine und Münzen in den Reis hineingesteckt.

Nora und Fernando umrundeten den Altar und suchten ihn mit den Augen ab. Von dem engen Gang hinter dem großen goldenen Buddha, der die Umkreisung des Altarbereichs im Uhrzeigersinn ermöglichte, zweigte in einer Ecke ein schmaler, von einem bestickten Türvorhang verdeckter Durchgang ab. Vorsichtig schob Nora den Vorhang zur Seite. Ein kleiner Nebentempel mit einem Altarschrein kam zum Vorschein. Hinter den verglasten Türen des Altars waren verschiedene Götterfiguren zu erkennen. Einen

Stupa sahen sie nicht, und es gab in dem ganzen Raum auch keinen Ort, wo er versteckt sein konnte.

„Wir müssen woanders weitersuchen", meinte Nora. Zusammen verließen sie das Gebäude und blickten sich im Klosterhof um. Schräg gegenüber sahen sie eine rote, von einem bunt bemalten Rahmen eingefasste Tür. Sie war angelehnt und gab, als Fernando leicht an ihr zog, den Blick in einen weiteren dunkelrot dämmrigen Versammlungsraum frei. Vor der gegenüberliegenden Wand befand sich ein Altar mit einem weißen Gebilde darauf. Als Fernando und Nora sich ihm näherten, sahen sie, dass es sich um einen Gegenstand handelte, der selbst unsichtbar war, weil Gläubige ihn über und über mit Khataks bedeckt hatten. Ein kleiner Teil eines erhobenen schwarzen Armes ragte daraus hervor. Die Gottheit, offenbar eine zornvolle Erscheinungsform, galt vielleicht als wundertätig, weil so viele Gläubige ihr Khataks dargebracht hatten. Auch Nora legte nun ihren Khatak dazu, und Fernando tat es ihr gleich.

„Was das wohl für eine Gottheit ist?", murmelte Nora. Vorsichtig schob sie die Khataks an der Stelle zur Seite, wo sie den Kopf der Gottheit vermutete. Ein zorniges schwarzes Gesicht mit aufgerissenen rollenden Augen, gesträubtem Haar und gefletschtem Raubtiergebiss kam zum Vorschein. Auf dem Kopf der Gottheit befand sich eine Krone aus fünf in einer Reihe angeordneten Menschenschädeln, deren Weiß sich gespenstisch von dem schwarzen Gesicht abhob. Die rechte Schulter unterhalb des Gesichtes zeigte drei Armansätze: Die Gottheit war sechsarmig.

„Natürlich! Mahakala!" Nora hatte begriffen. „Fernando, der Stupa muss irgendwo hier sein. Mahakala ist die Gottheit der Ritualtexte, die mir Tenzing Dölkar gegeben hat. Könntest du bitte am Eingang Wache stehen? Ich will nicht erwischt werden. Wenn jemand kommt, huste bitte laut, ja?“

Fernando nickte und stellte sich am Eingang so auf, dass er sehen konnte, wenn jemand im Begriff war, den Schreinraum zu betreten. Nora suchte schnell den Altar ab, sie sah aber gleich, dass der Stupa sich dort nirgends befand. Dann versuchte sie, die Schranktüren des unteren Altarteiles zu bewegen. Sie öffneten sich leicht und gaben den Blick auf allerhand Kultgeräte frei, von Butterlampen bis zu stumpfen Dreikant-Ritualdolchen aus Holz oder Metall. In einem Teil des Schrankes lagen tibetische Bücher, die in gelben, zusammengebundenen Stoff eingeschlagen waren. Ein Stupa war zwischen den vielen kleinen Gegenständen nicht zu sehen und konnte sich auch nicht unter ihnen verbergen.

„Fehlanzeige“, murmelte Nora. Sie sah sich in dem Raum um. Wo konnte der Stupa nur sein? Da hustete Fernando laut. Nora zuckte zusammen, drehte sich schnell zum Altar und begann mit Niederwerfungen. Ein junger Mönch kam herein, holte etwas aus dem Altarschrank und entfernte sich wieder. Sobald er fort war, setzte Nora ihre Suche fort, blieb aber erfolglos. Der Stupa war nicht da. Eine kleine Tür an der Wand hinter dem Altar erwies sich als abgeschlossen. Wieder hustete Fernando, und gleich danach hörte sie, wie er laut Hugh begrüßte. Sie beeilte sich, die Tür zu erreichen.

„Hallo, seid ihr zur Mahakala-Puja da?“ Hugh war offenbar gerade von seinem Treffen in der Hauptstraße zurückgekommen.

„Mahakala-Puja?“, wiederholte Fernando.

„Jeden Tag um vier Uhr nachmittags“, erläuterte Hugh.

„Ein großes Verehrungsritual für Mahakala. Mönche und Laien versammeln sich im Mahakala-Tempel und beten eine halbe Stunde lang. Es wird immer sehr laut, weil Mahakala laute Instrumente mag, vor allem Becken. Bleibt doch da, dann erlebt ihr es. Mich beeindruckt es immer noch, jedes Mal wieder."

„Wozu dient diese Puja?"

„Mahakala ist der Schutzgott unseres Klosters", erklärte Hugh.

„Ach so. Ja, wir bleiben gern, nicht wahr, Nora?"

„Dann setzt euch doch schon mal rein. In zehn Minuten geht's los. Ihr dürft euch auf die Kissen an der Wand setzen. Die Kissen im mittleren Bereich sind für die Mönche reserviert."

Der Mahakala-Tempel war der dämmrige Schreinraum, in dem sie gerade die Mahakala-Figur gefunden hatten. Als sie ihn wieder betraten, sahen sie, dass bereits einige Gläubige an der Wand Platz genommen hatten. Direkt beim Eingang saß ein alter Mann, der unablässig seine Gebetsmühle bewegte. Sein freundliches, humorvolles Gesicht war von Tausenden Runzeln durchzogen. Etwas von ihm entfernt hatten sich einige junge Westler niedergelassen. Die Sitzreihen in der Mitte des Raumes, direkt vor dem Altar, waren, wie Hugh gesagt hatte, von Mönchen besetzt.

Nora zog Fernando zu einer Stelle an der linken Wand, die etwas näher an den vorderen Mönchsplätzen war. Sie setzten sich. Nora blickte zum Altar und erstarrte: Direkt vor der von Khataks verhüllten Mahakala-Figur, die sie vorhin untersucht hatte, stand der goldene Stupa.

Kapitel 16

Dharamsala, Indien,

Juli 2008

Die Rezitationen zu Ehren Mahakalas begannen, von lauten Beckenschlägen und sonoren Trompetentönen halb begleitet und halb unterbrochen. Das Ritual war tranceinduzierend und zugleich irgendwie aufwühlend.

Nora bemühte sich fieberhaft um Konzentration. Sie musste unbedingt in Erfahrung bringen, woher der Stupa gekommen war und wohin er nach dem Ritual wieder gebracht werden würde. Etwa hinter die abgeschlossene Tür im Altarraum? Sie stieß Fernando an. „Wir müssen mitbekommen, wohin sie den Stupa hinterher bringen", flüsterte sie. Er nickte.

Mit lauten metallischen Schlägen endete die Mahakala-Puja. Die Mönche erhoben sich und verließen nacheinander den Raum. Der junge Mönch, den Nora schon vorhin im anderen Tempelraum gesehen hatte, trat auf den Altar zu, hüllte den goldenen Stupa in einen Khatak und hob ihn hoch. Dann trug er ihn zu der Tür hinter dem Altar, schloss mit einem alten rostigen Schlüssel auf und verschwand in einem dunklen Raum. Kurze Zeit später kam er ohne Stupa zurück. Nora hatte sich erhoben und war auf dem Weg zum Altar, um den Mönch anzusprechen, da hörte sie ein Geräusch an der Tür und gleich darauf Fernandos heftiges Husten.

Am Eingang stand Hugh. „Nanu, was macht ihr denn noch hier? Ich dachte, ihr seid schon weg. Hättet ihr Lust auf eine Tasse Buttertee in meiner bescheidenen Klosterzelle?"

Fernando und Nora verständigten sich mit einem schnellen Blick durch den Raum: Mit weiteren Nachforschungen war es nun erst mal vorbei. Sie dankten Hugh und folgten ihm zu einem etwas abseits gelegenen, mehrstöckigen Gebäude, dem Gästehaus des Klosters. Er führte sie die Treppe hinauf, in einen kleinen, sparsam möblierten Raum im ersten Stock. „Setzt euch schon mal, ich bin gleich wieder da“, kündigte er an und verschwand.

Die beiden setzten sich auf die einzige Sitzgelegenheit des Raumes, eine auf dem Boden liegende Matratze, die mit einem dunkelroten Tuch bedeckt war. Als Nora die Beine ausstreckte, merkte sie, dass ihr Fuß ins Rutschen kam, weil unter ihrer Schuhsohle ein Blatt Papier hängen geblieben war. Sie hob es auf, um es auf den niedrigen tibetischen Tisch zu legen, der neben dem Kopfende des Bettes stand. Dabei sah sie, dass oben auf dem Blatt die Silhouette zweier gekreuzter Gewehre abgebildet war. Das war merkwürdig. Unwillkürlich nahm sie das Papier wieder hoch und wollte es lesen, aber der Text war in einer Schrift abgefasst, die sie nicht entziffern konnte; es sah wie Arabisch aus. Nur direkt unter der Abbildung standen drei lateinische Großbuchstaben: „U L A“.

„Fernando, kannst du das lesen?“

Fernando nahm das Schriftstück in die Hand. „Ja, das ist Urdu. Oder nein – es ist zwar dieselbe Schrift, aber die Sprache kenne ich nicht; es gibt ja Dutzende verschiedener Sprachen, die in arabischer Schrift geschrieben werden. Merkwürdig!“

„Was ist merkwürdig an der Schrift?“

„Nicht an der Schrift, sondern an dem Bild. Warum finden wir ein Papier mit Gewehren darauf in einem buddhistischen Kloster?“ Fernando schüttelte den Kopf.

„Ärgerlich, dass wir den Text nicht lesen können.“ Nora faltete das Papier mit entschlossenem Gesichtsausdruck zusammen und steckte es in ihre Handtasche.

In diesem Augenblick kam Hugh mit einem kleinen Tablett zurück, auf dem drei Tassen Buttertee standen.

Nora nippte vorsichtig an dem heißen Getränk. „Hugh", sagte sie langsam, „wie denkst du eigentlich über Gewalt?" Der Angesprochene warf ihr einen schnellen, misstrauischen Blick zu. „Was meinst du damit?"

„Nun, wir haben uns doch letztens über magische Praktiken unterhalten, die mehr oder weniger auf Gewalt hinauslaufen. Wenn ein gegen die Besatzer gerichtetes magisches Ritual erlaubt ist, könnte man es dann nicht genauso rechtfertigen, mit direkter Waffengewalt gegen die Chinesen vorzugehen?"

„Ich denke schon. Worauf willst du hinaus?" Hugh schaute immer noch ein wenig misstrauisch.

„Ich frage mich nur: Wie lässt sich beides mit dem Buddhismus vereinbaren?"

„Bei der Gewalt anderer gegen Dritte zuzusehen und nicht einzuschreiten", begann Hugh etwas oberlehrerhaft, „ist letztlich auch Gewalt. Du musst dich entscheiden, ob du lieber chinesische Gewalt gegen Tibeter oder aber tibetische Gewalt gegen Chinesen mitansehen willst, ohne einzugreifen. In beiden Fällen – in beiden! – wirst du mitschuldig an der Gewalt. Das gilt auch für den Dalai Lama mit seiner Friedenspolitik. Die Gewalt gegen die vielen Unschuldigen in Tibet kann er nämlich damit, dass er jegliche Gewalt gegen die Chinesen ablehnt, in keiner Weise verhindern, und daher ist er genauso mitschuldig daran wie jeder andere, der zusieht, ohne etwas zu tun. Ethisch ließe sich bewaffneter Widerstand mindestens ebenso sehr rechtfertigen wie das tatenlose Zusehen."

„Aber ist das nicht Selbstmord? Sechs Millionen Tibeter gegen eineinhalb Milliarden Chinesen?"

„Die Frage ist, ob der Status quo nicht genauso zum Selbstmord führt. Bereits jetzt ist Tibet mehrheitlich chinesisch besiedelt, und die Chinesen fahren fort, das Land zu überschwemmen wie eine Heuschreckenplage, während die Tibeter immer mehr an den Rand der Gesellschaft gedrängt werden. Wenn das so weitergeht, wie lange wird es das tibetische Volk dann noch geben? Auch ohne Waffen können die Chinesen die Tibeter auf diese Weise sehr gut ausrotten, langfristig gesehen."

„Würdest du in einem bewaffneten Kampf mitmachen?", wollte Nora wissen.

„Es gibt ihn ja nicht."

„Und wenn es ihn gäbe?"

„Vielleicht. – Übrigens, in vier Tagen findet wieder ein großes Ritual mit dem Stupa statt. Es wird für den Frieden in Tibet und die Überwindung der chinesischen Gewaltherrschaft gebetet."

„Und für den Sieg über die Chinesen?"

Hugh musterte sie mit einem undeutbaren Gesichtsausdruck. „Du glaubst einfach nicht an die Macht der Gebete, nicht wahr?"

„Was ich glaube, ist doch gar nicht das Thema. Mich würde einfach nur interessieren, ob es unter der Leitung deines Lama die gegen Feinde gerichteten Unterwerfungsrituale geben könnte, über die wir zuletzt geredet haben."

„Offiziell bestimmt nicht."

„Und inoffiziell?"

„Tut mir leid", Hughs Gesichtsausdruck wurde abweisend. „Auch ich bin nicht in alle Geheimnisse meines Lehrers eingeweiht."

„Aber du kannst es dir vorstellen?"

Hugh überlegte einen Augenblick. „Ja“, sagte er dann in einem Ton, der weitere Fragen ausschloss.

„Jetzt weiß ich langsam“, resümierte Nora am selben Abend, als sie mit Fernando alleine war, „warum Kelsang Tsering mir von Anfang an so unheimlich war.“

* * *

„Glaubst du eigentlich an die Wirksamkeit von Schwarzer Magie?“, fragte Nora am nächsten Morgen Fernando beim Frühstück, „Können die mit solchen Ritualen wirklich was Schlimmes anstellen, oder ist das nicht eher Selbst-Suggestion?“

„Schwer zu sagen“, grübelte Fernando. „Ich habe so was noch nie ausprobiert … Andererseits: Warum hat uns Tenzing Dölkar dann gesagt, dass der Dalai Lama die Verbreitung dieser Rituale nicht wünscht? Er hält sie offensichtlich doch für gefährlich, oder?“

„Zumindest ist die dahinterstehende Geisteshaltung, anderen schaden zu wollen, den Intentionen des Dalai Lama völlig entgegengesetzt“, meinte Nora. „Wenn es an die Öffentlichkeit käme, dass Angehörige des tibetischen Buddhismus, beziehungsweise sogar derselben Schule, der auch der Dalai Lama angehört, Schadensmagie gegen die Chinesen vollziehen, dann würde das dem Ansehen Seiner Heiligkeit mit Sicherheit großen Schaden zufügen. Schließlich beruht sein Ruf vor allem auf seiner Glaubwürdigkeit.“

„Das ist wohl wahr“, räumte Fernando ein. „Andererseits wissen wir von Kelsang Tserings Intentionen nur durch Hughs Äußerungen. Nur Hugh hat uns gesagt, dass er sich seinen Lama bei schwarzmagischen Ritualen vorstellen kann. Ansonsten wissen wir zwar von den Mahakala-Texten aus Gönpoling und von Kelsang Tserings Verbindung dorthin, aber reicht das als Beweis dafür, dass er sie wirklich anwendet?“

„Nein, tut es nicht“, stimmte Nora zu. „Also bleibt es dabei: Wir unternehmen erst mal nichts, selbst wenn sich alle unsere Vermutungen als wahr erweisen sollten. Aber wohl ist mir bei dem Gedanken auch nicht.“

Sie öffnete ihre Handtasche und zog ein Taschentuch heraus. Dabei fiel ein zerknittertes Stück Papier auf den Boden, und sie hob es gedankenlos hoch, um es wieder einzustecken. Dabei durchfuhr es sie: „Fernando, der Zettel von Hugh! Was hat es damit eigentlich auf sich?“ Sie breitete das Papier auf dem Tisch aus. Beide starrten auf die gekreuzten Gewehre und die arabischen Schriftzeichen des Textes, dessen Sprache sie nicht kannten.

„U – L – A“, murmelte Nora nachdenklich. „Was das wohl heißt? Mit Urdu hat es ja offenbar nichts zu tun. Wollen wir mal im Internet schauen, ob sich diese Abkürzung nicht auflösen lässt? Vielleicht erfahren wir dann auch, welche Sprache es ist.“

* * *

Nachdem sie ein Internet-Café aufgesucht hatten, war das Rätsel schnell gelöst.

„ULA ist die Abkürzung von ‚Uyghur Liberation Army‘, stellte Nora fest. „Hier steht, dass die ULA eine Untergrundorganisation in dem chinesischen Teilstaat Xinjiang oder Ostturkestan ist, die nach chinesischen Quellen Terrorakte gegen das chinesische ‚Mutterland‘ verübt. Erst kürzlich sollen in der mehrheitlich uigurischen Stadt Kaschgar etliche chinesische Polizisten bei einem Anschlag der ULA ums Leben gekommen sein.“

„Das passt ja.“ Fernando saß neben Nora an einem weiteren Computer. „Allerdings ist hier in einem Artikel von ‚Amnesty International‘ vermerkt, dass diese angeblichen Terrorakte der ULA zum großen Teil von der chinesischen Regierung erfunden worden seien. China will offenbar den amerikanischen ‚Krieg gegen den Terror‘ ausnutzen, um die Unterdrückung von nationalen Minderheiten auf dem eigenen Staatsgebiet zu legitimieren.“

„Das steht auch auf der Homepage der ‚Internationalen Gesellschaft für Menschenrechte‘, bestätigte Nora. „Die meisten angeblichen Terrorakte der ULA scheinen nicht durch unabhängige Beobachter belegt worden zu sein. Aber was bedeutet das dann, dass dieser Zettel den Namen der ULA zusammen mit zwei Gewehren abbildet?“

„Es gibt eine ganze Reihe von terroristischen Gruppierungen, die ein oder zwei Gewehre als Teil ihres Wappens haben“, murmelte Fernando, der gerade eine Datenbank mit solchen Symbolen aufgerufen hatte. „Zum Beispiel die ‚Hamas‘ in Palästina oder die ‚Liberation Tigers of Tamil Eelam‘ in Sri Lanka. Also könnte das heißen, dass die ULA eben doch gewaltbereit ist, oder vielleicht auch, dass es sich um eine andere gewaltbereite Gruppe desselben Namens handelt.“

„Das finden wir wahrscheinlich nur heraus, wenn wir wissen, was im Text auf diesem Zettel steht. Fragt sich bloß, wie wir hier jemanden auftreiben sollen, der Uigurisch kann.“

Fernando blickte auf. „Sag mal, heißt das jetzt eigentlich, dass Hugh beziehungsweise Kelsang Tsering den bewaffneten Widerstand gegen die Chinesen unterstützen? Vielleicht sogar in Zusammenarbeit mit bewaffneten uigurischen Widerstandsgruppen? Oder aus welchem Grund sollte Hugh sonst ein solches Schriftstück bei sich haben? Denn dass jemand, der dieses Symbol benutzt, so friedlich ist, wie ‚Amnesty' die offizielle ULA einschätzt, glaube ich nicht."

Nora zuckte mit den Schultern. „Dass uigurische und tibetische Befürworter eines gewaltsamen Kampfes sich zusammentun, wäre doch denkbar, oder? Würde mir ganz plausibel vorkommen, denn der Feind ist ja derselbe! Es wäre auch nicht das erste Mal, dass scheinbar ganz friedliche religiöse Leute plötzlich auf Waffengewalt schwören. Aber bevor wir weiterreden: Lass uns das hier mal lieber beenden und gehen." Sie schloss die aufgerufenen Internet-Seiten und stand auf, um zu bezahlen.

Fernando verstand. Es war unvorsichtig, diese Dinge an einem Ort zu diskutieren, der so wenig gegen unliebsame Zuhörer geschützt war wie dieses Internet-Café. Er folgte ihr nach draußen und schlug einen Spaziergang vor.

„Eins ist mir nicht ganz klar", überlegte Nora, als sie sich auf einer nicht so stark benutzten Seitenstraße befanden, „woher wissen wir eigentlich, dass das nicht einfach nur ein Flugblatt ist, das Hugh zufällig irgendwo aufgegabelt hat?"

„Das ist natürlich richtig. Woher wissen wir das?"

„Wir müssen also doch versuchen, diesen uigurischen Text zu entziffern. Oder warte …", Nora dachte einen Augenblick nach. „Sag mal, was war das eigentlich neulich nachts am Kloster, als wir unseren Vollmondspaziergang machten?"

„Was genau meinst du?" Fernando ergriff ihre Hand. „Ich erinnere mich an eine ziemlich romantische Begegnung. Wer war nur gleich die schöne Frau, mit der ich da zusammen war?"

Nora lachte und drückte ihm einen flüchtigen Kuss auf die Wange. „Ganz zu schweigen von einem äußerst attraktiven Mann! Aber danach? Erinnerst du dich an das merkwürdige Auto? Was haben die da ins Kloster gebracht? Warum sind die Leute mitten in der Nacht gekommen, und warum haben sie Motor und Licht abgestellt?“

„Stimmt, das war uns ja schon damals als eigenartig aufgefallen. Aber andererseits: Wäre das nicht ein wenig viel der Zufälle? Erst finden wir das Flugblatt mit dem Aufruf zum bewaffneten Kampf, und dann stellen wir fest, dass wir völlig zufällig auch noch die dazugehörige Waffenlieferung gesehen haben …?“

„Vielleicht ist es ja gar nicht nur eine gewesen“, vermutete Nora. „Vielleicht hätten wir das in vielen anderen Nächten auch erleben können? Immerhin haben wir uns aufgrund der Zudringlichkeit eines gewissen Mannes ziemlich lange an diesem Ort aufgehalten!“ Sie sah ihn mutwillig von der Seite an.

Er erwiderte den Blick mit einer Wärme, die ihr zu Herzen ging. „Komm“, sagte er ganz ruhig, kehrte um und zog sie mit sich. In stummer Ungeduld wanderten sie zurück zum Hotel.

* * *

Nora und Fernando waren erneut zu Gast bei der Mahakala-Puja in Kelsang Tserings Kloster, um hinterher die abgebrochene Recherche fortzusetzen. Soeben war der letzte Ton der Trompeten und Becken verhallt. Der Mönch hatte den Stupa eingehüllt und ergriffen. Als er gerade hinter den Altar gehen wollte, trat Nora auf ihn zu und sprach ihn auf Tibetisch an, in der Hoffnung, dass er dann eher positiv auf ihr Anliegen reagieren würde.

„Bitte – sagen Sie, könnte ich den Ritualtext zu dieser Mahakala-Puja einmal sehen?“

Norbu, der junge Mönch, blinzelte hinter seiner Brille. Langsam bewegte er sich auf die Tür hinter dem Altar zu und lud Nora mit einer Handbewegung ein, ihm zu folgen. Mit seinem rostigen alten Schlüssel schloss er die Tür auf, die Nora beim ersten Besuch vergeblich zu öffnen versucht hatte. Sie sah, wie er den Stupa sorgfältig und liebevoll in einem Schrank verstaute.

„Den Ritualtext?", echote er. „Da müssen Sie im Klosterbüro nachfragen. Morgen Vormittag."

„Ach bitte, morgen habe ich keine Zeit. Geht es nicht, dass Sie mich schnell einen Blick in Ihr Exemplar werfen lassen? Ich bin Wissenschaftlerin und brauche nur eine kleine Information. Es wäre mir wirklich sehr wichtig, und Sie würden mir einen großen Gefallen tun. Bitte!"

Nora erreichte in gewisser Weise, was sie wollte. Der junge Mönch war so abgelenkt, dass er das alte verrostete Schlüsselbund auf dem Rückweg in seiner Robe steckenließ und die Tür nur zudrückte. Allerdings war er nicht bereit, Nora einen Blick in den Text werfen zu lassen und verwies sie erneut auf das Klosterbüro, bevor er Fernando und sie dazu nötigte, mit ihm zusammen den Mahakala-Tempel zu verlassen. Er zeigte ihnen den Eingang zum Klosterbüro. „Morgen früh!", wiederholte er.

Nora und Fernando hatten Glück. Sie sahen, wie ein Mönch aus der Tür des Klosterbüros kam. „Es muss noch offen sein." Nora schob den Türvorhang zur Seite. Tatsächlich saß noch ein Mönch im Büro und war auf Nachfrage bereit, ihnen den Mahakala-Ritualtext zu verkaufen. Als Nora den von zwei roten Pappdeckeln geschützten Blockdruck sah, wusste sie jedoch sofort, dass etwas nicht stimmen konnte. Der Text hatte viel weniger Seiten und zugleich ein kleineres Format als der Ritualtext im

Mahakala-Tempel. Nora setzte sich im Büro kurzerhand auf einen Stuhl und sah den gekauften Text durch, der wie üblich aus einzelnen Blättern bestand. Auch dies war eine Sammlung von mindestens zehn Werken, die jedoch alle laut Überschrift friedlichen und vermehrenden Ritualen gewidmet waren.

„Das ist nicht die ganze Sammlung", meinte Nora, als sie das Klosterbüro verlassen hatten und außer Hörweite des Büromönchs waren. „Lass uns nochmal zurückgehen zum Mahakala-Tempel. Ich versuche es jetzt, ohne zu fragen."

Sie schafften es, unbemerkt an den Tempeleingang und in den Mahakala-Tempel zu gelangen. „Schnell!", flüsterte Nora. „Geh in den Raum hinter dem Altar und guck in den Schrank. Hast du die Nummer im Kopf?"

„NPG 3681", zischte er und verschwand hinter dem Altar.

Nora wandte sich einem der vor den Sitzplätzen stehenden Mönchstische zu, der vom Eingang aus gesehen hinter einer Säule lag. Wenn jemand hereinkam, wollte sie Zeit haben, das Buch zu schließen, bevor sie gesehen wurde. Vorsichtig schlug sie das auf dem niedrigen Tischchen liegende Buch auf. Zunächst blätterte sie nach hinten und las das Nachwort, um eventuelle Informationen zur Geschichte der Textsammlung zu erfahren. Es war nicht schwer, festzustellen, dass auch hier von Gönpoling die Rede war, und zwar als Heimatkloster eines Mönches, der den Blockdruck der Mahakala-Textsammlung in Auftrag gegeben hatte. Seinen Namen merkte sie sich, um später in dem amerikanischen Artikel danach suchen zu können.

Der Rezitationstext, den sie vorhin im Ritual gehört hatten, war Teil einer ganzen Sammlung von mindestens dreißig bis vierzig Texten. Schnell erkannte sie, dass die gekaufte Mahakala-Textsammlung mit den ersten ungefähr hundert Seiten der im Tempel liegenden Ausgabe identisch war, aber die danach folgenden Seiten der Tempelausgabe im Kaufexemplar fehlten.

Nora versuchte festzustellen, ob die „dunklen" Werke, die sie in der LTWA-Bibliothek bekommen hatte, vielleicht auch Teil der im Tempel vorhandenen größeren Sammlung waren. Langsam und systematisch blätterte sie den gesamten Tempelband von vorn bis hinten durch und las jede auftauchende Überschrift.

Nach fünf Minuten war es klar: Mindestens einige der schwarzmagischen Stupa-Ritualtexte aus der Bibliothek, vielleicht auch Werke ähnlichen Inhalts, waren Teil der im Ritual benutzten Tempelsammlung. Und auf einem der Blätter dieses Teils war ein gut erkennbarer Fettfleck, der so aussah, als habe jemand Buttertee darauf tropfen lassen. Nora roch daran und konnte ganz schwach den typischen, leicht ranzigen Buttergeruch feststellen. Offenbar war diese Seite vor nicht allzu langer Zeit tropfendem Buttertee ausgesetzt gewesen, hatte also offen dagelegen und war somit benutzt worden – für eines jener länger dauernden Rituale, bei denen in tibetischen Tempeln Buttertee ausgeschenkt wurde.

Fernando tauchte hinter dem Altar auf. „Du wirst es nicht glauben", sagte er. „Es ist wirklich der Marburger Stupa. Ich habe die Inventarnummer gefunden. Es besteht kein Zweifel mehr."

Nora schloss das Buch. „Und ich habe die schwarzmagischen Rituale gefunden", sagte sie. „Alles Weitere später. Lass uns lieber von hier verschwinden." Sie legte das Buch genau so wieder hin, wie sie es vorgefunden hatte, steckte den gekauften Mahakala-Text in ihre Umhängetasche und wandte sich zur Tür.

Fernando sagte: „Komm doch nochmal kurz mit mir in den Nebenraum. Ich habe etwas gefunden, das ich dir zeigen will." Sie folgte ihm schnell und schloss vorsichtshalber die Tür, falls jemand in den Mahakala-Tempel kam.

„Sieh mal!" Fernando ging auf eine Seite des Raumes zu, griff nach unten, schob einen Teppich beiseite und hob eine Falltür hoch, die darunter verborgen lag. Nora war herangetreten und blickte mit Fernando zusammen in das dunkle Loch. Sie sahen nicht viel, aber was sie sahen, war eindeutig: Der unterirdische Raum war ganz offensichtlich ein Waffenlager.

Nora schluckte. „Jetzt dürfte es klar sein", flüsterte sie. In diesem Augenblick wurde außen die Tür zum Mahakala-Tempel geöffnet. Schnell und möglichst geräuschlos ließ Fernando die Falltür zurückgleiten und schob den Teppich darüber.

Nora hatte sich instinktiv hinter den Schrank zurückgezogen, in dem sich der Stupa befand. „Komm!", flüsterte sie. Doch Fernando hatte eine andere Idee.

„Bleib hier!", flüsterte er. Er verließ den Raum ganz offen, ohne auf Geräusche zu verzichten, und schloss die Tür hinter sich. Doch wer auch immer die Außentür geöffnet hatte, schien schon wieder gegangen zu sein. Nora hörte nichts außer einem leisen Geräusch, als ob die Außentür zufiel. Dann war es still. Sie wartete eine Weile, doch nichts geschah. Schließlich erhob sie sich und ging zur Tür. Als sie sie öffnen wollte, erstarrte sie: Die Tür war verschlossen.

Kapitel 17

Dharamsala, Indien,
Juli-August 2008

Nora ging zu ihrem Versteck zurück und ließ sich auf dem Boden nieder, um nachzudenken, und mehr noch, um ihre aufsteigende Panik niederzukämpfen. Was war geschehen? Wie hatte die Tür verschlossen werden können, ohne dass sie es mitbekam? Wo war Fernando, und warum kam er nicht wieder? Ihr war klar, dass sie in Gefahr schwebte, solange sie sich in diesem Raum aufhielt. Der nächste Mönch, der den Stupa für ein Ritual abholte, musste sie entdecken, und wer konnte wissen, ob man sie dann nicht für eine Diebin hielt. Noch schlimmer konnte es kommen, wenn jemand, der mit den Waffen zu tun hatte, den Raum betrat.

Ihre nächste Idee war das Fenster, das nicht allzu groß war und sich in Hüfthöhe befand. Vorsichtig öffnete sie einen Flügel und blickte hinaus. Der Hang vor dem Fenster fiel steil ab, war aber mit Bäumen bewachsen, an denen sie sich notfalls festhalten konnte. Niemand war zu sehen. Sie zögerte nicht lange, öffnete den anderen Fensterflügel, hievte sich auf das Fensterbrett, schwang die Beine nach draußen und ließ sich dann vorsichtig, mit dem Bauch zur Wand hin, nach unten gleiten. Als sie festen Boden unter ihren Füßen spürte, versuchte sie, sicheren Stand zu gewinnen. Dann schob sie die Fensterflügel, die sich, wie bei indischen Fenstern üblich, nach außen geöffnet hatten, zusammen. Es gelang ihr, beide Flügel so zu verkeilen, dass sie in fast geschlossenem Zustand verblieben und so vielleicht nicht gleich den Verdacht des diensthabenden Mönchs erregten. Je mehr Zeit zwischen ihrer Flucht und der Entdeckung des offenen Fensters vergehen würde, desto weniger würde den Mönchen die Idee kommen, das Fenster und sie miteinander in Verbindung zu bringen.

Während Nora sich nach einem erneuten Rundblick vorsichtig wieder auf den Weg in die Stadt machte, kehrte ihre Panik zurück. Was war mit Fernando? Warum war er nicht wiedergekommen? Hatte Hugh erfahren, dass sie sein Geheimnis entdeckt hatten? Was wusste Hugh über ihre, Noras, Anwesenheit im Tempel? Und vor allem, wo war Fernando jetzt? Hielten sie ihn etwa fest? Nach längerem Hin- und Herdenken kam Nora zu dem Schluss, dass es nicht klug wäre, sofort im Kloster nach ihm zu suchen. Bestimmt würde er im Laufe des Abends ins Hotel zurückkehren, falls er nicht schon dort war. Sie ging also ins *Nikhil*. Fernando war nicht da, und er tauchte nicht auf, den ganzen Abend nicht, und auch nicht bis zum Morgen. Vermutlich war er in die Gewalt derjenigen Leute gefallen, die das geheime Waffenlager unterhielten. – Hugh?

Als Nora schlaflos im Bett lag und grübelte, wurde ihr klar, dass das ein Fall für die Polizei war, ja dass sie sich möglicherweise sogar strafbar machte, wenn sie den Fund nicht meldete. Sie beschloss, gleich am Morgen zur Polizeistation von Dharamsala zu gehen. Die Polizisten würden sicherlich das Kloster durchsuchen, und vielleicht konnten sie ihr auch helfen, Fernando zu finden. Mittlerweile war sie sicher, dass ihm etwas passiert sein musste. Hätte er sonst nicht wenigstens per Mobiltelefon Kontakt zu ihr aufgenommen? Sie hatte natürlich versucht, ihn telefonisch zu erreichen, aber, wie zu erwarten, war sein Gerät abgestellt.

Zum wiederholten Male prüfte sie ihr eigenes Handy, hatte aber keine Nachricht erhalten. Schweigen. Ihre Angst um Fernando wuchs.

* * *

„Sie werden mich vielleicht für verrückt halten“, sagte Nora zu dem vor ihr sitzenden Kommissar der lokalen Polizei, „aber es ist wahr, dass mein Freund und ich gestern im Kloster von Kelsang Tsering zufällig ein Waffenlager entdeckt haben. In einem Keller unter dem Nebenraum des Mahakala-Tempels.“

DCP Mishra betrachtete die vor ihm sitzende junge Frau, die eigentlich nicht so aussah, als ob sie dazu neigte, Räuber-und-Gendarm-Geschichten zu erfinden.

„Wie kommt es, dass Sie im Nebenraum eines buddhistischen Tempels nach einer Falltür suchen?“, fragte er pragmatisch. „Das ist nicht gerade die übliche Beschäftigung für Touristen.“

„Sie haben recht“, bestätigte Nora. Sie hatte sich vorher überlegt, wie sie ihre Anwesenheit in dem Raum begründen sollte, ohne die Stupa-Geschichte preisgeben zu müssen. „Aber ich bin keine normale Touristin, sondern Tibetologin, und ich erforsche tibetische Rituale und Ritualräume. Ich hatte gehofft, in dem besagten Raum, dessen Tür unverschlossen war, noch einen weiteren Schreinraum zu finden. Die Falltür war deutlich sichtbar, auch wenn man nicht danach suchte, und mein Freund war dann neugierig genug, sie hochzuheben. Es war reiner Zufall. Wir selbst haben mit Waffen nichts zu tun und waren auch nicht auf der Suche nach solchen.“

„Hm. Wo ist Ihr Freund jetzt? Warum ist er nicht mitgekommen?“

„Das ist es ja. Ich weiß es nicht. Er ist kurz danach verschwunden, noch im Kloster, und seitdem habe ich nichts von ihm gehört oder gesehen.“

Ihre Aussage wurde schriftlich protokolliert, sie bekam sie zum Durchlesen und Unterschreiben und verließ dann die Polizeidienststelle.

* * *

Was die Polizisten von der Geschichte dachten und was sie unternehmen würden, erfuhr sie nicht. Dass sie nicht einmal aufgefordert worden war, die Polizisten zum Kloster zu begleiten und ihnen die Falltür zu zeigen, war jedenfalls kein gutes Zeichen. Oder wusste die Polizei bereits Bescheid? Beobachtete man die Machenschaften im Kloster bereits und wartete nur auf einen günstigen Zugriffszeitpunkt? Oder, was auch möglich war, beteiligte sich die lokale Polizei etwa an einer Waffenschieberei? Bei den allgemein bekannten Ausmaßen der öffentlichen Korruption in Indien hätte Nora das nicht einmal überrascht. Für Fernando und sie konnte diese Möglichkeit jedoch nichts Gutes, vielleicht sogar Gefahr von Seiten korrupter Amtsträger bedeuten, denen sie auf die Schliche gekommen waren.

Aber all diese Gedanken wurden überlagert von der einen großen Angst: der um Fernando. Wo war er, und was hatten sie mit ihm gemacht? Natürlich gab es eine Möglichkeit, die für Fernando keine unmittelbare Gefahr bedeutet hätte, nämlich dass er in Wirklichkeit ein Komplize Hughs war, sofern tatsächlich Hugh hinter der Waffensammlung steckte. Aber konnte sie sich das wirklich wünschen? Es hätte ja bedeutet, dass er all die Zeit unaufrichtig mit ihr umgegangen war, ihr die ganzen letzten Tage und Wochen Theater vorgespielt und sie in dem Glauben gewiegt hätte, in der Gewaltfrage auf ihrer Seite zu stehen, während er in Wirklichkeit die Gegner unterstützte. Und noch schlimmer: In diesem Fall wäre nicht auszuschließen, dass Fernando eine Mitschuld an der Ermordung Damians trug. Nein, so etwas konnte und durfte sie sich nicht vorstellen. Dagegen sprach auch, dass Fernando ihr das Waffenversteck aus eigenem Antrieb gezeigt hatte.

Die Alternative war jedoch fast ebenso unerfreulich, denn sie bestand offensichtlich darin, dass Fernando von unbekannten Leuten an einem unbekannten Ort gefangen gehalten wurde, und zwar höchstwahrscheinlich nicht innerhalb des Klosters, weil dort die Gefahr, von der Polizei entdeckt zu werden, zu groß war. Zumindest dann, wenn die Polizei nicht ohnehin aufseiten der Verbrecher stand.

Nora merkte, dass ihre Gedanken anfingen, sich im Kreise zu drehen. Sie musste sich bemühen, einen kühlen Kopf zu bewahren, auch wenn sie das Gefühl hatte, sich auf einen Abgrund zuzubewegen. Sie stand offenbar im Begriff, alles, wofür sie in den letzten Monaten gelebt hatte, mit einem Schlag zu verlieren. Sie wusste einfach nicht, was sie tun sollte. An wen konnte sie sich wenden, wen um Hilfe bitten, wenn die Polizei schon nicht über solch eine Wischiwaschi-Reaktion hinauskam?

Schließlich fiel ihr Susanne ein. Hatte sie Fernando und ihr nicht angeboten, ihnen zu helfen, wann auch immer sie sich bei ihr meldeten? Susannes Nummer war in Noras Mobiltelefon gespeichert. Kurz entschlossen wählte sie sie. Zehn Sekunden später war sie mit Susanne verbunden. Nora schilderte ihr kurz die Ereignisse seit ihrer Abreise und endete mit ihrer Furcht, dass Hugh mit Fernando dasselbe vorhaben könne wie mit Damian.

Susanne schwieg einen Moment. Dann sagte sie: „Ich denke, wir brauchen die Hilfe der Polizei. So weit ich weiß, gibt es zur Aufklärung von Damians Tod eine gewisse Zusammenarbeit der Berliner Polizei mit der in Delhi. Keine Ahnung, wie gut diese Kooperation ist. Aber ich denke, der Zeitpunkt ist gekommen, das herauszufinden. Ich werde Hauptkommissar Müller anrufen. Bitte bleib erreichbar, ich melde mich bei dir!"

* * *

„Da es sich bei dem mutmaßlich entführten Fernando Soares nicht um einen deutschen Staatsbürger handelt, können wir nicht selbst tätig werden." Hauptkommissar Müller hatte sich nicht lange nach Susannes Anruf telefonisch mit Nora in Verbindung gesetzt. „Andererseits scheint es so, als könnte es einen Zusammenhang zwischen dem Tod von Damian Kreuzberger und dem jetzigen Fall geben. Können Sie mir bitte die Ereignisse aus Ihrer Sicht genau schildern?"

Nora erzählte ihm alles bis ins kleinste Detail. Der Kommissar hörte ruhig zu, stellte ab und zu eine Nachfrage und sagte schließlich: „Ich hoffe, Sie haben nichts dagegen, dass ich unser Gespräch aufgezeichnet habe. Ich werde alle notwendigen Informationen an die Polizei in Delhi weitergeben."

„Wäre es möglich, dass Sie mir jemanden bei der Polizei in Delhi nennen könnten, der mit der Angelegenheit vertraut und für mich ansprechbar ist? Nur für den Fall, dass sich hier etwas zuspitzt und ich ganz schnell Hilfe brauche? Da ich, wie Sie wissen, das Gefühl habe, dass die lokale Polizei hier in Dharamsala desinteressiert oder möglicherweise sogar involviert ist, würde ich mich in so einem Fall lieber an jemanden wenden, der das Vertrauen der deutschen Polizei genießt. Natürlich will ich mich in nichts einmischen, aber ich habe das Gefühl, dass ich demnächst noch Hilfe brauchen werde."

„Da mögen Sie recht haben." Hauptkommissar Müller gab ihr eine Telefonnummer und einen Namen in Delhi. „Der Kollege hat mir versichert, dass er unter dieser Nummer im Ernstfall vierundzwanzig Stunden erreichbar ist. Ich muss Sie ja wohl nicht darauf hinweisen, dass Sie die Nummer nur in einem wirklichen Notfall einsetzen dürfen?"

„Nein, natürlich nicht", beeilte sich Nora zu versichern. Sie bedankte sich, und beide beendeten das Gespräch. Nora lernte die Nummer und den Namen auswendig und speicherte sie vorsichtshalber nicht in ihrem Mobiltelefon. Auch wenn sich an der Situation als solcher noch nichts geändert hatte, fühlte sie sich ein wenig erleichtert durch die Hilfe aus Deutschland. Sie rief Susanne nochmal an und bedankte sich bei ihr.

* * *

Fünf Tage vergingen, ohne dass irgendetwas geschah. Weder hörte Nora von Fernando noch von der Polizei. Ein erneuter Besuch bei der lokalen Polizeidienststelle resultierte in wenig mehr als unwissendem Schulterzucken des zuständigen Beamten. Auf das Waffenarsenal im Kloster ging er gar nicht ein, und von Fernando hatte er nicht das Geringste gesehen oder gehört. Es war Nora unklar, ob überhaupt irgendjemand von der Polizei nach Hugh oder Fernando gesucht hatte.

Nora litt. In den Nächten träumte sie immer wieder dasselbe in unterschiedlichen Formen: Sie redete mit Fernando, telefonisch oder über irgendeine Entfernung hinweg, in der sie ihn vor sich sah, ohne zu ihm gelangen zu können, sei es, dass sich ein Abgrund zwischen ihnen auftat oder dass ihre Beine den Dienst versagten. Und stets verstummte Fernando irgendwann, wurde unsichtbar, und das Gespräch verlief ins Leere. Wenn Nora nach ihm rief, dann pflegte sie aufzuwachen, unverrichteter Dinge und oftmals in Tränen aufgelöst.

Manchmal träumte sie auch von einer Liebesnacht mit ihm, davon, wie sie voll Verlangen seine Berührung spürte, wie sie ihren Kopf an seine Brust legte und seinen Herzschlag hörte, nur um plötzlich zu merken, dass er fort war, wie von Geisterhand weggewischt, während sie selbst mit einem riesigen, unausfüllbaren Loch in ihrer Seele zurückblieb.

So musste es sich anfühlen, wenn ein geliebter Partner gestorben war. Ob Gayatri nach Antonios Tod solche Träume gehabt hatte? Nora verbot sich selbst, in dieser Richtung weiterzudenken, denn schließlich gab es bisher keinerlei Hinweise auf einen Unglücksfall, keinen Grund, nicht daran zu glauben und darauf zu hoffen, dass er am Leben war und zu ihr zurückkehren werde, wenn dieser Albtraum einmal überstanden war. Sie spürte die Verpflichtung, seine Lebenskräfte zu unterstützen, indem sie sich ihn als lebend vorstellte, und hörte ganz bewusst auf, das Schlimmste vor dem inneren Auge herbeizuziehen und ihm damit Wirklichkeitskraft zu verleihen.

Sie erinnerte sich an den gemeinsamen Ausflug nach Bhagsu, ganz zu Anfang ihrer Liebesgeschichte, und ging den Weg noch einmal, den sie zusammen gegangen waren, damals, als noch alles offen war zwischen ihnen. Sie erstand die gleichen Opfergaben, die sie ihn damals hatte kaufen sehen, streifte die Sandalen ab und brachte die Gaben vor den Altar der Gottheit. Sie wollte glauben, dass ein wenig von Fernando, von seiner Seele, noch in diesem Raum war, in dem er so glücklich gewesen war. In dem sie zum ersten Mal seiner hinduistischen Seite begegnet war. Sie versuchte, zu beten, gegen das große Schweigen anzuflehen, ihre unsägliche Furcht und Einsamkeit der höheren Macht anzuvertrauen, von der sie sich umgeben fühlte. Das verschaffte ihr ein wenig Trost. Bis dann die Angst um Fernando erneut umso heftiger über sie herfiel.

Am sechsten Tag hielt sie es nicht mehr aus. Sie ging in Kelsang Tserings Kloster, suchte Hughs Zelle auf. Ihre Angst und Abneigung überwindend, klopfte sie an. Keine Antwort, und als sie die Tür öffnete, war niemand im Zimmer. An der Staubschicht auf den Möbeln konnte man erkennen, dass hier schon einige Tage lang niemand mehr gewohnt hatte; auch lagen keinerlei persönliche Gegenstände herum. Sie schloss die Tür und ging zum Klosterbüro. Dort erkundigte sie sich nach Hugh. Der diensthabende Mönch gab die Auskunft, dass Hugh vor einigen Tagen nach Delhi gereist sei. Nora fragte, ob es in Delhi eine Zweigstelle von Kelsang Tserings Kloster gebe, und erhielt eine Adresse in einem wohlhabenden Wohngebiet Süd-Delhis. War Fernando dorthin verschleppt worden?

Auf dem Rückweg grübelte sie darüber nach, ob sie nach Delhi fahren und nach Fernando suchen sollte, aber woher wollte sie wissen, dass es wirklich Hugh war, der Fernando in seiner Gewalt hatte? Und wie sollte sie – vorausgesetzt, dass Fernando in Delhi war – gegen eine vielleicht aus etlichen Männern bestehende Bande ankommen? Außerdem rechnete sie nicht wirklich damit, dass Fernando an einem Ort festgehalten würde, der jedem Büromitarbeiter des Mutterklosters in Dharamsala bekannt war und wo auch die Polizei ihn gegebenenfalls als Erstes suchen würde. Sicherlich hatten die Täter ein ganz anderes Versteck in Delhi zur Verfügung, was sie in diesem Millionenmoloch so gut wie unauffindbar machte.

In Dharamsala setzte die Abenddämmerung ein, und in demselben Maße, in dem die Sonne ihre Leuchtkraft verlor, sank auch Noras Mut.

Plötzlich wurde sie von hinten gepackt, jemand hielt ihr den Mund zu und zerrte sie schnell in ein nahe stehendes Haus hinein. Zwei junge Männer, der eine zweifellos ein Tibeter, der andere westlich aussehend, schafften sie in einen fast leer stehenden Raum, knebelten sie wortlos, fesselten sie an einen Stuhl und begannen, sie zu fotografieren. Nora verstand erst nicht, was das sollte. Zumal sie für anzügliche Fotos viel zu viel anhatte und ihr kein einziges Kleidungsstück abgenommen worden war. Dann überlegte sie, dass gerade das eigentlich ein gutes Zeichen war: Wofür würde man Bilder brauchen, die zeigten, dass sie sich in der Gewalt der Banditen befand? Doch wohl um Fernando unter Druck zu setzen. Das jedoch hieß, dass ihr Liebster noch lebte. Ein Hoffnungsstreif am Horizont!

Gefesselt und geknebelt und zwei Unbekannten ausgeliefert zu sein und trotzdem gute Laune zu entwickeln, ist schon ein Kunststück, ging es Nora durch den Kopf, und trotzdem ist es genau das, was gerade mit mir passiert. – Fernando lebt!, sang es in ihr.

Lange hielt dieser Zustand allerdings nicht an, denn die beiden schweigsamen Männer machten keinerlei Anstalten, Nora nach der Fotoaktion freizulassen. Vielmehr führten sie sie in einen anderen Raum. Dort stand ein Bett, das ihr von dem Tibeter mit einer wortlosen Kopfbewegung zugewiesen wurde. Sie legte sich darauf, die Fesseln noch immer um Arme und Beine geschnürt, was ihr kein besonders bequemes Liegen ermöglichte. Wenigstens erlaubte man ihr, wann immer sie darum bat, eine fensterlose, winzige Toilette zu benutzen. Dazu wurden ihr die Fesseln abgenommen, und sie konnte sich ein wenig strecken und die Blutzirkulation in ihren abgestorbenen Gliedmaßen in Gang bringen.

Die junge Frau wurde streng bewacht; immer waren mindestens zwei Männer in ihrer Nähe, die regelmäßig alle acht Stunden ausgewechselt wurden. Einige von ihnen waren Tibeter, doch auch ein Paar aus zwei Westlern war darunter. Nora versuchte ständig, die beiden jeweils diensthabenden Männer in ein Gespräch zu ziehen, immer wieder fragte sie, warum man sie überhaupt gefangen genommen hatte, was man von ihr wollte und warum man sie nicht einfach wieder freiließ. Sie erhielt jedoch keine oder kurz angebundene, nichtssagende Antworten. Gelegentlich, vor allem wenn sie sich auf der Toilette befand, bekam sie Gesprächsfetzen ihrer Bewacher mit, einmal fiel das Datum „achter August", ein andermal glaubte sie, Fernandos Namen gehört zu haben. Da verlor sie die Nerven und brüllte die Männer an: „Wo ist Fernando, was habt ihr mit ihm vor?" Doch eine Antwort erhielt sie nicht.

Zwei Tage ging das schon so, und Nora verlor allmählich den Mut, den sie anfangs aus dem Glauben geschöpft hatte, dass Fernando noch am Leben war. Sie musste irgendwie den Kopf oben behalten und nach Fluchtmöglichkeiten Ausschau halten. Zunächst bekämpfte sie ihre steigende Nervosität über die sich endlos hinziehende Wartezeit damit, sich Hugh – falls er überhaupt für die Situation verantwortlich war – beim Plänemachen vorzustellen und verschiedene Szenarien zu entwerfen, die auf Fernando und sie und vielleicht noch andere Menschen zukommen mochten. Wenn es nicht Hugh war, der die Banditen befehligte, wusste sie nicht, wer es sonst sein konnte. Also spielte sie die Situation mit Hugh als Haupttäter durch. Wer war Hughs Feind, wen würde er am ehesten angreifen und wie? Die erste Frage war nicht schwer zu beantworten. Wenn sie einen Querschnitt ihrer Gespräche mit ihm zog, dann waren die Chinesen seine Feinde, die mit Gewalt zu bekämpfen er nicht zögern würde. Hieß das, dass er einen Angriff, vielleicht sogar Terroranschlag, auf irgendwelche Chinesen plante?

Als Nora dies dachte, war ihr, als habe sie dazu etwas Besonderes im Hinterkopf, etwas, das sie schon wusste, aber vergessen hatte. Und dann fiel es ihr plötzlich ein. Natürlich! Ihre Bewacher hatten den Tag ja genannt. Den achten August, Eröffnungstag der Olympiade in Peking. Übermorgen!

Aber auch diese Erkenntnis brachte sie nicht weiter. Sie konnte sich beim besten Willen nicht vorstellen, dass Hughs Macht – selbst wenn diese viel größer sein sollte, als Nora bisher gedacht hatte – auch nur annähernd bis nach Peking reichte, geschweige denn den Umfang hatte, einen Anschlag auf die Eröffnungsfeier ausführen zu können. Immerhin war das Sicherheitssystem der Chinesen eines der engmaschigsten und brutalsten der Welt, es würde sich jetzt, kurz vor Beginn der Olympischen Spiele, in der denkbar höchsten Alarmbereitschaft befinden, und es war kaum damit zu rechnen, dass es mit den Mitteln einer Terrorgruppe – sei sie auch noch so schlau und geübt – überwindbar war.

Was waren die Alternativen? Ein Anschlag auf eine chinesische Einrichtung im Ausland? Vielleicht gingen Hughs Pläne – immer vorausgesetzt, dass tatsächlich er der Drahtzieher war – aber auch in eine Richtung, die sie bisher überhaupt noch nicht in Erwägung gezogen hatte. Was konnte das sein?

Eine andere Frage war die, was Hugh im Zusammenhang seiner finsteren Pläne mit ihnen, Fernando und Nora, vorhatte. Was hatte er gegen sie? Warum hielt er sie für Feinde? War er mit Fernando nicht sogar befreundet? Nora kam auf keine andere Antwort als die, dass Fernando und sie seit der Entdeckung des Waffenlagers oder vielleicht sogar schon des ULA-Flugblattes zu gefährlichen Mitwissern geworden waren. Dies bedeutete jedoch, dass sie für Hugh nach Beendigung seines Vorhabens immer noch eine Gefahr bedeuten würden. Mit anderen Worten: Sie beide schwebten nach wie vor in Lebensgefahr. Die Frage war eher, warum sie überhaupt noch am Leben waren, hatte Hugh – oder wer immer es gewesen war – seinerzeit bei Damian doch kurzen Prozess gemacht. Brauchte er sie denn noch für irgendetwas?

Wie auch immer Hughs Pläne im Einzelnen aussahen, für Nora war instinktiv klar, dass sie bis zum achten August freikommen musste. Sie ahnte, dass dieser Tag zu einer Gefahr für Fernando zu werden drohte. Um Fernando zu retten, musste sie alles versuchen, was in ihrer Macht stand.

* * *

Und die Gelegenheit kam. Am späten Abend des siebten August, als sie wieder einmal in dem winzigen Toilettenraum war, hatte sie die Idee, sich heimlich mit dem scharfen, metallenen Oberteil des Toilettenpapierhalters zu bewaffnen und die erste Unachtsamkeit ihrer Bewacher zur Flucht zu nutzen. Da sie sich bisher in keiner Weise körperlich gegen die Männer gewehrt hatte, wäre das Überraschungsmoment auf ihrer Seite. Gedacht – getan! Während die Wasserspülung die notwendige Geräuschkulisse abgab und sie noch zusätzlich laut und ausgiebig hustete, riss sie die Klappe ab, was zum Glück leicht ging, da die Halterung verrostet war.

Die beiden Bewacher – es waren die beiden Westler – wirkten heute müde und unaufmerksam und schienen sich durch das bisherige „brave“ Verhalten ihrer Gefangenen in Sicherheit zu wiegen. Sie saßen auf den Stufen an der offenen Haustür, um frische Luft zu schnappen, und einer von ihnen kam zu ihr, als sie den kleinen Raum wieder verließ, um sie erneut zu fesseln. Da stieß Nora ihm mit dem Mut der Verzweiflung in einer blitzschnellen Bewegung mit voller Kraft die scharfrandige Metallklappe ins Gesicht und war, während er aufbrüllte, im nächsten Augenblick an dem anderen Mann vorbei durch die Haustür ins Freie gelaufen.

Anstatt sofort wegzurennen, versteckte sie sich geistesgegenwärtig zwischen einigen dichten Büschen in unmittelbarer Nähe der Haustür und ließ ihre Bewacher an sich vorbei auf die Straße eilen, wo sie versuchten, sie in der Dunkelheit zu erwischen. Der Mangel an ausreichender Straßenbeleuchtung in dieser Gegend Dharamsalas kam Nora zuhilfe. Ihren Bewachern gelang es nicht, sie zu finden, auch ihre Taschenlampen halfen da nicht.

Wenn sie Nora entdeckt hätten, dann hätte sie in puncto Schnelligkeit gegen die beiden athletisch gebauten Männer keine Chance gehabt, auch wenn der eine, den sie mit dem scharfen Metall angegriffen hatte, durch das über sein Gesicht fließende Blut behindert war und entsprechend vor sich hin schimpfte.

Nora blieb für ihre Verfolger verschwunden. Fluchend kamen sie nach einiger Zeit des vergeblichen Suchens zum Haus zurück. Sie knurrten, wie ungelegen ihnen diese Flucht „so kurz vor dem Achten“ kam und was „der Boss“ dazu meinen werde. „Müssen wir es ihm eigentlich vor dem großen Knall sagen?“, überlegte einer von ihnen.

Nora hoffte, mehr über Hughs Vorhaben aufzuschnappen, aber die beiden verschwanden im Haus und schlossen die Türe hinter sich.

* * *

Der Morgen des achten August war angebrochen. Nora war auf Schleichwegen zu ihrem Hotel zurückgekehrt, hatte Javed kurz über die Ereignisse informiert und ihn gebeten, ihr ein anderes, möglichst unattraktives Zimmer zu geben, in das ihr Gepäck verlegt wurde. Falls jemand zu ihr wollte, sollte Javed sagen, dass sie abgereist sei. Ihre Brieftasche mit allen Dokumenten und ihr Mobiltelefon befand sich unangenehmerweise in der Hand ihrer bisherigen Bewacher, aber ihren Pass, eine der Kreditkarten und etwas Geld, vor allem europäisches Geld, hatte sie in weiser Voraussicht im Gepäck versteckt, und eine Liste der wichtigsten Telefonnummern hatte sie auch. In einem Laden besorgte sie sich ein billiges Handy. Sie gab Javed einen Teil ihres Geldes zur Aufbewahrung im Safe, falls die Banditen sie doch aufspüren und auf die Idee kommen sollten, ihr Zimmer zu durchsuchen. Dann begann sie mit den Telefonaten, die jetzt notwendig waren.

Obwohl sie wenig Hoffnung hatte, ihn zu erreichen, rief sie als Erstes Fernandos Handy an. Wie erwartet, erfolgte keine Antwort; das Mobiltelefon war nach wie vor abgestellt. Sofort krampfte sich ihr Magen zusammen, und die Angst um Fernando überwältigte sie erneut.

Nachdem sie sich wieder beruhigt hatte, meldete sie sich bei Hauptkommissar Müller in Berlin und gab ihm eine ausführliche Schilderung der Geschehnisse, kulminierend in der Information, dass am achten August so etwas wie ein „großer Knall“ geplant war.

„Werden Sie Ihren Kollegen in Delhi benachrichtigen?“, fragte Nora.

„Ja, sicher“, sagte der Hauptkommissar. „Und bitte halten Sie sich zu einer telefonischen Befragung durch einen indischen Kollegen zur Verfügung.“

„Haben Sie irgendeine Vorstellung, was für ein „großer Knall“ das sein könnte?“

„Schlimmstenfalls ein Terroranschlag“, erwiderte Müller. „Aber wo und wann genau, das müssen die Kollegen in Delhi herausfinden. Ich hoffe nur, sie schaffen es rechtzeitig.“

* * *

Nora saß in ihrem neuen Zimmer im Hotel *Nikhil.* Sie hatte den Fernseher angestellt, der Reportagen zur bevorstehenden Eröffnungsfeier der Olympiade sendete. Eigentlich war es Unsinn, sich hierdurch noch zusätzlich unter Stress zu setzen, dachte Nora bei sich selbst, aber sie hatte das Gefühl, es nicht verpassen zu dürfen. Und wenn auch nur, um indirekt zu erfahren, dass nichts passiert war, dass es der indischen Polizei rechtzeitig gelungen war, die Gefahr abzuwenden.

Nora konnte nicht anders, sie musste nach dem Pflichttelefonat mit der deutschen Polizei wieder einmal Fernandos Nummer probieren. Sie würde nicht damit aufhören können, solange sie nicht positiv wusste, dass das Mobiltelefon nicht mehr in seinem Besitz war. Und dann geschah das Wunder.

„Hallo?“, hörte sie die vertraute, geliebte Stimme fragen.

„Fernando, bist du das?“ Ihre Stimme drohte zu versagen, und die Tränen schossen ihr in die Augen.

„Nora!“, er schrie es fast. „Wo bist du?“

„Immer noch in Dharamsala. Sie haben mich gefangen und eingesperrt, aber ich bin gestern Abend geflohen. Die Polizei weiß Bescheid. Aber wo bist du?“

„Hugh hat mich zur chinesischen Botschaft in Delhi geschickt, und da bin ich jetzt. Ich habe keine Ahnung, wieso. Ich soll hier ein Visum für die Olympischen Spiele in China beantragen. Er droht, dich zu erschießen, wenn ich die Botschaft unverrichteter Dinge verlassen sollte. Ich hatte nie vor, hinzufahren, aber …“

Nora unterbrach ihn, sie wusste intuitiv sofort, was das bedeutete. „Fernando, bitte verlass das Botschaftsgelände so schnell wie möglich! Du bist in großer Gefahr! Bitte geh!“

„Wieso?“

„Hugh plant einen Anschlag. Jetzt gleich! Die wollen, dass du stirbst! Bitte, bitte, flieh und bleib am Leben!“ Nora weinte fast.

„Okay“, sagte Fernando einfach, als handle es sich darum, eine Tasse Tee zu bestellen. „Ich melde mich wieder.“

„Achte auf meine neue Nummer“, konnte Nora nur noch sagen, dann war die Verbindung unterbrochen.

Sie stand auf und begann, unruhig im Zimmer hin- und herzutigern. Vom Fenster um das Bett herum zum Spiegel und wieder zurück. Einerseits konnte sie das Glück kaum fassen, dass Fernando am Leben war und es ihm gut zu gehen schien. Andererseits hatte sich ihre Angst um ihn ins Unerträgliche gesteigert. Was würde mit ihm geschehen, wenn er die Botschaft verließ? Und was, wenn er drinnen blieb?

Erst eine Minute später fiel ihr siedendheiß ein, dass die indische Polizei schleunigst informiert werden musste. Vielleicht konnten sie den Anschlag noch verhindern, die Bombe entschärfen? Sie wählte die besondere Nummer, die sie von Hauptkommissar Müller erhalten hatte.

Kapitel 18

Dharamsala, Indien,
August 2008

„So, und jetzt möchte ich einen ausführlichen Bericht von dir!“ Nora setzte sich auf und legte ihren Kopf auf die Knie. Sie saßen im Panoramazimmer des *Nikhil* zusammen auf dem Bett, genossen den Blick und redeten. Eine Gefahr barg dieses Zimmer nicht mehr für sie, seit Hugh, der Drahtzieher des geplanten Anschlags, mit seinen Helfershelfern verhaftet und seine Terrorgruppe zerschlagen worden war.

Fernando war am Abend zuvor von Delhi aus auf dem Flughafen Kangra bei Dharamsala gelandet und hatte dort eine unsagbar erleichterte Nora in die Arme geschlossen. Beide waren an jenem Abend zu glücklich und auch zu erschöpft gewesen, um noch viel zu reden.

Am nächsten Vormittag hatte das Paar eine Gruppe aus Delhi angereister Polizisten in Begleitung des lokalen DCP Mishra in Kelsang Tserings Kloster geführt, um ihnen die illegale Waffenkammer zu zeigen. Die Bande hatte keine Zeit gefunden, die Waffen noch zu beseitigen, als kurz vor dem geplanten Anschlag deutlich wurde, dass sie aufgeflogen war.

Der goldene Stupa, dessen Geschichte die indische Polizei inzwischen erfahren hatte, war beschlagnahmt worden, um an die Religionskundliche Sammlung in Marburg zurückgegeben zu werden.

„Also, erzähl schon!“, drängte Nora jetzt. „Was hast du erlebt, seit wir getrennt wurden und ich aus Angst um dich hunderttausend Tode gestorben bin?“

Fernando drückte sie einen Augenblick lang an sich und nahm einen Schluck von dem Tee, den ihnen der über

Fernandos Rettung hocherfreute Javed höchstpersönlich im Zimmer serviert hatte, und begann: „Ich hatte das ganz klare Gefühl, dass wir in Gefahr waren, wenn es wirklich Hugh war, der den Tempel betreten hatte, und hoffte, wenigstens dich durch offensives Auf-ihn-Zugehen aus der Schusslinie zu bringen. Ich sah ihn auch tatsächlich am Eingang, kam aber gar nicht dazu, überhaupt etwas zu sagen, weil ich von seinen Banditen übergangslos niedergeschlagen wurde, sobald ich die Tür hinter mir geschlossen hatte.

Als ich aus der Ohnmacht erwachte, saß ich im hinteren Teil eines Jeeps, und wir waren auf der Fahrt durch die Berge – nach Delhi, wie ich jetzt weiß. Ich versuchte, mich zu bewegen, es gelang mir aber nicht. Während ich langsam wach wurde, wurde mir klar, dass ich gefesselt war. Ich versuchte, mich zu orientieren und konnte auf dem Sitz gegenüber in der Dunkelheit Hugh erkennen, der mich grinsend musterte. ‚Na, aus dem Orkus wieder aufgetaucht?'

‚Was hast du mit mir vor, und warum bin ich gefesselt?'

‚Spione werden in der Regel gefesselt, wenn sie erwischt werden', spottete er. ‚Meinst du, ich wüsste nicht schon seit Tagen, dass ihr mir nachspioniert habt? Aber jetzt hat es sich ausgeschnüffelt, nun wirst du für einige Zeit tun, was ich sage, jedenfalls wenn du nicht willst, dass die Lebenserwartung deiner lieben Freundin Nora rapide sinkt.'

‚Wo ist sie?' Ich bemühte mich, mir meine Besorgnis nicht anmerken zu lassen.

‚Das ist ab jetzt nicht mehr dein Problem', stellte Hugh fest. ‚Wichtig ist allein, dass mir eure Schnüffelei nicht mehr im Wege steht.'

Ich dachte darüber nach, was Hugh wohl vorhatte, konnte mir aber keinen Reim auf die Situation machen. Der Mann, der mit dem Hugh, den ich einst kannte, nicht mehr viel gemein hatte, aggressiv und fanatisch, wie er sich nun gab, zeigte ein gewisses Redebedürfnis. Er wollte mit seinen Taten prahlen. Umgekehrt verspürte ich durchaus den Wunsch zu erfahren, was er eigentlich plante. Wenn er mich schon umbringen wollte – erleuchtet zu sterben, ist besser, als unwissend im Jenseits anzukommen, oder?“

Nach diesem Anflug von Galgenhumor und einem weiteren Schluck Tee erzählte Fernando so lebendig, dass Nora meinte, dabei gewesen zu sein: „Ich fragte ihn, ob er selbst das gewesen sei mit dem Stupa in Marburg, und er spottete, dass du offenbar seine Stimme nicht erkannt hättest.

‚Alle Achtung, das hast du ja richtig schlau angefangen!‘, bemerkte ich bewundernd. ‚Wie hast du eigentlich rausgekriegt, dass der Stupa in Marburg war?‘

‚Wenn Nora sich so laut mit ihrer Freundin in Restaurants unterhält, musst du dich darüber nun wirklich nicht wundern‘, meinte Hugh kalt. ‚Außerdem wusste ich ja eigentlich schon durch Damian Bescheid. Nora hat mir nur bestätigt, dass ich auf der richtigen Spur war.‘

‚Und Damian? – Den hast du wegen des Stupas umgebracht?‘, fragte ich.

Er lachte grob. ‚Aber nein, wo denkst du hin! Den Stupa hätte ich doch auch ohne diese Mühe bekommen können, und außerdem war das gute Stück nur für Kelsang Tsering wichtig, nicht für mich. Ich brauchte den Stupa nur, damit genügend Leute zu den Ritualen kamen, die ich heimlich mit Waffen versorgen konnte. Nein – Damian wollte meine Pläne stören, deshalb. Hat plötzlich den Moralischen bekommen durch die Belehrungen der Heiligkeit, so von wegen ‚Feind als Lehrer‘ und so. Hatte mir genauso hinterhergeschnüffelt wie du jetzt. Glaubte wirklich, er könne uns den achten August vermasseln, der Stümper! Aber ohne mich.

Ehe ich eine lange und sorgfältig geplante Aktion platzen lasse, müssen schon andere kommen als dieser Geisteszwerg oder du jetzt. Ha!'

Mir war klar, was er meinte. Der achte August war der Eröffnungstag der umstrittenen Olympiade in Peking. Durch die vielen Mediendiskussionen darüber, ob man als demokratischer Staatschef an der Eröffnung teilnehmen konnte oder sollte, und welche Staatschefs das tun würden und welche nicht, war dieses Datum jedem politisch interessierten Menschen vertraut.

‚Sag mal, du hast nicht ernsthaft vor, die Eröffnungsfeier in Peking aufzumischen, oder?', wollte ich wissen.

Er schnaubte. ‚Bin ich denn verrückt? Was soll ich in China? Nein, da gibt's ganz andere Möglichkeiten. Stell dir einfach mal eine richtig große Bombe vor, einen Knall, und dann existiert ein großes Stück China nicht mehr, paff!'

‚Was meinst du denn damit?', fragte ich.

‚Das wirst du schon noch sehen, lass dich überraschen', meinte er, und mehr war aus ihm nicht herauszubekommen, was den achten August betraf.

Ich fragte ihn: ‚Und die ULA?'

‚Ach so, ihr wart das also mit dem Flugblatt! Hätte ich mir ja denken können. Gute Jungs sind das bei der ULA. Haben nicht diese Skrupel vor Waffen wie die durchschnittlichen Tibeter. Die Welt wird noch mehr von ihnen hören, jawohl, das wird sie!'

Ich schloss daraus, dass Hugh für dieses Mal noch nicht mit den ULA-Leuten zusammenarbeitete, sondern vielleicht gerade die ersten Kontakte geknüpft hatte.

‚Und was geschieht jetzt mit mir?', fragte ich und versuchte, meine Stimme ängstlicher klingen zu lassen, als ich mich eigentlich fühlte. Mit diesem Angeber und seinen Spielgefährten würde ich irgendwie fertig werden.

‚Am liebsten würde ich dich zu Damian schicken', stellte Hugh, plötzlich ruhig geworden, fest. ‚Aber ich brauche dich noch. Zum Beispiel, um deine deutsche Freundin davon abzuhalten, zur Polizei zu gehen. Ich werde ihr sagen, dass du von meinen beiden Freunden hier sofort getötet wirst, wenn sie es wagt, die Polizei auf die Suche nach dir zu schicken. Und ich meine, was ich sage. Niemand vermasselt mir den achten August. Damian nicht und du erst recht nicht!'"

„Er hat mich ja gar nicht daran gehindert, zur Polizei zu gehen", warf Nora verwundert ein. „Aber das war ihm wohl egal. Offenbar wollte er dich erst mal einfach im Unklaren darüber lassen, was er von dir wollte. Merkwürdig ist allerdings, dass es ihm nichts ausgemacht zu haben scheint, dass ich der Polizei natürlich von seiner geheimen Waffenkammer berichtet hatte. Naja, vielleicht bestand ja längst eine Übereinkunft mit der lokalen Polizei, und er wusste, dass die nichts unternehmen würden. Mit der Polizei aus Delhi hat er natürlich nicht gerechnet."

„Inzwischen war es stockfinster", fuhr Fernando fort, „und wir fuhren auf holprigen Bergstraßen durch die Nacht. Ein paarmal nickte ich ein, gewärmt von einer der Decken, die Hugh an alle Mitfahrer verteilt hatte. Nach einigen Stunden hatten wir die Ebene erreicht, wo die Straßen besser wurden. In der Morgendämmerung hielten wir an. Ich durfte mit Bewachung zur Toilette und bekam etwas zu essen. Eine Flucht war aber unmöglich.

Mittags kamen wir in der großen Stadt an. Nachdem wir ungefähr zwei Stunden durch deren Straßen gefahren waren, hielt der Jeep, und ich wurde in ein Haus gebracht, von dem ich nur sehen konnte, dass es mindestens zweistöckig war und inmitten eines riesigen Gartens stand, der fünfzig bis hundert Meter vom Haus entfernt durch eine hohe Mauer begrenzt wurde. Innen schob man mich eine Treppe hinauf und in ein kleines Zimmer mit Steinfußboden, dessen Fenster zum großen Teil von einer überdimensionalen Klimaanlage eingenommen wurde, so dass es nicht möglich war, hinauszublicken, und schon gar nicht, das Fenster als Fluchtweg zu benutzen.

Hugh stattete mir einen kurzen Besuch ab. Er wies die Wachen an, mir die Fesseln abzunehmen.

‚Du brauchst nicht zu glauben, dass du von hier fliehen kannst', erklärte er. ‚Das Zimmer wird bewacht, und das Grundstück auch. Wenn du kooperierst, wirst du nicht wieder gefesselt.'

‚Wo sind wir?', wollte ich wissen.

‚Ich bräuchte es dir nicht zu sagen', meinte er, ‚aber bald wirst du es ohnehin erfahren: in Delhi.'

‚Und was willst du hier mit mir?'

‚Das wirst du schon sehen. Vorläufig hältst du deinen Mund und machst, was wir sagen. Du wirst einige Tage unser Gast sein, also sei schön dankbar und benimm dich!'

Nachdem Hugh mich wieder verlassen hatte, inspizierte ich mein Gefängnis. Außer einer niedrigen, harten Bettstatt, einem Deckenventilator und einem Wandschrank, der leer und verstaubt war, entdeckte ich zu meiner Freude ein kleines Regal mit einer Reihe von Büchern, die sich später noch als sehr nützlich erweisen sollten, um die Wartezeit zu überbrücken. Eine Tür führte zu einem kleinen, fensterlosen Badezimmer. Der allgegenwärtige Verkehrslärm der großen Stadt wurde hier etwas gedämpft, da er ja auch in einigem Abstand zum Haus vorbeirauschte.

Von da an hatte ich über eine Woche Zeit, mich in Dankbarkeit und Benehmen zu üben. Das Essen war ganz angenehm, für Lesestoff war gesorgt. Es fehlte mir nur die Verbindung zu dir; mir war klar, dass mein Verschwinden dich sehr beunruhigen würde. Aber ich hatte keine Möglichkeit, dir mitzuteilen, dass es mir gut ging und alles in Ordnung war. Man hatte mir nämlich das Mobiltelefon abgenommen und ließ mich auch nicht an das Festnetztelefon im Erdgeschoss."

Fernando leerte seine Teetasse und fragte: „Sag mal, wie ist es: Wollen wir Javed um Bier bitten?"

„Ich bestelle schnell welches." Nora erhob sich.

Als sie die kühlen, beschlagenen Gläser vor sich stehen hatten, musste Nora an den Abend denken, an dem sie hier in diesem Hotel ihr erstes Bier zusammen getrunken hatten – nach dem Spaziergang nach Bhagsu und nach ihrem ersten Kuss. Die Erinnerung tat nicht mehr weh wie noch vor einigen Tagen, als sie krank vor Angst um ihn gewesen war. Sie sah ihn an und spürte erneut das Glück, ihn wiederzuhaben. Sie küsste ihn zärtlich.

Dann fuhr Fernando fort: „Am Abend des siebten August kam Hugh zu mir. Ich fragte ihn zum wiederholten Male, warum ich eigentlich festgehalten wurde, und was man von mir wolle.

Er sagte: ‚Das kann ich dir sagen: Du wirst morgen früh in die chinesische Botschaft gehen und ein Visum für Peking beantragen.'

‚Was soll ich denn in Peking?'

‚Du weißt doch: die Olympischen Spiele, die morgen anfangen. Du hast vor, als Zuschauer hinzureisen. Ein einfaches Touristenvisum genügt also. Fotos machen wir heute noch von dir, deinen Pass hast du ja wohl dabei, und ansonsten brauchst du nur ein bisschen Geld, das du von uns bekommst. Die Illusion, dass du den Leuten in der Botschaft Mitteilung über uns machen kannst, brauchst du übrigens nicht weiterzuverfolgen. Einige Mitarbeiter der Visaabteilung stehen auf unserer Seite, und wenn die auch nur eine einzige verdächtige Bewegung von dir wahrnehmen, wird deine Freundin hier es mit dem Leben bezahlen.‘

Hugh holte sein Mobiltelefon aus der Hosentasche und hielt es mir vor die Nase. Zu meinem Schreck sah ich auf dem Foto dich in Fesseln und mit Händen von nicht erkennbaren Männern an deinen Schultern, die dich festhielten. So hatten sie dich also doch noch erwischt! Dich in Hughs Gewalt zu wissen, war ein schreckliches Gefühl. Ich bemühte mich, nicht allzu bestürzt auszusehen, und fragte erneut: ‚Aber was soll ich in Peking?‘

‚Mach dir darüber keine Sorgen, Kumpel!‘, erwiderte Hugh in seiner unangenehm leisen Stimme. ‚Das wirst du schon noch sehen. Und frag nicht so viel. Mach einfach, was wir dir sagen, denn sonst endet dein Ausflug mit zwei Todesanzeigen, deiner und der deiner lieben Freundin Nora in Dharamsala.‘

Als ich allein war und mich auf dem harten Bett ausgestreckt hatte, musste ich mir eingestehen, dass Hugh die Sache schlau eingefädelt hatte. Deine Gefangennahme hinderte mich bis auf Weiteres an der Flucht, selbst wenn sich mir eine Gelegenheit bieten sollte. Noch dazu hatte er es geschafft, mich über seine eigentlichen Pläne völlig im Unklaren zu lassen. Warum wollte er, dass ich nach Peking reiste? Er konnte doch wohl nicht annehmen, dass ich mich als Kurier für irgendein illegales Einfuhrgut eignete? Und wie sollte ich pünktlich zu Hughs Stichtag, dem achten August, dort ankommen, wenn ich am Morgen dieses

Tages erst das Visum beantragte? So viel ich auch grübelte, ich konnte mir keine plausible Antwort auf meine Frage denken. Schließlich sagte ich mir, dass ich, wie immer auch der folgende Tag aussehen würde, meine Kräfte beisammenhalten müsse. Ich versuchte, zu schlafen, und fiel nach einiger Zeit trotz meiner Nervosität in einen unruhigen Schlummer." Fernando leerte sein Bierglas und goss sich den Rest aus der Flasche ein.

„Am Morgen des achten August", fuhr er nach kurzer Pause fort, „erwachte ich wie auch bisher vom Krächzen der Raben in den Bäumen des Gartens. Gegen acht gab es das übliche Frühstück aus Kaffee, Toast und Eiern.

Einige Stunden später, es ging schon auf die Mittagszeit zu, wurde ich in den Jeep geladen und nach einer halben Stunde Fahrt in der Nähe des Eingangs zur chinesischen Botschaft in Neu-Delhi abgesetzt. Man gab mir zu meiner Überraschung mein Handy, mit dem Befehl, mich auf der Stelle bei Hugh und seinen Komplizen zu melden, sobald ich das Visum erhalten hatte.

Hugh drohte mir noch einmal, dass er es auf jeden Fall umgehend erfahren werde, wenn ich auch nur irgendeinen Versuch unternähme, zu reden oder die Polizei zu informieren, und dann werde man dich sofort erschießen. Ich hatte nicht vor, dieses Risiko einzugehen, und steuerte brav das Portal der Botschaft an. Ich hatte natürlich keine Ahnung, dass du schon nicht mehr in seiner Gewalt warst.

Hugh kann das übrigens ebenso wenig gewusst haben, denn sonst hätte er mir nicht, um mich einzulullen, mein Handy überlassen, das ja durch deine Flucht zu einem Risiko für ihn geworden war."

„Ich nehme an", sagte Nora, „meine Bewacher hier wollten einfach keine Vorwürfe von Hugh hören. Daher haben sie die Nachricht von meiner Flucht bewusst zurückgehalten, bis ‚nach dem großen Knall‘, wie sie es nannten. Sie dachten vielleicht, wenn die Aktion erst einmal erfolgreich abgeschlossen sei, werde Hugh nicht mehr so giftig reagieren, wenn er erfuhr, dass ich abgehauen war."

„Na ja, und den Rest weißt du ja", schloss Fernando. „Durch deinen Anruf wurde mir klar, wie groß die Gefahr war, aber auch, dass ich es wagen konnte, die Botschaftsleute zu warnen, ohne dich in Gefahr zu bringen. Aufgrund deiner Warnung habe ich nicht das Botschaftsgebäude betreten, sondern bin zum Eingangsportal gegangen, wo ich die dort sitzenden chinesischen Wachleute informierte. Es dauerte eine Weile, bis sie verstanden hatten, aber dann ging alles sehr schnell. Noch bevor sie dazu kamen, die Botschaft zu evakuieren und zugleich nach der Bombe zu suchen, war innerhalb von Minuten die indische Polizei vor Ort. Ich habe, glaube ich, noch nie erlebt, dass etwas in meinem Land so schnell ging."

„Vielleicht hing das damit zusammen, dass ich direkt nach unserem Telefongespräch den richtigen Mann angerufen habe", sagte Nora. „Der Kriminalkommissar in Berlin hatte mir die Notfallnummer eines hohen Tieres der hiesigen Polizei gegeben, und als ich den anrief, wurde offenbar sofort ein Großeinsatz organisiert."

„Ja, und dann wurde die Bombe gerade noch rechtzeitig gefunden und entschärft, und das rettete einigen Hundert Botschaftsangehörigen das Leben."

„Und dir auch", ergänzte Nora.

Fernando lächelte: „Eigentlich hattest du durch deine Flucht und den Anruf ja schon dafür gesorgt, dass ich die Botschaft rechtzeitig verlassen konnte. Aber ich hätte es schrecklich gefunden, wenn direkt hinter mir Hughs ‚großer Knall' einige Hundert Leute in die Luft gejagt hätte."

Fernando schwieg ein paar Augenblicke und ergänzte dann: „Übrigens hat Hugh sich bei der Festnahme geweigert, die Namen seiner Verbündeten innerhalb der Botschaft zu nennen. Das finde ich ehrenwert, trotz allem, was man sonst gegen ihn sagen kann. Er begründete das damit, dass sie sonst in China gefoltert und hingerichtet würden, was zweifellos der dortigen politischen Realität entspricht."

„Dass die Überlebenden gefoltert werden, steht allerdings trotzdem zu befürchten", meinte Nora. „Ich bin sicher, dass die Chinesen Himmel und Hölle in Bewegung setzen werden, um herauszukriegen, wer von ihren Leuten mit dem Feind kooperiert hat."

* * *

„Jetzt haben wir die ganze Zeit geglaubt, dass Hugh und sein Lehrer der Schwarzen Magie frönen, und dabei ging es in Wirklichkeit um bewaffneten Kampf", stellte Nora fest, als sie mit Fernando nach einem gemeinsamen Abendessen wieder im Hotel angekommen war. „Hugh hat uns ganz schön hinters Licht geführt!"

„Na ja", meinte Fernando, „so ganz unwirklich war die Sache mit den dunklen Ritualen ja nicht. Hast du die entsprechenden Texte nicht im Mahakala-Tempel gefunden?"

„Ja, das ist schon wahr", gab Nora zu. „Eine andere Frage ist allerdings, welche Rolle die Texte im religiösen Leben des Klosters wirklich spielen. Vielleicht werden sie anders gelesen und mit einer anderen Motivation benutzt, als wir bisher sehen können."

„Es deutet vieles darauf hin", vermutete Fernando, „dass Hugh das Bild seines Lehrers als eines gefährlichen

Schwarzmagiers vor allem deshalb aufgebaut hat, weil er von seinen eigenen, viel dunkleren Aktivitäten ablenken wollte."

„Und ich habe ihm das geglaubt, weil ich zu dem Zeitpunkt, als ich meinen Besuch bei Kelsang Tsering machte, bereits unter Hughs Einfluss stand", fügte Nora hinzu. Sie dachte einen Moment nach und ergänzte dann: „Außerdem muss ich natürlich zugeben, dass mich trotz des abstoßenden Inhalts der Texte der Gedanke gereizt hat, mit solch exotisch dunklen Ritualen zu tun zu haben. Die Faszination des Bösen als Kehrseite der Erleuchtung! Irgendwie bin ich da wohl selbst den dunklen Seiten des Tibet-Mythos erlegen, den ich sonst immer bei anderen gesehen und kritisiert habe.

Erinnerst du dich noch an unser allererstes Gespräch in Bodh Gaya? Da ging es genau um diese Mythisierung Tibets und des Dalai Lama. Ich nehme an, dass das wohl auch der Grund war, warum du zu mir sagtest, dass du dich zur Abwechslung gern mal mit einem vernünftigen Menschen unterhalten wolltest. Damals habe ich mich nicht so recht getraut, dich zu fragen, was du damit eigentlich meintest."

„Leg diese Worte von mir mal lieber nicht auf die Goldwaage", entgegnete Fernando. „Alles, was ich zu dem Zeitpunkt wollte, war, mit dir zu reden. Und glaub mir, mit Vernunft hatte das relativ wenig zu tun."

„Womit denn sonst?", lächelte Nora.

Er umfasste ihre Mitte und küsste sie sanft. „Komm mit nach Bhagsu, dann zeige ich es dir."

* * *

EPILOG

Das *All India Radio, Doordarshan* und zahlreiche Privatsender berichteten am Abend des achten August 2008 und an den folgenden Tagen ausführlich über die rechtzeitig vereitelten Pläne zu einem Bombenanschlag auf die chinesische Botschaft in Delhi. Die Aufdeckung sei der Zusammenarbeit der indischen mit der deutschen Polizei sowie dem Engagement eines indischen Bürgers und zweier deutscher Frauen zu verdanken. (Man hatte also Susannes Anteil an der Lösung des Falles nicht übersehen). Zugleich sei ein Mord an einem jungen Deutschen aufgeklärt worden, der 2007 in Bodh Gaya mutmaßlich von denselben Tätern verübt worden sei. Über die Identität der festgenommenen Terroristen berichteten die Nachrichtenagenturen nichts. Lediglich von einem illegalen Waffenlager in Dharamsala war die Rede.

Chinesische Diplomaten und Politiker setzten daraufhin sofort die Behauptung in Umlauf, dass der Dalai Lama der Drahtzieher des vereitelten Anschlags auf die chinesische Botschaft gewesen sei. Erst als die indische Regierung offiziell und energisch widersprach, hörten diese Behauptungen auf.

„Es gibt durchaus Länder, deren Botschaft ich lieber vor einem Terrorakt geschützt hätte als ausgerechnet China", erklärte Nora, als sie den Fernseher ausschaltete. „Aber auch in dieser Botschaft haben vermutlich Leute gearbeitet, die an der Unterdrückung Tibets unschuldig sind, und dass die nicht zu Schaden gekommen sind, finde ich in Ordnung."

* * *

Kelsang Tsering, den die terroristische Verstrickung seines Schülers Hugh Fisher schwer getroffen hatte, bereitete sich auf eine mehrjährige Meditationsklausur vor. Kurz vorher empfing er Nora und Fernando zu einer Privataudienz, in der er die schwarzmagische Verwendung von Reliquien als unzuträglich und dem Geist des Buddhismus grundsätzlich zuwiderlaufend bezeichnete. Der zweite Teil der Mahakala-Ritualtextsammlung werde künftig in seinem Kloster nicht mehr verwendet.

* * *

Zusammen mit seinen tibetischen und westlichen Mitverschworenen wurde Hugh Fisher in Delhi zu einer hohen Gefängnisstrafe verurteilt.

* * *

Während Nora mit Fernando einen erholsamen Urlaub bei Gayatri in Goa verbrachte, erreichte sie ein Anruf aus Heidelberg: Sie war als Mitarbeiterin eines deutsch-indischen Forschungsprojektes ausgewählt worden, das die Verlegung ihres Lebensmittelpunktes nach Indien für mindestens drei Jahre voraussetzte.

* * *

Nora und Fernando heirateten nach Ablauf der Trauerzeit für Antonio, erst christlich in Deutschland und dann hinduistisch in Goa. An der Seite von Fernando, dessen Kleidung mit der ihren zusammengeknotet war, erlebte Nora nun in der Wirklichkeit, wovon Antonio ihr erzählt hatte: die sieben Runden um das hinduistische Ritualfeuer, den Duft des Räucherwerks, den Klang der uralten Sanskrit-Mantras, die der Priester rezitierte, während Familie und Freunde das Paar mit einem Regen von Blumen bedeckten. Es fühlte sich jedoch weder unwirklich noch exotisch an, sondern als das, was es war: der Beginn eines neuen Lebens.

Sie bezogen ihre erste gemeinsame Wohnung im Stadtteil Hauz Khas, in Fahrradnähe zum Campus der Jawaharlal-Nehru-Universität in Delhi, Noras neuem Arbeitsplatz. Fernando begann im Auftrag seines Verlags, einen Versandbuchhandel indienbezogener Bücher aufzubauen, als dessen Europarepräsentant er seinen Arbeitsmittelpunkt auch nach Deutschland verlegen konnte, falls Nora nach Ablauf ihres Forschungsprojektes wieder in ihre Heimat würde zurückkehren müssen.

* * *

Noch vor ihrer Hochzeit erhielten Nora und Fernando die Einladung, als Ehrengäste an einem Kolloquium der Religionskundlichen Sammlung, des Faches Religionswissenschaft und verschiedener archäologischer und naturwissenschaftlicher Fächer der Philipps-Universität Marburg und anderer Universitäten teilzunehmen. Als Höhepunkt im Programm wurde die Mitteilung der anthropologischen Untersuchungsergebnisse hinsichtlich eines Knochenrestes angekündigt, den man in dem goldenen Stupa aus dem Nachlass Kreuzberger im Besitz der Religionskundlichen Sammlung gefunden hatte. Natürlich hatte es sich unter der Hand schon vorher herumgesprochen: Der Knochenrest im goldenen Stupa war rund 2500 Jahre alt.

NACHWORT

Die Idee zu diesem Roman entsprang der Tatsache, dass sich im Besitz der Religionskundlichen Sammlung der Philipps-Universität Marburg ein goldener Stupa befindet, der dem Stupa, den Heinrich Harrer 1951 in Tibet in den Händen Seiner Heiligkeit des Dalai Lama fotografierte, fast zum Verwechseln ähnlich sieht. Was wäre, wenn es sich tatsächlich um denselben Stupa handelte? Davon erzählt der vorliegende Kriminalroman eine fiktive Geschichte.

Die zu Unrecht weithin unbekannte Religionskundliche Sammlung in Marburg, gegründet 1927 von Rudolf Otto, Lehrstuhlinhaber für Systematische Theologie und einer der Altväter des Faches Religionswissenschaft in Deutschland, ist eines von europaweit nur vier Museen zum Thema Religion. Die im Buch erwähnte Sonderausstellung *Tibet in Marburg* fand dort (mit Verlängerung) 2007 bis 2009 statt. Der Marburger goldene Stupa war Teil der Ausstellung und ist mit einem Farbbild im Katalog vertreten. Da sich der Katalog seit Februar 2008 als Geschenk seiner Herausgeberin in der Library of Tibetan Works and Archives (LTWA) in Dharamsala, Indien, befindet, hätte er von der Heldin unserer Geschichte dort tatsächlich eingesehen werden können.

Der Marburger Stupa, dessen Erwerbszeitpunkt und früherer Besitzer unbekannt sind, befindet sich nach wie vor in der Religionskundlichen Sammlung in Marburg. Wer will, kann ihn dort besichtigen.

Der Besuch der Delegation der indischen Maha Bodhi Society beim knapp 16-jährigen Dalai Lama im südtibetischen Tschumbi-Tal (8.-22. März 1951) ist, wie Harrers Fotos beweisen, historisch. Es gibt einen Reisebericht des indischen Delegationsleiters, Dr. Mosho Ram Soft, in der Zeitschrift *The Maha-Bodhi* von 1951.

Erfunden ist dagegen alles, was der Roman über die Geschichte des goldenen Stupas in der Zeit nach dem 22. März 1951 erzählt. Der fiktive Teil setzt an der Stelle ein, wo von der Verhaftung und Abschiebung der Mahabodhi-Delegation durch chinesische Soldaten und dem Verbleib des Stupas in Tibet die Rede ist. Erfunden ist auch der Ort Tschöling an der tibetisch-sikkimesischen Grenze. In der historischen Realität wurde der indische Stupa nach dem Tibetbesuch von der indischen Delegation unbehelligt über Sikkim und Darjeeling nach Calcutta (heute: Kolkata) zurückgebracht.

Erfunden ist ferner das Kloster Gönpoling samt der Gönlingpa-Schule sowie die dort entstandene Mahakala-Textsammlung mit magischen Texten zu Stupa-Ritualen. Ich habe aber versucht, Elemente aus der tatsächlichen Ritualistik des tibetischen Buddhismus so in die Erzählung einzubauen, dass, wie ich dringend hoffe, Praktizierende des tibetischen Buddhismus sich bei der Lektüre nicht die Haare raufen müssen. Dass es im tibetischen Buddhismus trotz all seiner vom Dalai Lama geforderten Friedfertigkeit auch schwarzmagische Rituale gibt, deren Wirksamkeit kein Eingeweihter bezweifelt, ist eine Tatsache, der sich nur diejenigen Tibetfreunde entziehen werden, die ein mit der Wirklichkeit wenig übereinstimmendes Tibet-Idealbild pflegen.

Der gegen die lokale Polizei in Dharamsala im Laufe des Romans aufgekommene, wenn auch nicht direkt bestätigte Verdacht einer Verstrickung in gesetzeswidrige Aktivitäten ist natürlich eine bloße Erfindung. Die Korruption in Indien allgemein, auch in Teilen der Polizei, entspricht jedoch leider den Tatsachen.

Die „Uyghur Liberation Army“ ist fiktiv, nicht allerdings die immer wieder geäußerten, unbegründeten Terrorvorwürfe der Chinesen gegen die Uiguren.

Erfunden sind schließlich fast alle Personen der Handlung, einschließlich des Lamas Kelsang Tsering und des Teams der Religionskundlichen Sammlung in Marburg. Etwaige Ähnlichkeiten zu lebenden oder verstorbenen Personen wären rein zufällig.

Nur der Dalai Lama existiert – zu unser aller Glück – wirklich, und Belehrungen am Mahabodhi-Tempel in Bodh Gaya hat er am 3. Februar 2007 tatsächlich gehalten – im Beisein der Verfasserin, die dabei zum ersten Mal die Idee zu diesem Roman bekam. Auch die kleine Szene vor Beginn der Belehrungen, als der Dalai Lama zum Tempel kam, ist damals wirklich passiert.

Das tibetische Gartenrestaurant, in dem sich die Wege von Held und Heldin unserer Geschichte erstmals kreuzen, gibt es ebenfalls, aber natürlich bekommt man dort, in unmittelbarer Nähe zum weltweit wichtigsten buddhistischen Heiligtum, nur vegetarische Thugpa.

Das *United Coffee House* am Connaught Place in New Delhi ist ebenfalls real, und da die Verfasserin die Vorliebe für dieses Haus mit ihrer Heldin teilt, sind etliche Kapitel des vorliegenden Buches dort geschrieben oder korrigiert worden.

Das Hotel *Nikhil* in Dharamsala und sein liebenswerter muslimischer Manager „Javed“ sind real, ebenso das Panorama-Fenster und der wacklige Schreibtisch, an dem die ersten Seiten dieses Buches entstanden, sowie die Dachterrasse mit ihrer Sicht auf zwei Hochgebirgsgipfel des Dhaulagiri-Massivs, und schließlich auch die Geschichte vom Straßenhundeasyl. Zum Leidwesen seiner Freunde in Dharamsala, aber zu seinem eigenen Glück hat „Javed“, der im wahren Leben Shaukat heißt, Dharamsala inzwischen verlassen und ist nun wieder mit seiner Familie in Kaschmir vereint. Ich wollte ihm in meinem Buch ein bescheidenes Denkmal setzen, da ich glaube, dass er in seinem Hotel, dessen wahren Namen ich nicht nenne, das säkulare Indien mit seiner interreligiösen Freundlichkeit genau so vertreten hat, wie es von seinen Gründervätern Mahatma Gandhi, Jawaharlal Nehru und ihren Mitstreitern gemeint gewesen ist. Seit „Javed“ fort ist, gibt es in seinem Hotel kein Dalai-Lama-Bild mehr und auch keine Sitzkissen für buddhistische Pilger.

* * *

Allen Menschen, die mir mit Hinweisen und Informationen beim Schreiben dieses meines ersten Romans geholfen haben, sei von Herzen gedankt. Stellvertretend nenne ich den freundlichen und kenntnisreichen ehemaligen Herausgeber des *Tibet Journal* der LTWA, Mr. Lobsang Shastri, der mir im Jahr 2008, ähnlich wie sein Roman-Kollege der Heldin, wichtige Details über den Besuch der Maha Bodhi Society in Tibet und über den indischen goldenen Stupa mitgeteilt hat. Ich danke auch allen, die mir beim Korrekturlesen mit kritischen Bemerkungen geholfen haben, darunter meinem Vetter Kai Engelke sowie den Freunden Christopher McIntosh und Donate Pahnke McIntosh.

Der Verlegerin Barbara Jost und dem Kontrast Verlag danke ich von Herzen für die freundliche Aufnahme des Romans in das Verlagsprogramm und die gute und gedankenreiche Betreuung seiner Publikation.

Frau Prof. Dr. Edith Franke (Leiterin der Religionskundlichen Sammlung) und Frau Annette Otterbach M.A. (Bildarchiv Foto Marburg) danke ich für die freundliche

Erlaubnis, den Marburger goldenen Stupa auf der Titelseite dieses Buches abzubilden, den Grafikerinnen Elvira Chevalier (Kalbe an der Milde) und Karola Maria Pfandt (Berkau) für die kreative Gestaltung dieser Abbildung und des gesamten Buchumschlags. Frau Irmgard Pirker vom Harrer-Museum in Hüttenberg, Österreich, sowie Frau Dr. Martina Wernsdörfer und Frau lic. phil. Daniela Zurbrügg vom Völkerkundemuseum der Universität Zürich, Schweiz, danke ich dafür, dass sie den Abdruck des Harrer-Fotos auf Seite 6 ermöglicht haben.

Ein tiefempfundener Dank geht zum Schluss an meine Familie, die, wie immer, wenn ich schreibe, meine geistigen und körperlichen Abwesenheiten, Unansprechbarkeiten und Macken ertragen hat, und noch einmal an meine liebe Freundin Donate, die mich mehrfach zum Durchhalten und Weitermachen ermutigt hat, obwohl sie noch nicht einmal wusste, um welches Projekt es eigentlich ging.

Ich widme dieses Buch meinem lieben Vetter Kai Engelke (Surwold im Emsland), Dichter, Kleinkünstler, Krimiautor, Liedermacher und 2008-2018 künstlerischer Leiter der Meppener Krimitage, dem ich vielerlei Anregung und Inspiration verdanke.

Marburg an der Lahn, im August 2023

Adelheid Herrmann-Pfandt